徳　間　文　庫

Memories of the never happened 1

ロビンソンの家

打　海　文　三

徳　間　書　店

House of wanderers
ロビンソンの家

1

Memories of the never happened

contents

Illustration　ともわか
Design　円と球

第一章　絶妙に、甘美

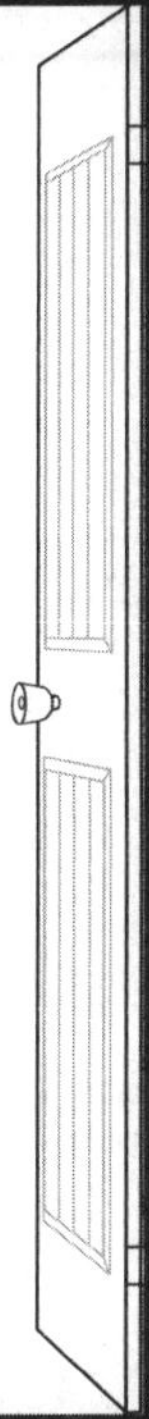

1

ぼくは彼女を順子さんと呼ぶ。

順子さんというのは、ぼくの母親の名前だ。ここにはやはり微妙な問題がある。たとえば父親が死んだために、強い絆《きずな》で結ばれることになった母親と息子の関係において、息子が母親を名前で呼ぶときの心理状態と、似通っている点がある。彼は彼女を彼女自身の人生を生きた一個人として認める。認めるということのうちには、性的な彼女を、あるいは彼女を性的に意識している事実を、明らかにふくんでいる。

ぼくの場合、順子さんはすでに死者であるが。

2

ぼくが甲状腺の病気で入院中だった一九八七年五月、父さんが小児病棟にきて「母さんは仕事が忙しくてしばらくこれない」と言った。仕立てのいいスーツを着た、長身で甘いマスクの三十二歳の男だったので、看護婦たちがざわめいたのをおぼえている。四歳と十一ヵ月のぼくは、父さんの言葉を額面どおりにうけとった。

翌日、家政婦だという中年の女性が手配されて、洗濯物の処理など、ぼくの世話をしてくれるようになった。どの時点で異変に気づいたかを正確に言うことはできない。記憶はあいまいになる一方で、当時は大人の配慮があり、ぼくはいかにも幼すぎた。

退院したのは事件から二週間後ぐらいだったと思う。家に帰る車のなかで「母さんは遠いところへいったんだ」と父さんは言った。中野のマンションには、家政婦さんがつくった昼食がダイニングテーブルに用意されていた。カレーライス、ぼくの嫌いなトマトサラダ、牛乳、メロン、そんなメニューだったと思う。ぼくは父さんと二人でそれをぼそぼそと食べた。

遺書はなかった。死体が発見されなかったので、葬儀はおこなわれず、家に遺影が掛けられることもなかった。母親に捨てられたのだとぼくは思った。悲しみに胸がふさいで、生活全般に意欲が欠ける日々がつづいた。泣いた記憶はない。じっさいぼくは泣かなかったらしい。街でふと仲のよさそうな母子を見かけたり、友人の言葉に母親に愛されている友人を感じたりしたときには、すごくせつない気分になった。それでも、順子さんを捜してくれと父さんにすがりついたことはないという。後に「おまえは強い子だった」と父さんに言われた。ほめ言葉には聞こえず、ぼくは情の薄い人間なのだと自分を恥じた。

　小学校の四年生ごろ、順子さんの生存の可能性について父さんに訊いたことがある。「死んだ、ノイローゼだった、あれは自殺なんだ」と父さんは言った。もうそのころには、ぼくは永遠に順子さんを失ったという感覚を抱いていたので、なんの疑問もなく死をうけ入れた。

　順子さんはなぜ幼いぼくを捨てて自殺したのか、そこまで順子さんを追いつめたものはなんだったのか、なにが順子さんを悲しませ、なにが苦しませたのか。それらの問いがふと胸をよぎる瞬間もあったが、父さんに訊いたことはない。訊かなかったことにかくべつな理由はない。母親の自殺の背景を聞かせるには幼すぎると父さんが判断した時期があり、気がつくと、父さんとぼくはほとんど会話をしない親子になっていた。

　父さんは再婚せず、おばあちゃん（父さんの母親）は精力的に仕事をしていたので、通いの家政婦さんがぼくの世話をしてくれた。事務能力におそろしく長けた、それがひどく自慢らしい、髪を真っ黒に染めた五十代なかばの人で、彼女はぼくの嫌いなトマトを食卓に出しつづけた。

　順子さんの親兄弟とは縁が切れたような状態になった。向こうのおばあちゃんがいれば事情はもうすこしちがったかもしれないが、おじいちゃんと順子さんのお兄さんしかいなかった。それからたぶん、父さんの家族が順子さんを殺したのだと、向こうの人たちが考えていることが、疎遠になった原因になっていると思う。

ぼくの病気は、一般にクレチン症と呼ばれる先天的な甲状腺機能障害で、発育障害や知能障害をもたらす危険性があった。小学校高学年まで入退院をくり返したが、早期診断と治療の効果と、ぼくに体力がついたせいで、中学に入学するころには、数ヵ月に一度、検査のために診察をうけるていどまで回復した。

おばあちゃんの強い希望で――彼女はぼくが中学一年生のときに脳梗塞《のうこうそく》で倒れ、脳血管性の痴呆症になり、以来ずっと介護型の老人ホームにいる――ぼくは中高一貫教育の私立校に入った。ませた生徒とうさん臭い教師が目立つ学校だった。高等部には、見るからに不潔そうな長髪をかきあげて、脅えと恫喝《どうかつ》の入りまじる眼差しを宙の一点に向け、かつて我々は街頭で父殺しをうんぬんとくり返し語る教師がいた。ぼくたちは彼を青春を懐古する猿と呼んでばかにした。

「ぼくたちの方がだんぜん罪深いもんね」と友人の一人は言った。「ほんものの親をやっちゃう。だろ？　殺してむせび泣くんだ。罪深くなけりゃ、人の魂をゆさぶるなんてできないわけでさ」

べつの友人は、とうてい自分の手に負えない抽象的な設問に解答を出そうと、もがいていた。たとえばこんなふうに。数十億年まえに地球の誕生があったという。ならば地球の死滅もかならずあるはずで、人間はその恐怖にどうやって耐えて、これまで生きてきたのか、どうやってこれからも生きていくのか、きみはどう思う？

そういう感受性を、ぼくは持ち合わせていなかった。なにかに偏執して芸術的な感性をきらめかせる資質も、ぼくには皆無だった。暴力的なスキンシップを経て、男の友情と聡明な女の子をゲットする熱血ヒーロー物を、とくに中学生のころには夢想した。だが現実のぼくの人生はぜんぜんちがっていた。部活で汗と泥にまみれ、やがて仲間を信頼するに至る熱い物語に、憧れる気持ちはあった。だが規律と訓練に対する怖《お》じ気《け》が先にきて、体育会系の青春とは縁がなかった。体験学習のスキー教室に女子高のガールフレンドを同伴して乗り込んでくる無頼派と、ぼくの貧しい性経験はあまりにもかけ離れていた。

中学、高校とすすむにつれ、ぼくは年相応の内面的な悩みを抱えるようになった。いじめだとか、学校の成績の急降下といったことで、つまずいたことはない。対人能力はそこそこあったと思う。酒と煙草をたしなみ、性交には至らなかったがガールフレンドと親密につきあったこともある。誰にしたって、自分の悩みを説明するのはむずかしい。ばくぜんとした劣等感のようなものだろうか。

　一つ例をあげる。ときに友人と難解な議論をしたが、ぼくの口から出る言葉のほとんどは、べつの友人の言葉のパクリだった。パクリ。これがぼくの自己認識になった。

　それと関連して、経緯を忘れたが、あるとき友人に「おまえは平凡なやつだ」と言われた。そうかもしれないとぼくは思った。言葉と生活スタイルのレベルで、この世界を愚弄《ぐろう》することに熱中してる友人がけっこういたから、彼らとくらべたら、ぼくはじつに平凡な人間だろう。そして友人の指摘が、いくらかぼくを傷つけたのは事実だ。

　その話を、ぼくはうっかりして一人の教師にしゃべった。すると彼は、平凡な日々を積み重ねることの、しんどさと、気高さと、そのリアリズムの強固さを説き、ぼくを慰めにかかった。放課後の校舎の隅から喫茶店へと、思いがけず長時間にわたった説教と慰撫《いぶ》の間、彼は深刻な顔つきを崩さなかったが、どこかうれしげなふうでもあった。やがてぼくは、彼はぼくに関心があるわけではないことを理解するに至った。平凡の偉大さというレトリックが、彼は大好きなのだった。なぜ好きなのか。そのレトリックを使えば、自分がなに者かであることを知らしめることができる、と錯覚しているからだ。そして、自分が傲慢《ごうまん》に見えるかもしれないなどとは、夢にも思わない。

劣等感で悩んでいると言いつつ、ぼくはこのていどには批評性を示すことができる。可愛げのない高校生だ。自分でそう思う。

3

十七歳の誕生日を迎えて間もない七月のある日、ぼくは父さんに、高校を休学してRの家でしばらく暮らしてみたいと許可をもとめた。

Rの家というのは、おばあちゃんが創業したテキスタイル関連会社を地方に移転させ、住居も会社に隣接して建て、ぼくをふくむ親族の六人の男女が田舎暮らしをする予定だった建物のことだ。建物は完成したのだが、順子さんの自殺で――死体が見つかっていないので厳密に言えば失踪だが――構想自体があっけなく崩れ、Rの家は長い間、打ち捨てられていた。

父さんは新卒でおばあちゃんの会社に入り、おばあちゃんが倒れてからは経営を引き継いでいる。ぼくの眼から見た父さんは、息子の人生にさほど関心を示さない人だった。喫煙がバレたとき父さんは激怒したが、なぜか飲酒には寛容だった。反抗期がなかったというぼくの資質にも原因があるかもしれないが、父さんと言い争った記憶はない。会話は極端にすくなかった。ぼくが持ち出す話題は、たいていの場合、カネの無心だ。父さんは黙って聞き、イエスかノーをはっきり言った。

父さんはぼくの話を聞いた翌日、ぼくの銀行口座に、数ヵ月の自炊生活が可能なカネを振り込んでくれた。銀行で振込を確認したぼくは、いったん家に帰り、デイパックに歯ブラシだのMDプレイヤーだのを適当に放り込んだ。そのまま出かけるつもりだったが、父さんが電話をかけてきて、めずらしいことに「メシでも食わないか」と言った。

クールな父さんも、多少、感傷的になっていたのかもしれない。夜、新宿の高層ホテルの和食レストランで、ぼくたちは食事をした。ガールフレンドのこと、音楽の趣味、読書傾向、ばくぜんとした将来の夢などについて、ぼくに語らせ、父さんは愉《たの》しそうに耳をかたむけた。ぼくたちは順子さんの話題にもすこしふれた。会話の流れのなかで、ふと寄り道をしたという感じで、事件の全体像が語られたわけではない。そのときはじめて、順子さんの最後の数分間の手がかりとなる目撃証言と遺留品について詳しい話を聞いた。

「あいつの自殺の原因については、いずれゆっくり話そう」父さんは言った。

「うん、そうだね」ぼくは応じた。

「いま訊きたければ、それでもいいぞ」

「べつに」ぼくは言った。

4

順子さんの最後の数分間について書く。

一九八七年五月二十四日、薄曇りの日曜日の午後、ほっそりした二十八歳の女性が、赤いファミリーカーで北関東の漁師町のコンビニエンス・ストアに乗りつけ、入口の脇にある公衆電話から電話をかけた。それをレジ係の高校生の女の子が目撃している。時刻は午後一時半ごろだった。

赤いファミリーカーの女性が順子さんである。電話の相手は判明している。都立新宿病院の小児病棟の看護婦だった。順子さんは看護婦に、入院中のぼくの容体をたずねた。変わりありません、元気すぎて困るぐらいですよ、と看護婦はこたえた。そのていどの短い会話で電話はおわった。

コンビニエンス・ストアのパーキングを出た順子さんは、つぎに花屋に寄った。味噌の醸造元の黒い板塀にそって走り、眠っているようなタクシー会社の先を左折すると、漁師町のメインストリートに出る。石造りの蔵のある家、〈学生服〉の看板をかかげる洋品店、そして『花の石本』が、当時のままにいまもある。順子さんは花屋で、薄紫色に縁どられた白い花びらのトルコ桔梗《ききょう》を買った。目撃者がいるのはここまでである。

順子さんのその後の行動を、遺留品から推し量ることができる。

空の広がる方角へ向けて走り、埠頭の手まえで右折すると、道は内陸部へ入る。五月下旬の水田では青い苗が風にそよいでいる。行く手の丘を巻くようにして左へ曲がると、海辺のパーキングに出る。人影はない。順子さんはキーをぬき、花束を手にして車を降りる。財布や運転免許証の入ったバッグは車のなかに残した。

順子さんはその日、水色のTシャツ、花模様をちらした暗色のロングスカート、布製の黒い靴、という装いをしていた。パーキングの端まで歩いていき、コンクリート製の狭い階段を降りる。海のざわめきが高まる。

両側を崖にはさまれた三十メートルほどの砂浜がある。潮が引いていく時刻で、人が歩ける幅の砂地が右手の崖にそって露出している。その細い通路を順子さんは伝っていき、やがて崖の下の窪みに出る。

視界のなかは海と空と岩肌だけになる。順子さんは花束を鋭角的な石の重なりに立てかける。華奢な手首からゴールドの時計をはずして平たい石の上にのせる。靴を脱ぎ、そろえて、時計の近くに寄せる。

薄い胸をそらして立った順子さんは、両手を腰の後ろへまわして、スカートのファスナーを降ろす。骨盤のあたりの布地をまさぐりながらスカートを脱ぐ。砂を払い、きちんと折り重ね、それを時計のかたわらにおく。

順子さんは左足から海に入る。波がくだけて太股まではねあがる。胸のまえで腕を交差させて彼女は自分の肩を抱く。波を膝で押しのけて前方へすすむ。足の裏が海中の岩をとらえる。立ちどまって、息をとめる。膝を軽く曲げる。彼女は身をおどらせる。

きれいなフォームのクロールで順子さんは泳いでいく。肩、腋《わき》の下、胸、下腹、膝の間、足の先端、それぞれの箇所でいくつもの水の流れができる。波のうねりに乗って沖へ向かい、いっきに数十メートルすすむ。そこで体を反転させる。仰向けの姿勢で波間をただよう。息をととのえた彼女は、脚を海中に降ろし、陸地を振り返る。切り立った灰色の崖の上に、方形のコンクリートの住居の重なりと、背後にそびえる塔が見える。

水色のTシャツは濡れて肌に張りついている。順子さんはそれを脱ぐ。ブラジャーも。膝を曲げてパンティも脱ぐ。形を失った小さな白い布切れが海の奥底へ降りていくのを、彼女はしばらく見ている。

ふたたび沖へ向けて、順子さんはクロールで泳いでいく。波を叩いて鷗《かもめ》の群れが飛び立つ。漁船の影はない。陸地はさらに遠ざかる。彼女は二度と振り返らない。

年月日、時刻、目撃証言、遺留品については事実そのとおりである。それ以外の部分では、ぼくはぼくが描写したいように描写している。ぼくは、世間が祈るような気持ちでそうあれと願っている健やかな高校生ではないが、とくに行き過ぎるような傾向はないと思う。全体として見れば平凡な男の子だろう。あなたがこの文章になにかしらの異常を感じるとすれば、そう感じるあなたがいるということだ。

5

順子さんの話をもうすこしつづける。

順子さんは高卒で地元の大型スーパーマーケットに就職した。社会人二年目に、その地方都市を営業でおとずれた父さんに、たまたま店で見初められた。その翌年の秋、彼女は二十一歳で父さんと結婚した。結婚から三年目の六月末にぼくを生み、二十八歳でこの世から姿を消した。量はさほど多くないが、二十代のそのときどきの順子さんの写真が家に残っている。そのおかげで、彼女の優しい面立ちはいつでも思い出すことができる。

だが記憶となると話はちがってくる。それはじゅうぶんに集積されないまま、四歳と十一ヵ月で突然入力がストップし、それ以降はすこしずつ消えていく一方である。わずかに残っている記憶は、ひどくおぼろげだ。ぼくへ向けられる優しい眼差し、声のひびき、甘い体臭、そういう順子さんの身体への手がかりとなるものは完璧《かんぺき》に忘れている。ぼくを無条件に抱きしめてくれる母なる存在が、かってぼくのすぐそばにいた、という感覚が残っているだけだ。それでさえも、ほんとうに彼女に関わる感覚なのかと言えば、疑問符がつく。いろいろな媒体を通じて、おびただしい量の『母と子の物語』を、無意識のうちにもぼくはうけとっているからだ。

ここで話がまた微妙になるのだが、じつは比較的鮮明な順子さんの記憶がある。記憶のなかの彼女は明らかに写真の二十代の順子さんである。だがそれはほんとうに記憶なのか、ぼくの心のはたらきで生じたイリュージョンなのか、判別があいまいになりつつある。

中野の家で順子さんがドレッサーのまえにいる。高級家具ばかりのなかで、その緑色のドレッサーはひどく安っぽく眼に映る。結婚まえに彼女が勤めていたときに自分の給料で買ったという感じの、ベニヤ板とラワン材でつくられたドレッサーだ。彼女は誰かのために化粧をしている。夫のためか、夫以外の誰かに体を与えたがっているのか、あるいはナルシスティックな化粧なのか、それはわからない。彼女は下着だけを身につけて低い椅子に腰を降ろしている。髪は短めのボブだ。うなじが見えて、幅の狭い肩につながって、首と肩のバランスがすごくいい。それから薄い背中が狭まっていって、くびれたウエストからきれいな曲線を描いて尻がはじまる。彼女の尻は、ほっそりした体からは想像もできない大きな逆ハート型で、重みもたっぷりある。そこを基点に、彼女のひかえめな上半身がすっと立っている、という印象だ。

この記憶はデイドリームのなかへくり返しあらわれる。彼女の後ろ姿を、ドアの陰で見ているぼくは、自分でもよくわからない不安を抱えている。その不安は息苦しさをともなっている。デイドリームのなかで、ぼくは息苦しさがあっさりと陶酔に変わる場面に遭遇する。気恥しさはある。罪の意識もないわけじゃない。だが、ぼくは抗《あらが》ったりしない。それは絶妙に、甘美だ。

友人の一人をえらんで打ち明けてみた。どちらかと言えば親しくつき合ってはいないが、そいつなら、冷やかしておわりにしないで、ぼくの意識と行為をきちんと解読してくれると思ったからだ。

「すごい射精だ。自我が消滅しちゃうんだ」とぼくは言った。

「なんの問題もない。おまえは正常だ。まともすぎるぐらいだ」友人は言った。

6

ぼくの物語は以上をもってほぼおわる。自分について書くことなんかたいしてない。


その夏に会った女の子の言葉。

「世界は解読されている。せめてそのことは認めようじゃないの。でも出口はどこにもない」

同感だ。出口がなければ、ぼくたちはこの惑星で、いつまでも愚行をくり返すことになる。無残としか言いようのないそのくり返しのなかにも、記録に値するものがないわけではない。彼らが犯した愚行の真摯《しんし》さと、その代償の大きさだ。彼らの偉大な愚行にくらべると、ぼくのそれはいかにも軽薄であり、切実さにはなはだしく欠ける。とはいえ物語の進行上、ぼくのばかげた日々にもふれざるをえない。

これはぼくたちが犯した愚行の記録である。

一九九九年、七月、最初の金曜日、ぼくは列車にゆられてRの家へ向かった。

第二章　シ、シティボーイだ

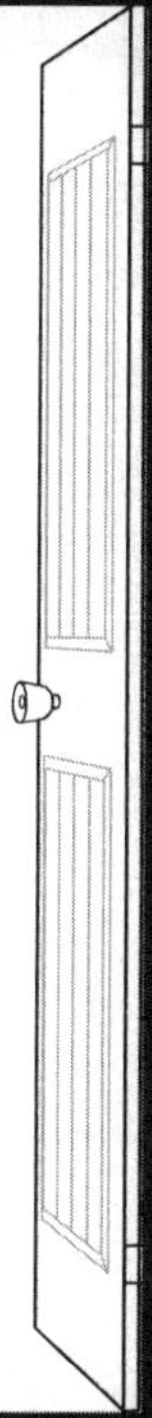

7

　最寄りの駅はなだらかな山の連なりが平野に接する地帯にあった。駅前ロータリーからまっすぐ東へのびる平坦な道路を、ぼくは歩いた。道路の両側は水田と麦の跡地の大豆畑だった。午後の強い陽ざしと、アスファルトの照り返しで、ぼくのシャツとトランクスはぐっしょり汗に濡れた。

　国道を渡ると、父さんに書いてもらった地図をデイパックから出して確認した。Ｒの家には父さんの運転する車でなんどかきたことがあるが、一人でくるのははじめてだった。道は狭く、くねりはじめた。古い集落を抜けて、亜熱帯の植物が鋭い葉を茂らせている地点に出た。道端に立ち、セブンスターのフィルターをちぎって口にくわえ、火を点《つ》けた。ぼくは一服やりながら、弧を描いてのびる海岸線の先にＲの家を捜した。

　小さな湾をはさんで、灰色の崖とその背後の緑の山からなる岬があった。切り立つ崖の上に、崖と同じ灰色の方形の建物が折り重なり、城塞を思わせるシルエットをつくっている。中央やや左寄りの奥まった位置に、塔に似た建物がある。海上をただよう空気の効果で、塔が燐光を発しているように眼に映る。そのRの家が完成して、後は入居を待つばかりとなった一九八七年五月二十四日、Rの家が建つ灰色の崖の下から、順子さんは海へと泳ぎ出したのだ。

隆起した台地の上を、さらに北へ向けて十八分ほど歩くと、『流崎《るさき》』の信号があった。流崎という地名のイニシャルをとって建築家が『Rの家』と命名したのだという。信号を右折してS字のカーブを降りた。黒松の林の向こうに、青灰色の海と、つながれた漁船と、町並みの一部が見えてくる。

巨大な砂岩が二つ、門柱の代わりに置かれていた。大きい方の岩に金属板が埋め込まれ、『BEテキスタイル』と彫られている。BEとはおばあちゃんの姓の山部の部に由来する。前面は海へ落ちる崖で、背後は険しい山の斜面だ。その狭い岩場に、コンクリート製の方形の建物がいくつか分散して建ち、空中を渡る廊下でつながれている。

駐車スペースにピックアップ・トラックがとまっていた。アイボリーホワイトできれいに塗装されている。東京のナンバーではない。庭の草刈りや部屋の空気の入れ替えなどを、地元の不動産屋に委託している。ぼくが長期間住むことになるので、父さんが気を利かせて不動産屋に連絡したのだろうか。

玄関ドアはロックされていた。キーでドアをあけた。スニーカーのまま玄関ホールにあがり、廊下をすすんだ。内壁も打ち放しコンクリートで、床にフローリングを敷いてある。左手の部屋をのぞいた。がらんとしたスペースに陽光が差し込んでいる。家具らしきものはなにもない。会社の事務所に使う予定だった部屋だ。

つぎの部屋に入った。ダイニングルームとリビングルームがひと繋《つな》がりになっている。六人掛けのダイニングテーブルがある。オレンジ色のシェードのコードペンダントが灯っていた。ぼくはそれを消した。システムキッチンの水切りとシンクのなかは整頓されている。調理台の電子レンジのなかに食べかけのピザ。スリードアの冷蔵庫をあけた。アイスクリーム、缶ビール、ミネラル・ウォーター、フルーツが各種。冷蔵庫の側面に粘着テープでとめた青いゴミ袋。なかは弁当の容器で一杯。誰かがここで暮らしているのだ。

廊下をもどった。足の運びが速くなった。曲面を持つ壁にそって階段をあがり、母屋と塔状の建物をつなぐ通路に出た。視線の先にらせん階段。それを最上階の五階まで昇ると、ぼくの部屋がある。

空中を渡る廊下をすすんだ。前半はなだらかなスロープになっている。途中の右手にアルコーブがある。音楽が薄く聞こえてくる。ぼくは足をとめた。ワルツだ。メロディを奏でているのはバンドネオン。正面奥のゲストルームのドアが半分ひらいている。ぼくはアルコーブを突っ切った。右手にもう一つ部屋がある。そちらのドアは閉まっている。

階段を三つ昇って、正面奥のドアに達した。ぼくの足もとに展覧会のカタログが落ちている。『未来派1909―1944』。壁際でCDと本の山が崩れている。部屋は八畳ほどのスペースだ。ベッドはない。窓に寄せたマットレスに若い女性が寝ていた。タオルケットは足もとの方へ蹴り落とされている。栗色の髪のボブが乱れて顔はよく見えない。ほぼ全裸だった。白い無地のTシャツの裾から、幅のある腰があらわになっている。長い脚の付け根で淡くもやっているヘアに、ぼくは眼をとめ、慌ててそらした。

ドアを離れ、階段を降りた。胸が高鳴っていた。誰なのかさっぱりわからなかった。不動産屋が若い女を引っ張り込んだのか？　そんなことってあるのか？　ぼくは混乱した。空中を渡る廊下に出た。父さんに電話をかけて訊いてみようか。事情を知っているかもしれない。そこでサンダルの音に気づいた。

ぺたぺたという無頓着な音をひびかせて、男性が母屋の方から廊下を近づいてくる。薄い布地のフィールドシャツを着て、黄土色のトランクスから日に焼けた脚を出している。

「やあ」と彼は言った。

「こんにちは」ぼくはいぶかる声で言った。

彼はぼくのまえに立った。酒の臭いがぷんぷんする。初対面の人であることは確かだが、ぼくの胸には懐かしい感情がせりあがってきた。彼は女性的とも言える優しい面立ちをしていた。父さんとよく似ているが、父さんよりもずっと若く見える。

「リョウです」ぼくは言った。

それだけでは彼に飲み込めなかったのか、ぼくにじっと視線をそそいだ。

「駅から歩いてきたのか」彼は訊いた。

「はい」

「けっこうかかるだろ」

「一時間ぐらい」

「哲士《てつし》と似てないな」ようやく彼は言った。

「母親似だって言われます。とくに眼と鼻はそっくりだって」

「ふうん」

「雅彦《まさひこ》伯父さんでしょ？」

「じつはそうなんだ」雅彦伯父さんは親しげな笑みを浮かべた。「甲状腺はもういいのか？」

「年に一回検査するていどです」ぼくはアルコーブの奥の部屋を指さした。「友だちがいっしょなんですか？」

「李花《りか》だよ」

きみも知ってるじゃないかという口ぶりだったが、ぼくはすぐにはわからなかった。

「誰です？」

「きみのいとこの李花だ」

「へえ」ぼくはおどろいた。「いつからここにいるんですか？」

「おれは五月の下旬。李花はもっとまえだ。二月のはじめぐらいって言ってたかな」

雅彦伯父さんは言った。

シャワーを浴びるために、ぼくはいったん雅彦伯父さんと別れた。

塔状の建物の吹き抜けに、らせん階段が架けられている。壁面の高さは十八メートル。階段は五つのフロアをめぐって天窓に達している。その棟にぼくの家族三人が住む予定だった。天窓の強化ガラスを透過した、やわらかい光をうけて、ぼくはらせん階段を昇った。

二階の部屋にキングサイズのベッドが一つ。父さんの寝室だ。とりあえずそこを使えと父さんは言ったが、ぼくは自分用につくられた部屋のフローリングにタオルを敷いて寝るつもりだった。三階はサニタリールーム。四階の順子さんの部屋は空っぽだった。ぼくは五階の自分の部屋に入ると、デイパックから洗面道具を出し、サニタリールームへ降りた。

8

ぼくは中野の家を離れたことがないし、雅彦伯父さんもずっと東京近辺で暮らしてきた。その二人が初対面とは奇妙なことである。だが、これには山部家の特殊な事情、というよりも「あの女が歩いた跡には草も生えない」と父さんが言うところの、おばあちゃんの烈《はげ》しい性格が関係している。

おばあちゃんは、十六歳から二十二歳にかけての七年間を映画撮影所ですごした。仕事は美術部の走り使いだった。敗戦の翌年、おばあちゃんが二十歳のときに撮影所で大争議が勃発し、最終局面では、武装警官二千名、アメリカ第一騎兵団五十名、戦車四台が突入したという。当時の写真が掲載されているグラフ雑誌を、父さんはおばあちゃんといっしょに見たことがある。そのとき一枚の鮮烈なショットが眼にとまった。戦車と群衆を背景に、大きなリボンで髪を束ねた娘が武装警官の腕をとり、なにか話しかけている、というスペクタクルな構図だ。おばあちゃんはリボンの娘を指さして、これはわたしだと明言した。撮影所を去った後、おばあちゃんは、離婚歴のある照明技師の紹介で横浜の縫製工場へ再就職し、その照明技師が三人の兄弟の父親になった。ぼくの父さんが一歳の誕生日を迎えるまえに、おばあちゃんは離婚した。離婚の理由が語られることはなく、三人の子供は二度と父親に会うことはなかった。なにかが原因で、おばあちゃんはぼくのおじいちゃんを許さなかったようである。

三人の子供は、いちばん上が長女のあき子、長男の雅彦、そして次男の哲士（ぼくの父さん）だ。雅彦伯父さんと父さんは一歳ちがいである。

李花は福岡のあき子伯母さんの娘で、ぼくより四歳年上だった。両親は二人とも大学教員だと聞いているが、なにが専門なのかは知らない。李花は京都に生まれて、それから福岡に引っ越した。ずっと西の方で暮らしていたから、法事でなんどか会ったことがあるていどで、それもぼくが小学校を卒業するまでの話だ。

ぼくが十一歳で彼女が十五歳ぐらいのときに、あき子伯母さんに連れられて李花が中野の家にきたことがある。ぼくは、子ども部屋の床に自慢のコレクションの怪獣人形をならべて、遊ぼうよと誘った。李花は蔑みの視線をちらと投げると無言で部屋を出ていった。幼稚すぎて相手をする気になれなかったのだろう。そのとき以来、ぼくが李花に会った記憶はない。

あき子伯母さんとはやや疎遠であるが、山部家の人間としてのつきあいがある。ところが、父さんもおばあちゃんも、山部家の長男が存在しないかのように暮らしていた。大人たちの会話でなにかの拍子に『雅彦』という名前が出ることはあった。そんなおりにぼくは、その人は誰なのと訊き、父さんには一つ上の兄がいて、ぼくが生まれる以前に家出をしたままだ、という説明をうけた。それだけだった。ぼくは詳しい事情を知らない。だが、どこの家族にもあるばかげた愛憎劇の果てに、山部家から長男が追放されたらしいことはわかる。

その日、Rの家で偶然出会うまで、ぼくにとって雅彦伯父さんはほとんど存在しない人だった。

9

ぼくはトランクス一枚でフローリングに仰向けになり、潮騒に耳をかたむけているうちに、すとんと眠りに落ちた。

名前を呼ぶ声で眼が覚めたとき、ぼくは暗闇のなかにいた。頭をめぐらすと、戸口に人影が立ち、その背後をスポットライトがらせん階段をかすめて階下へ落ちている。

「この部屋、電球がないいんじゃないの？」女の子の、明るいのびやかな声が言った。

「ああ」ぼくは間の抜けた声を出した。「確かめなかったな」

「蕎麦でも食べにいかない？」

「李花なの？」

「そうよ」

ぼくが着替えてらせん階段を降りると、廊下の途中で、李花がきれいな笑みを浮かべて待っていた。偏差値の異常に高い、大人びた、冷ややかな少女、という記憶にある彼女ではなかった。胸の隆起が二つ、紺色のTシャツから突き出していて、細身のブルージーンズは脚の長さを強調している。ぼくは彼女の美しさに気圧《けお》された。

「雅彦伯父さんは？」ぼくは訊いた。

「リビングで飲んでる。起きてるときはいつも飲んでる。ビール、日本酒、焼酎、ウイスキー。死んじゃうね」

「死んじゃうのか」

「だってそうでしょ」

「そりゃあそうだ」

「いくつになった？」李花が訊いた。

ぼくは自分の歳を言った。李花は今月のなかばで二十一歳になると言った。

「大学生？」とぼくは訊いた。

「風俗嬢」

ぼくは笑った。

「ほんとよ」李花は笑みのまま言った。「上手なの。自信あるの。おまえ、ぜったい、あたしに夢中になる」

もちろん、ぼくは信じなかった。

LDで飲んでいた雅彦伯父さんを誘って、ぼくたち三人は漁師町まで歩いた。心地好い夜風が吹いていた。急坂を降りていきながら、近況を話し合った。ピックアップ・トラックは、李花が二月にきてすぐ、こちらで買ったものだった。彼女はそのトラックで行町《ぎょうまち》の風俗店に通いはじめたが、いまは仕事を休んでいるのだと言った。なにか話したくない事情があってRの家にきたのだろうと思い、ぼくはなにも訊かなかった。雅彦伯父さんは、勤めていた台東区の工場が倒産したのがきっかけできたのだと言った。失業保険が切れる十月ぐらいには、東京にもどる予定だという。はしもと食堂の暖簾《のれん》を、慎ましい感じの女性がしまっているところだった。まだ夜の九時まえだが、商店街の大半はシャッターを降ろしている。ほかに食堂はない。Rの家に帰って即席麵でも食べようという話になった。コンビニエンス・ストアで雅彦伯父さんはポケットウィスキーを二本買い、一本を尻ポケットに突っ込み、もう一本の封を切った。

暗い道を歩きながら、ぼくは雅彦伯父さんとウィスキーをちびちびやった。李花はぼくたちのすぐ後を歩き、李花の背後に小型の黒い犬がついてきた。

埠頭の手まえで、ウィスキーを一本空けた。道の脇の空地に廃車が捨ててあった。小豆《あずき》色のワゴンだ。窓ガラスはすべて砕けている。ぼくは空のウィスキーをそこへ投げ入れた。足もとで犬が甘えるように一声鳴いた。

「拾ってきなさい」李花が厳しく言った。

廃車のドアはひらかなかった。ぼくは窓ガラスから上半身を突っ込んで、苦労してウィスキーの空き瓶を捜し出した。その間に、雅彦伯父さんは新しい瓶をいっきに飲み干して、それもワゴンのなかへ捨てた。ぼくはまた回収した。李花はくすくす笑っていた。

ぼくたちは上機嫌で、海ぞいの道を西へ歩いた。左手に低い防波堤。道の山側に民家が数軒。大谷石の塀があった。おおげさな庇《ひさし》を持つ日本家屋に薄明かりが灯っている。石塀が途切れて金色のメタリックな壁がつづいた。玄関に相当する部分を拡張して、店をかまえたらしい。壁に『歌えるスナック・はるみ』と薄桃色のネオン管。赤いビニールレザーの防音ドアがひらいていて、女性が戸口で煙草をくゆらしながら、ぼくたちへ鋭い視線を送ってきた。

「塔の家の人たちでしょ」

煙を吐き出して女性が言った。低い深みのある声だった。

「なるほどな」雅彦伯父さんが言った。

「なにがなるほどなの」

「塔の家って呼んでるのか」

「いつだったか、若い女の人が屋上で日光浴してたって。素っ裸で。あなたでしょ」

と女性は李花に言った。

「たぶんね」李花は言った。

「あなたは酔っぱらい」女性は雅彦伯父さんへ頑丈そうな顎を突き出した。「いつも酔ってる。朝そこの浜で飲んでた。夜はたいてい、はしもと食堂で日本酒。コンビニで買ったポケットウィスキー、いま持ってるでしょ」

「もう飲んだ」雅彦伯父さんは両方の手のひらを夜空へ向けた。

「じゃあ、うちで飲んでいかない？」

「カラオケはちょっとな」

「静かよ。誰もいないから」

雅彦伯父さんは、ぼくと李花の方を振り返った。ぼくの足もとで犬がまた一声鳴いた。

「動物はだめよ」女性が言った。

ぼくたちはその店に入った。カウンターとボックス席が一つ。八人も入れば満席の店だ。女性ボーカルのポップスが薄く流れている。トイレの脇にもう一つ防音ドア。母屋への出入り口らしい。李花をはさんで、ぼくが右に、雅彦伯父さんが左に腰を降ろした。雅彦伯父さんはジンのストレートを注文した。ぼくも同じものを、李花はウーロン茶を頼んだ。

「きみが、はるみか？」雅彦伯父さんが訊いた。

「ママは後でくる。あたしは手伝いなの」ホステスは自分の名前を言った。

「なんか飲めよ」

「ありがとう」

ホステスはウーロン茶をつくった。鮮やかな赤色のスリップドレスから逞しい肉体が透けている。海女《あま》か農婦か、そんな体つきだ。年齢は不詳。ぼくにはすべての女性の年齢が見当つかない。浅黒い肌には艶があり、男をそそるところがないわけではない。二つの小さなグラスにジンがそそがれた。ぼくたちは乾杯した。ホステスがカウンターを出て、雅彦伯父さんのとなりのストゥールに豊満な尻をのせようとした。

「向こうの端だ」雅彦伯父さんがぼくの方を指差した。

ホステスは満面の笑みで近づいてくると、ぼくの右どなりに腰をかけ、カウンターの上に用意されていた自分のビールとグラスを引き寄せた。ぼくは彼女にビールをついだ。また乾杯。ぼくはフィルターをちぎって煙草をくわえた。彼女はさっと火を点けた。

「なんでフィルターとっちゃうの?」ホステスが訊いた。

「両切りのセブンスターって、うまいんだよ」ぼくは言った。

ぼくは右手をホステスの腰にまわした。それは微動だにしなかった。たとえて言えば、水をたたえた巨大な樽だ。ガールフレンドの尻の、おぼろげな記憶では推し量れない、圧倒的な重量感があった。

「でっかい」とぼくは言った。

「お客さん、びっくりするぐらい、若いでしょ」ホステスが言った。

「いくつに見える？」

「うちの長男と同じぐらい。高一。ズバリでしょ」

「ちんぽこが萎《しな》びちゃったぜ」ぼくは眉をしかめてジンを流し込んだ。

　全員が笑った。そこでぼくは生暖かい風を首筋に感じた。表の防音ドアがひらいて男性が入ってきた。エアコンの冷風に残りすくない白髪がたなびいた。潮風に痛めつけられた顔に深く皺が刻まれている。男性は充血した眼をめぐらした。ランニングシャツからのぞいている隆々とした筋肉、胸に抱いた二連の猟銃、それぞれにぼくは眼をとめた。

「はるみは」

　と男性は低い声で言った。ホステスは黙って母屋に連結するドアを示した。男性はぼくの背後をとおってドアへ突進した。ぼくはグラスを飲みほして男性の消えたドアを見た。ホステスがジンをつぎ足した。

「警察に電話しなくていいの？」ぼくは言った。

「間にあわないと思うけど」ホステスはのんびりした口調でこたえた。

「そうだけど」

「いちおうしてみるね」

ホステスはカウンターの端へいって、コードレス・ホンをつかむと、内緒話をする声で通報した。電話を切るのとほとんど同時に、母屋の方で銃声に似た音がした。

「どっちが撃たれたのかな」とホステスは独りごちた。

「亭主がいるのか」雅彦伯父さんが訊いた。

「いる」

「まずママを撃つ。つぎに亭主だ」

「ああ、男って、女に逆上するものね」李花が言った。

「あるいは、ママのまえで、自分の喉に銃口をあてて引き金を引く」雅彦伯父さんが言った。

「そっちだ」ぼくは言った。

ぼくたちは引き揚げることにした。雅彦伯父さんが勘定を払った。ホステスはぼくたちを表に送り出して、母屋の方を見た。居間のあたりに薄明かりが灯っている。静かだ。銃声もパトカーのサイレンも聞こえない。月は出ていない。海と空が接するあたりがかすかに明るい。近くの暗がりで犬が一声鳴いた。ぼくは鼻をくんくん言わせて、うっとりするような、甘い、夜の匂いを嗅いだ。

10

銃声は二発だった。六十二歳の漁師が、五十八歳のスナックママに猟銃で重傷を負わせた直後、同じ銃で自殺——李花が買ってきた翌日の新聞で、ぼくはそれを知った。彼らは彼らの事情で、傷つけ合い、負傷させ、自殺した。ぼくはぼくの事情で生きている。ぼくの人生と彼らの人生にはなんの接点もない。

ぼくたちに約束事はなにもなかった。キッチンのシンクに汚れものをためて、ぼくと雅彦さんが——ぼくは李花にならって雅彦さんと呼ぶようになった——一度ずつ、李花に叱られた。ＬＤは禁煙になった。最低限のモラルを守らねばならない。そういうことだ。誰にも会わない日があった。李花と雅彦さんが二人で外食することもあるし、ぼくが麺を茹でる準備をしているときに、李花が食べたいと言えば、ぼくは喜んで彼女の分もつくった。

想像していたのとぜんぜんちがったが、Ｒの家での新しい生活は快適だった。暑い日中はたいてい寝ている、という以外にぼく自身の日課のようなものはなかった。なにかを考えたり、なにも考えなかったりした。朝夕の涼しい時間帯に、浜辺や漁師町を散歩した。歌えるスナックは閉鎖された。海女のようなホステスにも、甘い声で鳴く黒い小さな犬にも、出会わなかった。

ぼくは文庫本を一冊だけ持ってきていた。高円寺の古本屋で買ったウラジーミル・ナボコフの『ロリータ』だ。あれは少女ポルノなんかじゃなくて、反モラルの恐ろしい文学なのだ、という友人の言葉は頭に入っていたが、やはり期待めいたものはあり、読むたびに裏切られた思いに陥った。ページはすすまなかった。ぼくの読書量はひどくみすぼらしいものだ。一冊の本をきちんと最後まで読んだ例《ためし》がない。ぼくが引用する、気の利いたふうの文章で、ぼく自身の読書体験でえたものはほとんどない。みんな友人の読書体験のパクリだった。

LDにはいつも豊富な酒があった。そこへいって、ぼくは雅彦さんと飲んだ。おしゃべりするときも、二人とも黙っているときもあった。顔を合わせたからには、なにかおもしろい話題を持ち出さなくちゃならない、というような義務感をまったくともなわない、リラックスできる関係だった。

ぼくはほろ酔い気分で雅彦さんのばかばかしい体験談を聞くのが好きだった。

「朝早く海岸ぞいの県有林を散歩してたら、近くで物音がしたんで、おれは反射的に見た。いまも眼に焼きついてる。白い尻だ。熊笹の茂みのなかで、女がパンツを下ろしてしゃがみ込んでた。若い子だ。ラッキーだった。民宿の客じゃないかな。そこでじつに不思議なことに、女の子はおれと眼が合ったとたんに、両手で顔を隠した。尻は隠さなかった。もう一度言う。女の子が隠したのは顔だ。間が抜けてると思わないか？　その子は尻を隠すべきだったんだよ。そうだろ。李花、おまえだったらどうする？　顔か、尻か」

「顔」と李花はこたえた。

「おまえもおかしい」雅彦さんが断罪する口調で言った。

ぼくたちは笑い転げた。

11

ぼくたち三人はアルコーブの窓辺に立ち、中庭の萱《かや》が浜風になびくのを見ていた。

「去年の秋だった」と雅彦さんが言った。「吊革につかまって電車にゆられてたら、となりに中年の女がいた。ふだん着のような格好で、たぶん専業主婦だと思うが、その女はやけに立派なおっぱいをしてた。どーんと突き出てるんだが暑苦しいほどじゃない。女は対面する席にすわってるおじいちゃんとおしゃべりをしてた。上品な感じのおじいちゃんで、綾織のグレイのジャケット、グリーンのネクタイ、チャコール色のパンツ、そんな服装だった。二人の関係がちょっと気になったんだが、会話を聞いてもどんな関係なのかわからなかった。舅《しゅうと》と嫁じゃないし、親子でもないし、愛人関係でもない。言葉のやりとりはさらっとしてて、友人って感じかな。おじいちゃんは自分の息子の幼いころの話をしてた。ある日、女房がおじいちゃんに言ったそうだ。ねえ、あの子がおっぱいほしがるんだけど、どうする？　息子がなん歳のときの話か忘れたが、ようするに、母親のおっぱいをほしがるには、やや不自然と考えられる年ごろだろうな。たぶん四歳とか五歳とか。女房にどうするかと相談されて、おじいちゃんはなんてこたえたと思う？」

「おいおい、やめとけよ」ぼくは言った。

「ちがうんだ、それが。吸わせてやりなさいとおじいちゃんは言った。それで女房はにやにや笑いながら胸をはだけた。どんなおっぱいだったのか、とくに描写はなかった。おれの想像だと、ひどく愛想のないおっぱい」

「よくわからない」ぼくと李花は声をそろえて言った。

「そして事件が起こった。息子が予想外の行動に出たんだ」

「教えて」李花が言った。

「やつはいきなりパンツを脱いでふるちんになると、母親を押し倒した」

12

西陽が射す時刻に空中を渡る廊下で、李花がぼくに言った。

「たとえばリョウが金属バットで父親を殴り殺しちゃったとする。十七歳の、引きこもり傾向にある、童貞クンの、肥大した自己愛とうっせきした憎悪について、精神分析医と称する男がＴＶで得意そうに語ると思うの。でもその精神分析医の方が怪しい感じがするのよ。ねえ、あんた、一度カウンセリングをうけてみた方がいいよって忠告したくなる。そういうやつがいっぱいＴＶに出てしゃべってる。彼らの言葉はかすってもいないと言うつもりはない。だけど彼らの分析の本質は、自分が大好きな物語を語っている、という点にあるわけ。彼らにかぎらず誰でも、自分のための、自分好みの物語を、まきちらしながら世間を渡ってる。ＴＶ人、新聞人、スポーツ人、作家、政治家、官僚、医師、教師、牧師、娼婦、夫婦、俳優、八百屋、極道、などなど。とくに関西方面では、けちな性犯罪者さえも、マイクを突きつけられると自分の犯罪を訓話にみちた物語にしちゃう」

　ぼくに関する部分でおもしろくない形容があるが、考え方そのものには同意して、ぼくはたしかに物語が過剰だと言った。

「ゴミ問題と同じだよ。汚れと悪臭とコストの負担でぼくたちは緩慢に死につつある」

　李花は白い小さなタオルを首にかけて、胸のまえに垂らしていた。そのタオル以外にはなにも身につけていなかった。ほぼ真横から射し込む陽の光をあびて輝く彼女の裸体から、ぼくは視線をはずして西の窓を見た。海の上をただよう空気が赤みをおびた微妙な色彩に染まっている。

「世界はとっくに解読されてるのよ」と李花は言った。「にもかかわらず、ばかげた物語が大量に垂れ流されて、世界のありのままの姿を隠そうとする。心の闇っていうのは、物語がそれを隠してきたから、闇として存在するわけでしょ。もともとそれは闇でもなんでもないのに、作家と精神分析医がそれについて語りつづけてる。ヒトゲノムは解読できるようになったけど、人の心の闇はまだ解き明かされていないって、世間に信じ込ませようとしてる。隠して、それについて特権的に語るんだから、一種のマッチポンプね。詐欺同然よ。どの新聞でもいいから、ある日の朝刊を端から端までざっと眼をとおしさえすれば、人類がこれまでどれほどの陰惨な殺人をくり返してきたのか、世界の終末までえんえんと殺人をくり返していくにちがいないってことが、誰だって理解できるのに」

「李花の言うとおりだ」ぼくは言った。

「世界は解読されている。せめてそのことは認めようじゃないの。でも出口はどこにもない」李花は言った。

13

「そうは言うけどさ、物語なしに人は生きていけないぜ」と雅彦さんはめずらしく熱を込めて言った。「ユング派もどきの、わけのわかったような、わからないような、けっきょくおれの頭ではよくわからない話をしようってわけじゃない。物語が切実にもとめられている領域があるじゃないか。セックスの領域だよ。おれの考えでは、人類はエロチックな物語なしには生殖行為すらできない。快楽としてのセックスではなく、生殖行為すらだ。たとえば暴力というのは振るった方がぜったい愉しい。小説や映画の暴力描写なんて、じっさいに振るう暴力の快感とくらべたらカスみたいなもんだ。だけどセックスはちがう。あれはするものじゃなくて想像するものなんだ。セックスと想像上のセックスはイコールだ。セックスとは性幻想のことだ。男は生身の女に勃起するわけじゃない。生身の男に濡れる女なんてこの世に存在しない。我々は生身の人間に投影した自分の性幻想に欲情するんだ。ある種の性幻想にとっては生身の人間さえ必要としない。ハイヒール、ストッキング、晴れ着、そういうのはスタンダードだ。ステンレス製のポットジャーを見つめるだけで射精してしまう男を、おれは知ってる。欲情する我々にとって、性幻想は、リアルで、すごく洗練された、なにかだ。すごいだろ、人類て。ブラボウ」

セックスの話ばかりをしていたわけではない。大工見習いの経験があるという雅彦さんが、散歩の途中で、棟上げまえの家を使って軸組み工法を説明してくれた。おもしろい話だった。哲学と芸術関係の本を読み漁《あさ》っている李花に、未来派からダダを経てシュルレアリスムに至るアバンギャルドの流れの講義をうけたこともある。ぼくはダダの徹底的にわざと無礼であろうとする態度に惹かれた。とはいえ、事実として、ぼくたちはセックスについてたびたび議論をかわした。

14

「お店へいく途中の国道に、小川興産柳町ＳＳというガソリンスタンドがあって、感じのいい男の子がはたらいてるの。背はあたしより低くて、がっちりした体型で、歳は十九。いつもちょっと怒ってるような顔つきだけど、眼がきれい。身のこなしはきびきびしてる。雅彦さんがＲの家にくるまえの話だけど、彼にお店の名刺を渡して、サービスするから遊びにきてちょうだいって言ったの」

東の空が明けはじめた時刻だった。国道を行町へ向けて走るピックアップ・トラックの助手席で、ぼくは李花の名刺をながめていた。『ビビアン』という店名、その下に李花が店で使っている『ティティ』という名前、それからまた店名と、住所と電話番号が印刷されている。その名刺だけではどんな職業なのかわからない。だが、李花の落ち着いた口ぶりから、ぼくは彼女が風俗嬢であるというおそろしい現実をうけ入れる覚悟を決めた。

「行町にあるファッションヘルスは二軒だけで、ソープもイメクラもないから、名刺を見てわかったと思うのね、ヘルスだってことが。彼の歳ごろだったら関心あるはずでしょ」

「ある」ぼくは言った。

「男の子は、ほんの一瞬、あたしの眼を見て、視線を名刺にもどすと、小さくおじぎして、名刺をユニホームの胸のポケットに入れた。遊びにいきますとか、風俗は苦手でとか、返事はいっさいなかった。それ以来なんども柳町SSで給油した。五日に一回か一週間に一回のペースかな。男の子はあたしを避けるふうでもなし、親しげに話しかけるでもなし、スタンドの従業員の接客マナーそのままの態度なの。現場の流れで彼が給油してくれない場合もある。で、リョウがくる二週間ぐらいまえのある日、彼が灰皿を掃除してくれたときに訊いてみた。あたしのこと嫌い？　いいえ。じゃあ今夜遊びにきてくれる？　彼、困った顔になって、口をにごして、それでおわった。ところが、彼、ほんとに、きてくれたの」

「ねえ、李花」ぼくはさえぎった。「だいたいわかったから、べつの話をしないか」

「わかったって、なにが？」

「聞きたくないんだ」

「どうして？」

「せつなくなるじゃないか」

「あたしがその子のあれをしごいてイカせるところを、想像したくないってこと？」

「いとこだし」

「仮にあたしがリョウの姉だとしても、あたしは自分の仕事の話をするだけなの。職業的なプライドもある」

ぼくはちょっと考えた。

「正論だ」と言った。

正論であることを認めたぼくの声には、明らかに不機嫌なひびきがあった。それが李花に伝わった。彼女は口を閉ざした。対向車の走行音が朝の静寂のなかで尾を引いて遠ざかる。進行方向左手に、小川興産柳町ＳＳが近づき、そして去った。

「話の腰を折ってごめん」ぼくは言った。

「べつに」と李花は言った。

それでまた会話が途切れた。

西の空にも薄いブルーがひろがりはじめた。国道から行町の古い商店街に入った。結婚式場の角を曲がり、飲み屋街をしばらく走ると、二軒のファッションヘルスが入った白いビルがあった。『ビビアン』、もう一つは『天使の誘惑』という店だった。

「風俗は知らないんだ」ぼくは言った。

「でしょうね」李花は鼻を鳴らした。

「セックスの経験もない。でも挿入したことはある。指一本」

ぼくは右手の人差し指を立てた。笑いを期待したのだが、李花は無言で前方へ冷ややかな視線を向けていた。ならばとっておきの、あの息苦しいデイドリームを話そうかと思ったが、ばかにされるだけかもしれないので、ぼくはそのままつづけた。

「泣かれちゃってさ。それがきっかけでガールフレンドと別れた。山部くんが怖いって言われた。中三の冬休みだった。それから一年も経たないうちに、そいつは妊娠した。なんでわかったかって言うと、中絶費用のカンパ袋がぼくのところにもまわってきたんだ。ひでえ女だろ」

「なんでそんな話をするの」李花が言った。

「なんでかな」

「あたしに機嫌を直してもらいたいわけ?」

「そういうのもある」

「じゃあ、さっきおまえに邪魔された話のつづきを、してやろうか」

「李花、そんな言い方はないよ」ぼくは非難する口調で言った。

李花は軽くアクセルを踏むと、一方的にしゃべりはじめた。

「その男の子は礼儀正しくて、無口で純情で優しくて、おまえにないものをぜんぶ持ってた。だからあたしは感激してテクニックをぜんぶ使ってサービスした。ようするに彼の自意識という固いヨロイをはぎとるんだけど、そういう素直な子を導いていくのはわりとかんたん。彼はよがり声をあげて、のたうちまわって、自分でも気づかないうちにオーガズムに達しちゃった。射精なしで。わかるかなリョウに。射精をともなわない男のオーガズムがあるの。だからなんどでもイク。オーガズムがいつはじまって、いつおわったのかもわからない、夢のような時間の流れに彼はただよい出していって、最後は失神しちゃった。リョウ、おまえのぜんぜん知らない世界よ」

ほんとうにそんな世界があるのか、ぼくにはわからなかった。ピックアップ・トラックは行町の歓楽街を南へ抜けて県道に出た。赤い信号が点滅している。県道を横切り、石造りの信用組合と行町老人憩いの家の間の路地を、のろのろと下った。

「時間ぎりぎりまで、彼はあたしの腕のなかでまどろんでいた。ずっとそのままでいたかったけど、そうもいかないから、急いで服を着せてあげた。あたし誘ったの。こんどコーヒーでも飲みにいかない？　彼はこんなふうに言った。きみのことは、可愛くて格好いい子だって、ずっと思ってた。気持ちの優しい子だってこともよくわかった。好きか嫌いかと訊かれたら、ぜったい好きさ。でもおれの頭は混乱してる。仕事でつきあうかぎりは、スタンドでもこの店でも、きみに失礼な態度はとらない。それは約束できる。でも、いっしょにコーヒー飲んだら、おれは失礼な男になるだろうな、とめどなくという感じで。つまりおれは根掘り葉掘りきみに質問をするってことさ。そんなの、おたがいに嫌だよな。コーヒーは愉しく飲みたいものな。彼がなにを言いたかったのか、わかる？」

海員会館のすべての窓ガラスで朝の薄紫色の光がはねていた。貨物鉄道の小さな踏切を越えたあたりで前方の視界がひらけた。鮮やかなブルーが空の隅々までひろがっている。

「わかる」とぼくは静かな口調で言った。

「風俗さえ知らないおまえに、なんでわかるのよ」李花は軽い侮蔑を込めた。

「じゃあ、わかるかなんて訊くなよ」ぼくは言い返した。

「なにがわかったか聞かせてよ」

「肩の筋肉をもみほぐす仕事と、べつの筋肉をもみほぐしてイカせる仕事の間に、そいつは厳密な線を引いてる。だからプライベートの場では、李花に問わざるをえない。きみのようにすてきな女の子が、なんでこんな仕事してるんだい？　一方、じゃあおまえはなんでヘルスの女の子にイカせてもらってるんだという問いに、こたえることができない。そいつは自己矛盾に気がついてる。好青年だ。たぶん李花は、そういうふつうの好青年が好きなんだと思う。残念ながら小さな恋を失っちゃったけど、いつか、李花をまるごと好きだと言ってくれる男があらわれるさ」

「おまえ、ほんとに生意気。あたしの裸を想像してオナニーしたら、ぶっ殺してやる」

李花はふいにアクセルを踏み込んだ。道路に人影はなかった。行町税関出張所の先を鋭角的に曲がった。タイヤが軋《きし》み、ゴムの焦げた臭いが鼻をついた。速度をあげていくと両サイドの窓から風が巻いて流れ込んできた。小さな襟の、ふつうの白い半袖のブラウスを、彼女は着ていた。ブラウスの袖がはためいて肩と肘の間のやわらかい肌を叩いた。

倉庫街のゆるやかなカーブにさしかかった。速度を落とさずにコーナーに突入した。路面の突起に乗りあげてピックアップ・トラックはバウンドした。埠頭へ向けてのびる線路が視界をよぎった。踏切の中間で着地した瞬間、ぼくと李花は座席でうきあがった。

三車線のまっすぐな道路に出た。海側の金網のフェンスはどこまでもつづいた。フェンスの内側に裾野の広い円錐形の黒い山が点在していた。原野のような敷地をベルトコンベアがながながとのびて、先端は鉱石が山積みされた円錐形の頂点に接し、もう一端は箱型の巨大な建物のなかに消えている。

李花はブラウスのボタンに指をかけて、下から順番にはずしていった。まえをすっかりはだけてしまうと、さらにアクセルを踏み込んだ。鋭い金属音が車内を走り抜け、ピックアップ・トラックのボディ全体が細かい振動をはじめた。速度計の針は百七十キロメートルあたりで限界に達した。ブラウスの内側に、胸のふくらみの美しさを過不足なく表現した下着を、彼女は身につけていた。しっかりとささえられた双《ふた》つのふくらみに、風が衝突して方向を変え、谷間を上へ流れ、裾野を巻いて、背後へ吹き抜けていく。ぼくは怒れる乳房を見ていた。

15

父さんのガールフレンドを一人、ぼくは知っている。名前は忘れた。中学に入学してすぐ一度会っただけだ。新宿で映画を観て——アル・パチーノの『カリートの道』だったと思うが、ちがうかもしれない——焼肉店に入った。ぼくはカルビを食べすぎて気持ち悪くなり、トイレに駆け込んで吐いたという情けないエピソードとともに、彼女のことを思い出すことがある。

　記憶のなかでは、大人の女性の雰囲気をただよわせた、華奢な体つきの人で、しゃべると印象ががらりと変わった。彼女は父さんに命令口調で話した。むかしうちの会社にいた人だと紹介されたはずだから、二人はおたがいをよく知っている仲だったのだろう。彼女はぼくに対しても同じような態度をとった。ぽんぽんと質問をあびせかけ、ぼくの言葉によく笑った。街をぶらっと歩いているときに、彼女は父さんとの話に夢中になって、ごく自然な感じで腕を組んだ。そしてぼくを置き去りにしていることに気づくと、彼女は急いで父さんから離れ、乱暴な仕草でぼくの腕をとった。そのときの彼女の笑み、匂い、ぼくの手をまさぐった彼女の手の湿った感触を、おぼえている。

　順子さんの記憶がほとんどないのに、数時間会っただけの彼女の記憶の方が鮮明なのは、なぜだろうかと考えたことがある。ぼくの年齢がいくらか関係しているだろう。四歳と十一ヵ月で途切れたおぼろげな記憶と、十二歳での印象的な出会いのちがいがある。彼女は一瞬のうちに思春期のぼくを攪乱《かくらん》したのだ。

16

Rの家にきてちょうど二週間後の金曜日、日没直後の涼しい時間帯に、ぼくは雅彦さんとポーチの石段に腰をかけ、李花がローラースケートで前庭をぐるぐるまわっているのを、ぼんやりながめていた。ぼくと李花は、行町への夜明けのドライブの後でも、ときおり相手を傷つけるような言葉を投げつけ合ったが、どういうわけか親密さは以前より増しつつあった。

そこへ不規則な排気音をひびかせて青いクーペが侵入してきた。クーペから降り立った女性を見たとき、彼女が誰であるのか、ぼくはすぐにわかった。

「雅彦じゃないの」彼女の第一声は、びっくりした口調で、雅彦さんに向けられた。

「ここでなにしてるの？」

二人の間で賑やかな言葉がかわされた。彼女は、父さんからRの家のキーを借りて週末をすごしにきたのだと言った。雅彦さんが彼女をぼくたちに紹介した。石川美由起という名前だった。記憶にある彼女よりも、ずっと華奢で小柄で、彼女の頭のてっぺんはぼくの顎の下にすっぽりおさまるていどの高さしかなかった。決して若くはないが、いまでもじゅうぶんに美しく、率直さはあいかわらずだった。

「おぼえてる？」美由起さんがぼくに訊いた。

「おぼえてます」ぼくは言った。

「リョウ、あなたに会いたくてきたのよ」

「ぼくに？」

「話してもいい歳ごろだと思って」

「わからないな」

「哲士が順子さんと結婚する、ずっとまえから、あたしは哲士とつきあってたの」

雅彦さんは知っていたようだ。ため息をつくような仕草をすると、美由起さんの手から小さなボストンバッグをひったくって、先に玄関のなかに入った。

「なんてこった」ぼくは言った。

「なんてこった」李花がぼくのとなりで言った。

ぼくはそのまま漁師町へ降りた。美由起さんと顔を合わせたくなかったわけではなく、もともと散歩に出かけるつもりだった。海岸線も悪くないが、狭い路地に軒の低い家が連なる漁師町も、好きな散歩コースだ。小さな橋があった。流れの上に渡した板に、老婆が花の鉢をならべていた。ぼくは目的のない人の足どりで歩きつづけた。

西の空の赤みが消えて町全体に闇が降りてきたころ、はしもと食堂に入って、熱い鴨南蛮を食べた。帰りは海ぞいの道をのんびり歩いた。歌えるスナック・はるみは店を閉めた状態がつづいていた。あの黒い犬にも頑丈そうなホステスにも出会わなかった。

けっきょく、美由起さんと顔を合わせたのは深夜だった。彼女は酒の臭いをぷんぷんさせて、ぼくの部屋にきた。

「告白されたって困るんだよな、てな顔してる」と彼女は言った。

「べつに困ってないよ」とぼくは言った。

「あたしのこと嫌い？」

「嫌いじゃない」

「じゃあ飲もうよ」

ぼくたちはＬＤへいった。李花と雅彦さんの姿はなかった。美由起さんはパジャマ姿でソファにくつろぎながら、懐かしむ声でおばあちゃんとの出会いを語りはじめた。それは、会社がまだ、山部テキスタイル研究所という名前だった時代の話だ。

美由起さんが生まれ育った町は、江戸時代からつづく織物の産地だという。いまはありふれたベッドタウンで、住んでいる人のほとんどは町の歴史を知らない。大正時代に、板締めという独特の技術を使って、奄美大島の大島紬《つむぎ》に似た紬をつくり出し、けっこう栄えた。その伝統技術を、美由起さんの父親が祖父から受け継いで、細々と着物地をつくっていた。彼女が高校二年生のころ、ぼくのおばあちゃんがあらわれて、反物ではなくて洋服地を染めてくれないか、という話を持ち込んできた。それが美由起さんとおばあちゃんの出会いだった。おばあちゃんが彼女の父親を熱っぽく説得する様子がおもしろくて、すぐに仲良くなったという。

「あの世代の女性で、好奇心を持続させて、しかもそれを商売にするエネルギーを持ってる人を見たのは、はじめての経験だったの」と美由起さんは言った。

美由起さんは高校卒業後、半年ほど証券会社に勤め、それからぼくのおばあちゃんに誘われて山部テキスタイル研究所に入った。従業員が数人の小さな会社で、子供たちが年中遊びにきていたという。

「山部リクは憧れの人。だけど母親に持ったら最悪」と美由起さんは言った。リクというのは、おばあちゃんの名前だ。

「完璧な人はいません」ぼくは言った。

「そうね」

「わが青春の敵」

美由起さんは笑った。「雅彦がそう言ったの？」

「あき子伯母さん。李花から聞いたんです。恋をせよ、恋もできぬ女は不幸である」

「と、リクさんから強要されて、あき子さんは逃げ出したのね」

「家族は一つの権力関係だから」

「うん」

「そこには壮絶な闘争がある」

「リョウはなんでもわかってる」

「ぼくの言葉はぜんぶパクリです」

おばあちゃんの話が出尽くすまでに、ぼくは、ウオッカ、ジン、ウィスキーをダブルで一杯ずつ飲んだ。喉が渇いてきたので、冷蔵庫から缶ビールをとり出したところで、美由起さんがストップをかけた。

「未成年はもうだめよ」

「じゃあ、そろそろ告白を」ぼくは言った。

「いまからする」

「どうぞ」ぼくは缶ビールのプルタブを引き、喉を鳴らしてビールを流し込んだ。

「告白の内容それ自体に、たいして意味はないの。告白はかならず、本人が意識していようがいまいが、べつの罪を隠すためになされるわけだから、そのへんを注意するように」

「へえ」ぼくは言った。

「わかるでしょ。ほら、告白って偽善的な匂いがするじゃない」

「うん、する」

「隠そうとしている罪を、当てっこするゲームをしようか」

「いいですよ」

「セックスの話をばんばんすることになるけど」

「べつに問題ありません」

美由起さんは長いため息をもらした。ぼくの言葉に対してなのか、自分のでたらめな人生を振り返ってのものなのか、よくわからなかった。美由起さんのとろんとした眼差しに、ぼくは短い時間、眼をとめた。

「ぼくが質問しましょうか」ぼくは提案した。

「そうね」美由起さんはほっとして言った。

ようやくぼくたちはスタートラインについた。

「父さんとまだつき合ってるんですか？」

「イエス」

「つき合いはじめたのはいつ？」

「会社に入って三年目ぐらい。あたしが二十一で、哲士は十六かな」

美由起さんはいま四十九歳ということになる。

「父さんはいまのぼくより若かったのか」

「雅彦はもう家出してた。あき子さんは京都の大学生」

「男と女の関係になったのはいつ？」

「キスまで一年。キスとお触りだけで二年近く。さんざん焦《じ》らしてから、彼の大学入学祝いにさせてあげた」

「十八歳と二十三歳」

「そうね」

「父さんは、はじめてだったの？」

「ふりを装ってたかもしれない」

「おばあちゃんは二人の関係を知ってたの？」

「知ってた。気にしてなかったみたい。性教育にちょうどいいぐらいに思ってたんじゃないのかな。結婚して身を固めて、いっちょうあがり。そういう感覚だと思う」

いかにもおばあちゃんらしい、とぼくは思った。

「でも結婚後も関係はつづいたわけでしょ」

「バレないように慎重にやってた」

「美由起さんが、おばあちゃんの会社をやめたのはいつ？」

「九年間勤めて、二十八歳のときかな。ちょうど哲士が大学を出てリクさんの補佐をはじめるのと入れちがいに、あたしはやめたの。同じ職場だなんて嫌でしょ。あのころ従業員も四、五人だし」

「おばあちゃんの会社をやめてから、どうしてたの？」

「アパレル・メーカーをいくつか渡り歩いて、いまの会社にはしぶとく居座ってるわ。ポストは企画室長。権限なんてたいしてないけど」

「父さんとの関係は変わりなくつづいたの？」

「多少、疎遠になった。あたしの方が仕事が忙しくなって。あたしが退職して二年後に、哲士は結婚」

ぼくはビールを口につけ、頭を整理した。

「もめなかった？」

「もめない。あたしは哲士と結婚する意思はないし、彼の女性関係に口を出す意思もないから」

「そういうのって、よくわからないんだけど」

　こんどは美由起さんがしばらく考えた。

「世の中には男女関係の枠組みのようなものがあって、それは決定的に女に不利にできてる。だから、男を言い負かしたり、とっちめたりしても無駄なの。男は辛くなるとママの大きなお尻の陰に隠れちゃうでしょ。たとえて言うとそういうこと。男の背後にひかえてる力の、愚かさと強大さをばかにできないのよ。でも、ベッドの上に関係を限定すれば、サシでフェアな勝負が可能になる。そう思ってるわけ」

「関係を限定するって？」

「極端に言うと、哲士とデイトするときは、ホテルの部屋に入って一歩も出ない。お腹が空いたらルームサービス。頭にあるのはセックスのことだけ」

「ロマンチックな気分は」

「間抜けな質問よ」

「そうかな」ぼくは李花の失恋を考えていた。

「じゃあ訂正する。彼とずっとつづいたのは、やっぱり特別な感情があるからね。現在という地点から振り返れば、そういえると思う。二十八年は一つの歴史でしょ」

「歴史ね」ぼくにはいちばん理解しにくい主題だ。

「独占欲も嫉妬心もふつうにある。そういう感情を上手に使って、どうやったら気持ちのいいセックスに至るかに集中するわけ」

「大脳の問題」とぼくは言った。

「そのとおり。性器の結合だけを考えてもだめ。イクとかイカせるとかだけを考えてもだめ。けっこう有効利用できるのは、タブーを侵犯するときの感情」

「不倫とか」

「雇用主が溺愛してる未成年の息子をものにしちゃうとか」

ぼくは両腕をひろげ、手のひらを上に向けた。

「ついていけません」

「リョウの歳でもなんとなくわかると思うけど」

「深刻な経験不足があるんです」

「そうか」

「論理構成はわかります。タブーを侵犯すると自我が動揺するんです。自我の消滅。絶対的帰依。宗教のオーガズムと似てる」

「すばらしい」美由起さんは破顔した。

ぼくたちは乾杯した。

「とにかく父さんとのセックスは悪くなかった」ぼくは確認した。

「そうね」

「順子さんは二人の関係を知ってたの？」

「哲士が浮気してるのは気づいてた。相手が誰なのかは知らなかったと思う。あたしを責めないの？」

「どうして」

「順子さんを苦しめたわ」

「両親の問題だし、個人的な問題です。それともぼくに責められたいんですか？」

美由起さんは、ぼくの言葉を考える眼差しになった。煙草のパッケージから一本抜いた。ゴールドのライターで点け、ソファに背をもたせかけて、深々と煙を吸いこんだ。

「発言を撤回する」美由起さんは言った。

質問事項はもう残っていなかった。

「ぼくを映画に連れてってくれたでしょ」

「順子さんが亡くなってずいぶん経ってからね」

「あれはなにか意味があったの？」

「いちどリョウに会いたいって、あたしが哲士に頼んだ。ほかに考えがあったわけじゃないわ」

「ぼくの質問はおわりです」

美由起さんは短く息を吐いた。「けっこう緊張しちゃった」

「告白を通じて、美由起さんは、なにを隠そうとしたの？」

「自分ではわからない。教えてちょうだい」

美由起さんは四十九歳とは思えないいじらしい表情を見せた。

17

翌日の午前中、ぼくは美由起さんに誘われて青いクーペで出かけた。雨をはらんだ雲が重く垂れ、フロントガラスにひとつ雨が落ちてきた。厚い雲にさえぎられて太陽の位置はわからない。砂浜に引き揚げられた漁船、樹木、水田の畦《あぜ》でたたずむ人、どこにも影がなかった。

海辺のパーキングでクーペを降りた。イルカを描いた新しい公衆トイレがあった。父さんの話では、赤いファミリーカーが発見されたとき、そのトイレはなかったという。順子さんが生きている可能性について考えたことはないのか、と美由起さんが訊いた。入水自殺の証拠となる遺留品はある。だが死体は見つかっていない。論理的には生存の可能性があることになる。小学生のころに夢想したことはあるけど、いまはぜんぜん、とぼくはこたえた。それ以上話はすすまなかった。ぼくたちはパーキングの端から、小さな砂浜と、それにつづく西の崖の下の波打ち際を、しばらくながめた。

国道へ出て、東京方面へ三十分ほど走り、比較的大きな駅の駅前にある大型スーパーマーケットへ入った。

「ひどい話なんだけど、哲士が結婚したばかりのころ、中野のマンションにいったことがあるの。もちろん順子さんはいなかった。実家に用事があったのか、なんだったのか忘れたけど、とにかく留守だった」

美由起さんはフロア案内のまえでぼくに寄りそうと、ささやく声で言った。

「なにしにいったんですか」ぼくは訊いた。

「順子さんがどんな人か知りたくて」

「いないのに?」

「部屋の感じとかでわかるじゃない」

「そうか」

「嫌らしい女でしょ。怒ってる？」

「べつに」

美由起さんはぼくを見あげて小さな笑みをこぼした。「リクさんが哲士に買い与えた上質な家具がいっぱいあった。ワグナーのアームチェア。ジャクソンのソファ。北欧のコードペンダント灯。そういうインテリアがならぶ部屋の隅に、順子さんの安物のドレッサーが、そっと置かれていたの」

「ぼくもおぼえてる。緑色のドレッサーだ」

「深い緑色」美由起さんは厳密さをもとめる口調で言った。「哲士の話だと、順子さんが独身時代にはじめてのボーナスで買ったんだって。まるで順子さん自身のように、ひかえめに自己主張している感じのドレッサーだった」

ぼくの想像していたとおりだったので、ちょっとおどろいた。もしかすると、父さんからその話を聞いていたのかもしれない。地下の食品売場へ通じるエスカレーターに乗った。

「順子さんは、勤勉なブルーカラーの娘、そのままの人。平凡で芯の強い人。言葉をかわしてみれば、聡明な人でもあることが、すぐにわかる」美由起さんは言った。

「会ったことないのに、どうしてわかるの？」

「哲士の話と、あのドレッサーで、あたしにはわかるの」美由起さんは断定する口調で言った。

地下食品売場で、コーヒー豆、チーズ、山椒の実の瓶詰、オイル・サーディンの缶詰などを買った。

「順子さんがはたらいてた大型スーパーは全国展開してるチェーン店だから、この店よりもうすこし高級かな」美由起さんが言った。

「ふうん」

「はじめは理解できなかった。哲士が順子さんをえらんだなんて」

「どうして」

カゴをぼくに持たせて、美由起さんはレジスターへ向かった。

「写真でしか知らないけど、順子さんの顔は好きよ。くせがないから、化粧映えすると思う。薄くシャドーをつけただけで、ぐっと引き締まる。だけど美人とはいえない。セクシーでもない。センスのない男の眼には、貧相な肉体をした平凡な娘。地方都市の大型スーパーマーケットの、高卒の、ただの売り子。でも哲士はそこに魅かれたの」

「そこって?」

「高卒の売り子」

「わからないよ」

「野辺に咲く花」

「ふうん」

「足をとめる。ふと見惚れる。思わず手をのばす。花の茎を折ってみる。そう考えてみれば、哲士の気持ちがわからないではない。ほら、レジスターの若い女の子を見て」

美由起さんが示した方角をぼくは見た。ペパーミント・グリーンのベストとスカートという制服を着た女の子は、客に一礼すると、カゴから品物をとりながら、キーを叩きはじめた。黒い髪を後ろで束ねて、額をきれいに出している。真剣な眼差しと、染み一つない肌の艶。

「彼女の魅力は、リョウも感じるでしょ」美由起さんが言った。

「感じる」

「哲士は、いまのリョウのように、スーパーマーケットの売り子の魅力にふと胸を衝かれた。ここまでは理解できる。でも当時の哲士は、二十三、四歳で、世間では一流と呼ばれる私立大学を出て、母親が切りひらいたテキスタイル・ビジネスの道を、収益性だけでなくて、アートの匂いがするブランドとして確立させようという野心に燃えていたのよ。周囲には、それなりに洗練された若い女性が複数いたことを、あたしは知ってるの。それでも哲士は順子さんをえらんだ。野辺の花を摘んでみたという話じゃなくて、結婚したのよ。なぜだと思う？」

「ぼくに訊いたって、そんなの、こたえられないよ」

「そうね」

「父さんはなんて言ってるの？」

「駆け引きで負けたって」

「父さんが負けたの？」

「哲士が言うにはね。大卒の青年実業家と高卒の売り子の間で、男と女の厚顔無恥な攻防戦があって、哲士の方がしてやられたんだって」

「信じられない」

レジを出て缶詰やコーヒー豆を袋につめた。

「リョウ、夏のシャツを見にいこうよ」美由起さんが言った。

エスカレーターで三階へあがった。カジュアル・ファッションのテナントが入っていた。ジーンズのコーナーで、美由起さんがレジスターの背後のブースを見た。ぼくもつられて視線を送った。ブースのなかで、女性従業員がスチール枠の棚から段ボール箱を降ろした。スタイルのいい若い女性だ。彼女は足をひろげて、膝をかがめた。タイトなスカートが引っ張られて、布地の内側から尻と太股の丸みがわずかにうき出た。力を発揮できる姿勢をとった彼女は、段ボール箱の封をいっきに引き裂いた。

「はたらく女性を魅力的に感じる瞬間ね」

美由起さんの言葉をうけて、ぼくは言った。「若い女性を、制服で拘禁して、はたらかせる喜び」

「リョウ」美由起さんが厳しい声を出した。「そういう雑誌を読んでるの？」

「雑誌だなんて古臭いな。ねえ、人間の欲望っていうのは、ほとんど解読されてるんだ」

「精神医学とか社会学の本を読むの？」

「読んだやつの話を聞く」

「合理的ね」

「合理的なんだよ」

ガーメント・ラックに吊られたアロハシャツを、美由起さんは端から見ていった。

付きそいに耐え切れなくなったぼくは、地階のハンバーガーショップで待つことにした。

四十一分後に、ペパーミント・グリーンのビニール袋を三つ下げて、美由起さんが地階にあらわれた。ぼくたちはハンバーガーで軽い昼食をすませて、細かい雨が降るなかをRの家に帰った。

アルコーブにつづく二つのゲストルームを、李花と雅彦さんが使っていた。美由起さんは塔状の建物の二階の父さんの部屋に入った。数分後、ぼくの名前を呼ぶ彼女の声が聞こえた。らせん階段を降りていくと、二階のドアはひらいていた。

「似合うと言ってちょうだい」美由起さんが言った。

「似合うよ」ぼくは言った。

美由起さんはゆっくりとターンして全身をさらした。無地の、ふつうにカットされたワンピース型の水着を、彼女は着ていた。色は明るいブラウンだ。華奢で小柄だが、女性らしい曲線をちゃんとそなえた、バランスのいい体をしている。

「順子さんの欲望について考えたことある?」と美由起さんが訊いた。

「ない」

「彼女も生身の人間でしょ」

「それはそうだけど」

「亭主の浮気に気づく。あたしなら刺しちがえてやる」

「美由起さんならそうすると思う」

「順子さんもそうする」

「事実なの？」

「あたしの願望。順子さんに対する後ろめたさはある。その気持ちを相殺したい、という心理がはたらいてる面もあるかもしれない。でも本心から言うんだけど、彼女には刺しちがえてほしかった。ばかな女と世間は呼ぶと思う。秩序を破壊するだけだからね。亭主の浮気はきつく叱ったうえで許してやれ、というのが世間の知恵だからね。だけど男の秩序なんか破壊しちゃえばいいのよ」

18

「おれのおじいちゃんおばあちゃんの家は、李花やリョウが生まれるまえに処分されてしまったから知らないだろうけど、山の麓の集落にあって、近くを岩魚《いわな》の棲む小さな川が一本流れてた。

東京から特急と鈍行を乗りついで片道二時間半ぐらいかな。おれは小学校の高学年になると、夏休みに一人で遊びにいくようになった。向こうに友だちはいないけど退屈することはなかった。ちっちゃいころから単独行動に慣れてたからね。裏庭の土に埋もれていた古い出刃包丁を掘り出して、自分でぴかぴかに研いだりして遊んだ。研げるさ。砥石を二種類使うんだ。粗いのと細かいのと。そういうことは得意な子供だった。

ある日、その手製のナイフを腰に吊るして、川の水源を探索した。熊が出る山なんだ。川を溯っていくと暗い森があった。子供の甲高い声が聞こえてきて、ナラのぶっとい木の下に段ボール箱が落ちてるのを見つけた。ちょっとあなた、それ投げてくれない。ナラの木の上から女の子のぶっきらぼうな声が降ってきた。なにしてるのと訊いた。秘密基地をつくってるんだと男の子がこたえた。そんなふうにして小菊と又一郎の姉弟に出会った。本名だよ。偏屈な親だったんだろうな、へんちくりんな名前つけて。小菊が中一、おれが小六、又一郎が小三だったと思う。

その場で、おれは部下の一人もいない〈工兵隊長〉として徴用され、秘密基地建設に参加することになった。小菊は〈謎の軍事顧問〉で、又一郎は〈緑の森のゲリラ隊長〉だった。姉弟は母親といっしょに横須賀から来たんだと言ってた。地元の学校へその年の春に転校してきて、空き家を借りて暮らしてた。父親はいなかったと思う。離婚したんじゃないのかな。詳しい事情はわからなかった。

姉弟の家で昼めしをなんどか食べたことがある。マーガリンを塗って砂糖をまぶした食パン。それに牛乳。おかずはなし。小菊の気分がよければ、そうめんを茹でてくれるときもあった。もちろん麺と麺汁だけ。小菊って子はひどいめんどうくさがり屋でさ、熱心なのは人に命令することだけ。母親はとなり町にはたらきに出ていて昼間は留守だった。

毎朝九時ごろ基地に集合した。小菊が出てこない日があって、又一郎に訊くと、不機嫌な声で放っとけと言うんだ。喧嘩でもしたのかとおれは心配になって小菊を迎えにいった。又一郎はふだんは姉に従順なんだけど、いったん頭に血がのぼると手がつけられなくなる。口論の最中にいきなり竹の棒で小菊の顔をばしっと叩いたことがあった。手かげんを知らないんだ。そういう残酷さって子供にあるだろ。小菊の顔は血まみれになっちゃうし、恐ろしくておれは泣き出したよ。

集落から少し離れた場所に廃業した養鶏場があった。そこの空き家になった従業員宿舎に一家は住んでた。工事現場にあるようなプレハブ小屋だ。声をかけた。返事がなかった。庭にまわってみた。ガラス戸は開いてたけど、厚いカーテンにさえぎられてなかは見えない。おれはカーテンをたぐった。薄暗い部屋の隅に布団が敷いてあった。大きな白い鳥のような影が起きあがるのを見て、おれはぎくっとした。小菊だった。彼女は下着姿のまま布団の上にすわると長い髪をかきあげて、物憂げな声でなあにと言った。布団にもう一人寝てた。大人の男の裸の広い背中が見えた。おれはびっくりして、おじいちゃんの家へ一目散に走って帰った。

それが姉弟を見た最後だ。秘密基地が完成したかどうかは知らない。一家がその年の秋にどっかへ引っ越したことを、翌年、おばあちゃんから聞いた。

水に恵まれない土地で、ほとんどの井戸は涸《か》れてた。生活用水に使えるのは集落を流れる川の水だけだった。水を管理していた水道組合が、よそ者の一家に水を分けてやることを拒否したんで、当時、彼らは近所の家のもらい水で暮らしてたらしい。それが辛くて引っ越したのだとおばあちゃんは説明してくれた。

姉弟の母親には二度ほど会ったことがある。きれいな人だったと思う。彼女に関する噂が、小学生のおれの耳にも入ってた。男をまた引っ張り込んでやがってとか、あれはとなり町の誰某《だれそれ》だとか、集落の男も女も、都会の匂いのする女の私生活を、うれしそうに話してた。もちろん養鶏場の従業員宿舎でおれが見たのは、小菊の実父である可能性が高いわけだけど、素直にそう思えたことはいまに至るもないね」

　雅彦さんは話を中断してグラスをあおった。低気圧の前線が太平洋岸で停滞していた。雨雲が低く垂れて水平線と接し、海から吹く風にパラソルがゆれている。波しぶきとも霧雨ともつかない細かい水滴がときおり空中を舞うのが見える。砂浜に人影はまばらだった。ぼくたち四人は海の家の座敷にいて、ビールを飲んでいた。雅彦さんは冷めた焼きソバに箸をのばして、頭をめぐらした。厨房のまえにいるアルバイトの女の子へ、紅ショウガもっとほしいんだけど、と彼は言った。

「小菊ちゃんて可愛い子だったの？」李花が訊いた。

「子供心に可愛いと感じる顔じゃなかったと思うけど、よくおぼえてない。背は低くて、痩せて、日焼けしたのか地黒なのか、とにかく真っ黒。スカートをはいてるくせに、棒杭みたいな脚を広げて木に登るから、パンツ丸見え。男の子と遊んでる感覚で、ときめきなんてまったく感じなかった。ところが最後に見た光景が眼に焼きついてさ」

　雅彦さんは箸を置いてビールのグラスをかたむけた。

「行為をすませた直後の、小菊ちゃんと男の人を見た、と雅彦さんは思ったわけね」

「母親は出勤した後だ。又一郎の不機嫌な態度という伏線もあった」

「そういう空想をする子供だったのよ、雅彦は」と美由起さんが口をはさんだ。

紅ショウガの容器を、アルバイトの子から李花はうけとった。ふたをあけ、雅彦さんの表情を見ながら焼きソバの皿の端に、紅ショウガを盛った。雅彦さんは、ありがとう、と小さな声で言った。李花の視線のなかで、彼は焼きソバをぱくつきはじめた。

「雅彦さん」と李花は愛しい人を呼ぶ声で言った。

「なんだい」

「雅彦さんは、なぜおばあちゃんに嫌われてるのって、ママに訊いたことがあるの」

「おまえのママはなんて言った」

「あいつは変態よ」

雅彦さんは口のなかの食べ物をビールで流し込んだ。グラスをデコラのテーブルに降ろし、箸を持ちあげて、その先端をソバの上で泳がせた。

「変態の中身について、おまえのママは教えてくれたか？」

「具体的にはなにも。なんどか補導された。おばあちゃんに説教されたけど、ぜんぜん改悛《かいしゅん》しなかったとか」

「李花、それはおまえの事例《ケース》だろ」

「雅彦さんの場合を知りたいな」

「一つ言っておく。補導されたのは一度だけだ。小菊と又一郎の姉弟の名前を、三十年以上も経っておぼえているのはわけがある」

　雅彦さんは焼きソバを口のなかにほおばり、よく嚙み砕いて、飲み下した。

「なん年か後に、そのときの記憶をもとに、大学ノートにフィクションを書いた。題名は『秘密基地』。日記体だった。クライマックスは、いま話した場面の後にくる。ふいにおれは小菊を性的な対象として見るようになる。素姓の不明な男と小菊の行為を空想する。自分の空想に欲望をかき立てられつつ、彼女の母親に性の手ほどきをうけて童貞を失う。そんなストーリーだ。ようするに中学生が書いたポルノ小説だな」

「えらい」ぼくと李花は声をそろえて言った。

「方南町に家があったころの話だ」雅彦さんが言った。「四畳半の部屋をカーテンで仕切って、勉強机を哲士と向かいあわせて使ってた。ペン皿、鉛筆削り、ランドセル掛け、いろんなものがパッケージ化されていて、背丈がのびるにつれて机も椅子も高くなるやつだ。右側に引き出しが三つあって、いちばん上の引き出しに鍵が掛かるんで、そこへ処女作を書いた大学ノートをしまっておいたんだけど、おばあちゃんに読まれてしまった」

「ああ」李花は笑みのままため息をもらした。

「ひでえ母親だよ」

「雅彦さんは女の人をもう知ってたの？」

「まだ知らなかった。執筆にあたって参考資料が必要になるだろ。当時エロ本は貴重品だったんだ。自動販売機で買った記憶があるな。ほとんどは先輩から買った。裏窓。奇譚クラブ。グラマーとヌード。そういうのを天井裏に隠してたら、おばあちゃんにぜんぶ押収された」

「雅彦さんの処女作をあたしも読みたいな」

「三十年もむかしに庭で燃やされたよ」

ぼくたちは声をあげて笑った。厨房のまえで女の子が振り返った。海の家にいるのは、ぼくたちのほかに、奥まった座敷で食事をしている家族連れだけだった。幼い子どもをあやす若い母親の声が聞こえる。

「いまの話は正確さに欠けるわ」美由起さんが言った。

「どこが」ぼくは訊いた。

「おれの作品はもうすこしストックがあった。それもぜんぶ燃やされたけど」雅彦さんがこたえた。

美由起さんが説明した。「ノートを燃やされたのは、たしか雅彦が中学三年のクリスマスのころで、その直前にこいつ補導されたの。段ボール箱一杯のエロ本を、間抜けなことに中学の学生服を着たまま、駅前の古本屋へ売りにいって。おばあちゃんは警察に呼ばれて、帰ってくるとただちに家捜しに着手したわけ。そのときべつのノートも押収されたの。三冊も。『夜の小市民Ⅰ・Ⅱ・Ⅲ』というタイトルがついてた」

「戦後間もないころの、エロ雑誌のタイトルみたいだろ」雅彦さんはなんだか誇らしげに言った。

「八十人ぐらいの女性を尾行した記録」美由起さんが言った。

「すごい」ぼくは感嘆の声をもらした。

「ね、ずっと気になってたんだけど、あれ、ほんとに尾行したの?」美由起さんが訊いた。

「冗談じゃない。ほんとに尾行するわけがないだろ。たとえばこういうことだ。夜の駅前で、おれは勤め帰りの若い女とすれちがう。なんともいえない匂いをおれは嗅ぐ。やや化粧のうきかけた、きれいな顔がまぶたに残る。遠ざかるヒールの音に疲労の色は隠せないが、さあもうひと踏んばり頑張らなくちゃ、という彼女の心の声をおれは聞きつける。中学生だってそれぐらいの感受性はあるさ。昭和四十年代のはじめで、勤労婦人なんて言葉がまだ生きてた時代だ。おれは女を振り返る。当時流行《はやり》はじめていたスーパーマーケットに彼女は入っていく。夕食の準備をするんだろうなと中学生のおれは思う。そこまでが現実だ。後はおれの空想の世界になる。団地の2DKの狭い部屋で夫の父母と暮らす彼女が、その夜、寝入るまでの一部始終を、おれが窃視したというスタイルで、克明に大学ノートに書きつづった。中学生の筆力と想像力だよ。八十人の女を書きわけるなんて不可能だ。どれも似たようなストーリーさ。ただ、量がね、なんといっても圧倒的だから、八十編のなん割かは真実にちがいないと誤解されたわけだ。それ以来、書く愉しみを放棄した。おれはおふくろと口をきかなくなった。ふと気づくと、おれは吃ってた。相手が誰であれ吃るようになった。高校を一年で中退して家を出た」

海は霧に煙っている。波打ち際で二匹の大きな犬のように戯れる李花と雅彦さんを、砂丘の上からぼくと美由起さんは見ていた。Tシャツにブルージーンズの李花と、Tシャツにトランクスの雅彦さんは、頭から波をかぶる。雅彦さんを押し倒して、李花は彼の腰に馬乗りになる。濡れて透けた布地の内側から胸のふくらみのカーブがあらわになる。先端の黒い突起が見える。ぼくの膝に砂をかけていた美由起さんが、ふいに我慢しきれなくなったように砂丘を降りていくのを、ぼくは見送る。彼女はビーチサンダルをぽいぽいと背後へ飛ばす。トランクスを脱ぎ捨てる。シャツも脱いで砂浜へ放り投げる。下に明るいブラウンの水着を美由起さんはつけている。海へ浸かり、平泳ぎで波を切った。鈍色《にびいろ》の海は静かにうねっている。美由起さんは波間にからだをうかべてただよった。その周囲を、李花が海の白い生物のように泳ぎはじめる。雅彦さんは波打ち際に死んだように倒れている。

19

夜、はしもと食堂で食事をしているときに、美由起さんが語った。

「山部リクさんは長男の問題で悩んでいて、どう思うかと訊いてきたので、本人と直接話してみたいと言ったら、ぜひそうしてほしいということになって雅彦と会った。高校一年の、銀杏の葉っぱがぜんぶ落ちていたから、もう寒い時期だったと思う。雅彦が指定した青梅街道近くのグルーヴという小さなジャズ喫茶へいったら、奥の方のボックスで詰襟の学生服を着た色白の美少年があたしの方を見てた。それが雅彦。まあすわれよ、と言った。吃ってたわ。音がうるさいから壁に頭を寄せて、額を突きあわせるようにして二人で話した。

ねえ雅彦くん、どんな小説を書いたのか教えてよ。年上の女として人生相談におうじてくれるってわけかい。それほど自惚《うぬぼ》れは強くないわ。じゃあおれに会おうって動機はなんだよ。人生の途上でつまずいてしまった若者への、関心ということかな、あたしも性の問題ですごく悩んだ時期があるのよ。

そんなふうにはじまったと思う。ひどく吃ってたけど、雅彦の言葉は明瞭に聞きとれた。けっきょく小説の話は出なくて、とりとめのない会話に終始した。帰り際に、会社の名刺の裏に自宅の電話番号を書いて渡したら、一発やりたくなったら電話しろってことかい、と雅彦は言った。十六歳のくせによ。一発やるという機会はおとずれなかったわ。四、五日後に、彼は家出しちゃったからね。

その年の暮れに、雅彦から電話があった。おれの捜索願いってやつが出てるのかな、きみ知ってる？　あいかわらず生意気な口調で、まだ吃ってた。つぎに会ったのはずっと先、山部テキスタイル研究所をやめた後で、あたしは三十歳をすぎてた。雅彦は二十代後半。突然、めし食わないかって電話があった。もう吃ってなかった。それ以来、相手を思い出したときに、食事してる。あたしが誘うこともあるし、雅彦が連絡してくることもある。と言っても年に数えるほどだけど」

はしもと食堂は、夫婦なのか親子なのかよくわからない初老の男性と三十すぎの女性が賄う店だった。美由起さんはおろし蕎麦を食べていた。ぼくと李花の天ざるがとどいた。雅彦伯父さんは熱いたぬき蕎麦で日本酒の冷やをやっていた。

「家出してどこへいったんですか?」ぼくは訊いた。

「東北」日本酒のグラスをかたむけて雅彦さんがこたえた。

「東北のどこ?」

「青森の手まえ、盛岡の先、そのあたりだ。急行がとまる駅で降りて、駅員に、このへんに開拓村はありますかと訊いた。最初からそこへいくつもりだったわけじゃない。戦後、満洲から引き揚げてきた人たちが、東北の原野を開拓して新しい村をつくったという話を、新聞で読んでおれは知ってた。長時間、列車にゆられてケツが痛くなったんで、駅で降りたら、淋しい駅前で、ジャズ喫茶なんかありそうもない。どうするかなって考えてたら、開拓村の新聞記事を思い出した。それで訊いてみたんだ」

「開拓村はあったんですか?」

「偶然あった。記事で紹介されたのとはちがうと思うけど。道を教えてもらって山道をとぼとぼ歩いた。四時間はかかったな」

「いって、どうするつもりだったの?」李花が訊いた。

「雇ってもらおうと思ってさ」

「どんな仕事」

「牛を飼ったり」

「家畜だ。好きも嫌いもない。経済効率を考えて育てて、乳を盗んだり、殺して食うんだ」

「動物、好きなの？」

「わかってるわ」

「開拓村というから、ほら海外旅行のパンフレットに出てるだろ、スイスの高原の赤いとんがり屋根の家なんかを想像してた。ところが、おれが見たのは、そうだな、映画の『七人の侍』に出てくるような村だった。色彩がなくて、映画よりも荒涼とした風景だった。村の入口で女たちに出会った。肌を刺す冷たい風が吹いて、畑で鍬《くわ》を振るう女たちのボロ布のような服がはためいてた。な、七人の侍だろ。全員、歯が欠けていて、肌が真っ黒で、畑仕事で日焼けした感じではなくて、アフリカのネイティブのように黒光りしてたよ」

「日本じゃないみたいね」

「自分が見ているものを、おれは信じられなかった。とにかく声をかけた。誰かおれを雇ってくれませんか。なんども声をかけた。すると比較的若い女が、鍬を持つ手を休めてなにか言った。おれは訊き返した。女がまたなにか言った。ぜんぜん聞きとれないんだ」

「東北弁だから？」

「おれは吃るしさ」

　ぼくたちは笑った。

　雅彦さんがつづけた。「最終的に話はなんとか通じた。女は両手を見せてこんな意味のことを言った。坊や、はたらくっていうのは、こういう手になるんだよ。手というより、あれは、火にあぶられて黒焦げになった木の根っ子だな。おれは恐ろしくなって東京へ舞いもどった。それ以来ずっと、お、おれは、シ、シティボーイだ」

20

　李花はずっと仕事を休んでいた。気が向くと家のなかを裸で歩きまわった。そして思い出したようにぼくの童貞をからかった。ぼくはそのたびに言い返した。ダダの切断の感覚について、ぼくたちなりの議論をたびたびかわした。李花の貯金通帳の残高を見せてもらった。まだ数年間はRの家でのんびり暮らせる額だった。彼女はビデオデッキ付きの32インチのTVを買った。ぼくたちはしばらくの間、昼も夜もレンタルビデオを観つづけた。ロスト・ハイウェイ、花の影、私の男、カーマ・スートラ、ボルテージ、秘密と嘘、ブコバルに手紙は届かない、死んでしまったら私のことなんか誰も話さない。そんな映画の数々。

李花の職業についての踏み込んだ議論はなかった。回避されたのではない。それはすでに解読ずみだった。解読されたところで出口なし、とは李花自身が言うところである。

21

週末に美由起さんがくると、みんなで海へいって泳いだ。

ある日の午後、美由起さんの叫ぶ声が聞こえたので、ぼくは慌てて階下に降りた。アルコーブをのぞくと、右側の部屋のドアがひらいていて、雅彦さんの声が聞こえた。

「スミス&ウエッソンM36。通称チーフ・スペシャル。短身のリボルバーといえばこれだ。ハリウッド映画でよく見るだろ。ロス市警の刑事なんかが持ってる。ダブルアクションが可能なんだ。引き金を引く。ハンマーが持ちあがる。そのまま落ちる。バンと38スペシャル弾が飛び出す。装弾数は五発。至近距離で使うんだろうな。言い値が二十五万円。それを八万円に値切って、ある女が暴力団から買った。女のバッグに入ってたのを、おれがたまたま見つけて、危ないからあずかってる」

部屋はアルコールの匂いが充満していた。雅彦さんは壁に背中をあずけ、立てた膝をひらいている。膝と膝の間のスペースに、競馬欄を表にしたスポーツ新聞、ジンとウィスキーのポケット瓶が三本、そこに一挺の拳銃がある。

「弾、入ってるの？」美由起さんが訊いた。

雅彦さんはむぞうさに拳銃をつかんでシリンダーをのぞいた。薄い被膜の奥の彼の瞳にはいつもの光がある。酒は抜けていないのだろうが、言葉も手の動きもなめらかだった。

「一発入ってる」

「ほんもの？」

「ほんものだろ」

「いい子だからあたしに渡して」

美由起さんの手のなかに拳銃が落ちた。本物の感覚が、彼女の手首を痺れさせたのか、危うく落としそうになって、美由起さんは小さな悲鳴をあげた。

アルコーブの床に置かれた拳銃を囲むようにして、ぼくたちはぺたんと尻をつけた。

「おぼえてないかな」と雅彦さんは美由起さんに言った。「上野駅の地下のカフェテラスに入ったことあるだろ。がらんとしたスペースの、日本酒の燗《かん》からショートケーキまでよろずそろえてる、いいかげんな店だ。安っぽいデコラのテーブルがあって、補聴器をつけた中年男が立ち食い用の丸テーブルでカレーライスをかき込んでるとか、お婆ちゃんがトレイにタコ焼きとグラス一杯の水をのせて、空席を捜してのろのろ歩いてるとか」

「あの店大好きよ」美由起さんは言った。

「奥の楕円形のでかいテーブルの端にすわると、すぐ後ろの壁に公衆電話がある。去年の春先、雨の降る日に、おれは電話の近くの椅子で、弁当定食のおかずを肴に日本酒をひっかけてた。椅子を一つ空けた隣の席に、ネイビーブルーのドレスの女がいた。美由起さんのように痩せて、背中を丸めてた。髪はショートだったと思う。女は手の指をそらせて、指輪のあたりをじっと見ていた。皮膚の薄い、きれいな指だ。そのうち、女が泣いてることに、おれは気がついた」

「若い女の人？」李花が訊いた。

「三十すぎてたかな」

「ふうん」

「どっちかといえばブスだ。でも女らしさを感じさせる、優しい顔つきの」

「雅彦の好みの女ね」美由起さんが言った。

「賢そうな女にも見えなかった」

「それも雅彦の好み」

　雅彦さんは声を出さずに笑った。「きちんと化粧して、髪型が似あってた。ピアスもドレスも悪くなかった。センスがいいという印象だ。でも金持ちには見えなかった」

「貧乏人よ、あんな店にくるの」美由起さんが言った。

「彼女のトレイに、紙パックのコーヒー牛乳と菓子パン一個がのってた。メロンパンだ。女は席を立った。電話をかけにいく後ろ姿をおれは見た。猫背なんてものじゃなかった。背中がひどく曲がってたんだ。女は電話をかけた。相手は出なかった。留守電に吹き込むこともしなかった。もどってきて、紙パックのコーヒー牛乳をひと口すすって、涙を拭った。女は同じことを二度くり返した。そのとき、おれはケニー・ロジャースの歌を思い出した。『ルシール』だったかな。とにかく女の名前がタイトルだ。駅前のバーで女が酔ってる。大男の農夫が入ってきて、女に悲しげに訴える。畑が草ぼうぼうだ。ガキどもは腹を空かせてぴいぴい泣いてる。頼むから帰ってきてくれ。女は亭主を追い返してしまう。一部始終を見ていた男が女に声をかける。連れ立って安ホテルへいく。男はからっきしダメで女を抱けなかった。そんな歌だ。おれは女に声をかけてみた。信じないだろうが、歌とそっくり同じ展開になった。拳銃はその女からとりあげたんだ」

外は雨。まるで演歌の世界だ、とぼくは思った。

ぼくはRの家の敷地の端へいき、全員が見守るなかで、眼下の海へ拳銃を投げた。ばくぜんと想像していた範囲をはるかに越えて、それは長い放物線を描いて、青灰色の海に着水した。

22

順子さんの死の背景が明らかにされるのは時間の問題だったと思う。あの坊やもずいぶん大きくなったことだし、そろそろいいんじゃないのか、と人々は考えていた。美由起さんはすでに一部を告白した。人々は告白したがっていた。全貌が暴露されるには最初の点火を待つばかりだったのだ。その際、誰がどこに点火するかはどうでもいいことだ。

風と陽ざしに秋の気配が感じられるようになった日曜日、ぼくは李花といっしょに国道ぞいのCD&ビデオ・ショップへいった。李花はエンヤのCDを買った。ぼくがジョニ・ミッチェルを聴きたいと言うと、李花はそれも買った。映画を十本ぐらい適当に借りて、いつもの道をRの家にもどった。

前方を練馬ナンバーの赤いステーションワゴンが走っていた。リアウィンドーから、二人の少年が手を振った。小学校低学年ぐらいで、屈託のない笑顔だった。ぼくたちも手を振り返した。流崎の信号で、ピックアップ・トラックは引っかかり、少年たちのステーションワゴンは先に右折した。そろそろ夏休みもおわりだから、最後のロングドライブを家族で愉しんでいるのだろうと思った。つぎの青信号でぼくたちがS字のカーブを降りていくと、Rの家のまえの路肩に赤いステーションワゴンがとまっていた。李花はハンドルを右へ切って、前庭に乗り入れた。駐車スペースに男性がいた。少年たちの父親のようだ。ぼくたちはトラックから降りて、男性が近づいてくるのを待ちうけた。淡いグレーのポロシャツを着て、茶色のチノパンツをはいている。四十歳前後だろうか。

「勝手に入って申しわけありません」彼が言った。「この家を設計した者です。近くまでできたら、なつかしくなって。木村と言います」

建築家は緊張した面持ちで、チノパンツのヒップポケットから名刺ケースを出した。ぼくは名刺をうけとった。『木村隼雄・建築事務所』とある。

「どうぞ、なかへ」ぼくは言った。

「ありがとうございます。きょうはちょっと都合が」建築家はステーションワゴンの方へちらと視線を送り、ぼくへもどした。それから遠い記憶をたぐりよせるような眼差しになった。「失礼ですが、山部さんの」

「次男の息子です」

「ああ、順子さんの」建築家は困惑したような表情をうかべた。

「彼女はいとこで」ぼくは背後の李花へ親指を突き出した。「長女の娘です」

「こちらにお住まいですか？」

「父は東京ですが、ぼくはいまここに」

建築家は海の方角を見た。そして黙り込んでしまった。理由がわからず、ぼくは緊張した。重苦しい時間が流れた。

「山部順子さんが」建築家は横顔を見せて言った。「行方不明になられたとお聞きしましたが」

「はい」

「御遺体は」

「見つかりませんでした」

建築家は小さくうなずくと、聞きとりにくい声で、どうも失礼しましたと言い、ぎこちない足どりで去った。赤いステーションワゴンはすぐに視界から消えた。ぼくは李花に肩をぽんと叩かれた。

「へんなやつ」李花が言った。

ぼくはうなずいた。確かにへんだった。建築家の態度に感じたちょっとした違和感が、なんであるのか、ぼくにはもうわかっていた。言葉にできなかっただけだ。

「彼、順子さんに未練がある」李花があっさり口に出した。

第三章　ロビンソンの家

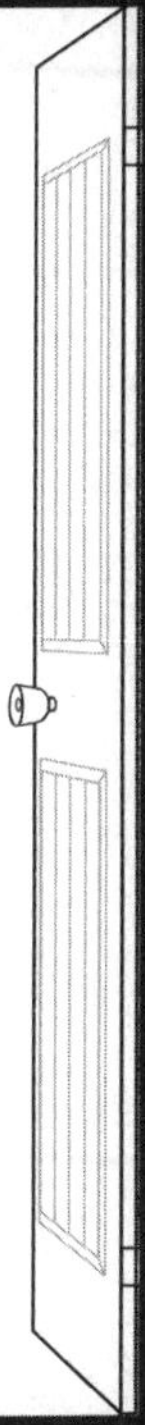

23

ぼくは『ロリータ』を四十九ページで中断して、著者によるあとがきを先に読んだ。ウラジーミル・ナボコフは、性倒錯者の主人公への出版社のばかげた反応の紹介というかたちをとりながら、本音めいた言葉を書きとめている。

「彼は気ちがいじみていた。思うに、われわれはみな気ちがいじみているのだ。神もまた気ちがいじみているにちがいない」


ニーチェを愛する李花は言った。

「神なんかいるはずがない。いるなら殺しちゃえばいいのよ」


どんな神にであれ、ぼくは信仰心を持ち合わせていない。それでも神を意識するときがある。ぼくは華さんの話を聞くたびに神の悪意を感じる。

ぼくが華さんと最後に会ったのは、一九九六年の夏だったと思う。ぼくは父さんに連れられて、東京都の郊外にある介護型の老人ホームにおばあちゃんを見舞った。おばあちゃんは口をきかなかった。言葉を忘れ、微笑《ほほえ》んだり、うなずいたりする、身振りも捨ててしまった。いびつに固まったおばあちゃんの表情のなかで、灰色がかった二つの眼が冷たい光を放っていた。

老人ホームの隣に、野球グラウンドとサッカーグラウンドを各二面、テニスコートを八面、ほかに屋内スポーツ施設をそなえた運動公園がある。父さんは方南町の伯父さん（おばあちゃんの兄）と肩をならべて公園内の桜並木の木陰を歩いていた。ぼくはおばあちゃんの車椅子を押しながら、ふっと姿が見えなくなった華さんを捜した。

おばあちゃんには兄が一人と妹が一人いる。華さんは、妹が捨て、兄が引きとって育てた、おばあちゃんの姪にあたる人だ。

遊歩道の左手の、ゆるやかな傾斜地の上に公園の管理棟があって、その入口の脇にジュースの自動販売機が三つならんでいた。麦藁帽子をかぶった華さんが、中央の販売機から缶をとり出すのを、ぼくは見た。当時三十三歳の、熟れた肉体を持つ、きれいな女性だ。その場で華さんは缶ジュースのプルタブを引いた。淡い紫色のキャミソールから黒い下着がうき出ていた。左の肩紐を気にしてたぐり、ジュースを飲むという動作を、彼女は執拗にくり返した。

24

雅彦さんが語った。

「当時人気があったアイドルグループのコンサートへ、順子さんが華を連れていって、さんざんな眼に遭《あ》ったことがある。リョウはおぼえてないだろうけど、その日、二歳ぐらいのリョウを、方南町の伯父さんがあずかったって話だ。伯父さんから聞いたんだ。それにおれ自身も、迷子になった華の捜索に駆り出されたからね。華は、化粧した少年たちが愛を切々と歌うのを聴いて泣き崩れたらしい。コンサートがおわったとき、順子さんは体を硬直させた華を抱きかかえて会場から連れ出さなくちゃならなかった。硬直した人間て重いからな。そのうえあいつ腕力が強いから、たいへんだったと思うよ。行きは電車を使ったんだけど、帰りは華をタクシーに押し込んだ。順子さんは疲れて寝入って、ふと眼を覚ますと、タクシーはひどい渋滞に巻き込まれていた。そのとき、あそこにおれがいるって、華が窓ガラスをばんばん叩きはじめた。歩道にいる人間の顔は薄暗くて、ほんとうにおれがそこにいたとしても、判別できたかどうかは怪しいんだけど、華はおれがいると言い張った。おれの名前を叫びながら、華は順子さんの腕を振り払うとタクシーから飛び出した。数時間後、順子さんは、三鷹駅の構内で保護されていた華を伯父さんが引きとったことを知った。べつの場所にいた順子さんは一人で家に帰った。終電に近い時刻の電車にゆられながら、今夜、華は、おれとまちがえた男とまじわったかもしれないと思ったそうだ。それはじゅうぶんにありうる話でさ。街で華に声をかけられた男は、はじめのうちはなにも気づかないけど、会話が微妙にずれていくうちに、彼女の知能と肉体の罪深い乖離《かいり》に胸を衝かれる。そこで欲望をつのらせる男もけっこういて、華は彼らを相手に自分の性を使用してきた。ちゃっかりしてるだろ、あの女は」

25

月に薄い靄《もや》がかかって、青白い光が輝きを増しているように見える夜、ぼくと李花はRの家の屋上で、雅彦さんの話に耳をかたむけた。
「伯父さん、おふくろ、それから華の母親の叔母さんの三世帯が、あのころ方南町の歩いてすぐの場所に住んでた。三人兄弟のなかで叔母さんがいちばんの甘ったれだったそうだ。叔母さんは洋画配給会社の宣伝部に勤めていて、共稼ぎだったから、華を保育園にあずけた。叔母さんの帰宅が遅くなるときは、おれが華を保育園に迎えにいくこともけっこうあった。あき子姉さんは中学から高校にかけての時期だから、友だちと人生を論じはじめていたし、哲士は学校から帰ると鞄を放り捨てて、晩飯にたびたび間にあわないほど遊びほうけていた。おれは薄暗い家のなかで、ぽつねんと女性週刊誌なんかをめくってたから、声をかけやすかったんだろうな。

華はあなたが大好きみたいね、気持ちのやさしい子ねえ、明日お願いできる？　叔母さんはそんな調子だった。おれは華の手を引いて、タンポポを摘んだり、バッタを追いかけたりしながら、保育園から家までもたもた帰るわけだ。そんな微笑ましい後ろ姿は、ある日突然、界隈から消えてしまう。例の自作ポルノ小説の発覚だよ。華が五歳で、おれが十五歳。当時、華の知恵遅れに、叔母さん夫婦は薄々気がついていたという話だけど、まあ半信半疑のところもあるし、まさか自分たちの娘にかぎって、という逃避の感情も重なって深刻に悩むことはなかったらしい。

ポルノ小説が発覚すると、おふくろはおれに華との接触を禁じた。接触禁止の理由が明確な言葉で語られることはなかった。だけどおれにはわかった。大人たちがなにを疑ったかを考えるたびに、恥ずかしさのあまり体が硬直した。ビスケットの粉の甘い匂いのするあどけない幼女に、あのどこか愚鈍で陰気臭くもある長男は、ミもフタもない欲望を向けたかもしれぬというわけだ」

「それで雅彦さんは吃るようになっちゃったわけね」李花が言った。

雅彦さんはうなずくと、ポケットウィスキーを一口飲んで顔をしかめた。

「事件からおよそ一年経って、おれは家族と縁を切った。華の身の上に起きたできごとを伯父さんから聞いたのは、ずっと先で、二十三歳のころだったと思う。

小学校入学を迎えた段階で、華の知能の遅れが誰の眼にも明らかになった。一学期の成績表にきれいに最低評価がならぶのを見て、叔母さん夫婦は愕然《がくぜん》とした。そこで彼らはどうしたか。犯人捜しだよ。父親の家系、母親の家系、どちらの血に異常な遺伝子が隠されていたのかってわけだ。伯父さんはおれを気づかってかなにも言わなかったけど、性欲異常の男の子が出現した家系に連なる叔母さんの方が、文句なしに負けだったらしい。

娘の知的障害が原因で夫婦の間の溝が深まった。華が小学校三年生の夏に調停離婚が成立して、父親が家を出た。彼はガス機器のセールスマンだったかな。養育費は叔母さんの口座に四ヵ月ていど振り込まれた後で、ぷっつり途絶えた。同じ年の十一月の雪がちらつく夜、叔母さんが勤務先から伯父さんに電話をよこして、華は施設にでも放り込んでくれと言い残すと、彼女もまた消息を絶った。実にあっけらかんとした幕引きで、伯父さんはおふくろにことの次第を報告しながら、大笑いしたそうだ。ほんとうにおかしかったのか、ヤケクソの笑いだったのか、ブラックな笑いだったのか、まあいろいろだろうけど。

長い空白があって、おれが華と再会したのは彼女の捜索に駆り出されたときで、初夏の、ある日曜日の午後だった。華は中学一年生まで普通校の特殊学級に通ってたんだが、いじめに耐えかねて養護学校に転校して、高等部二年の十六歳になってた。おれは二十六歳ということになる。たぶん、大型書店の瘦せぎすの女店員の若松町のマンションに転がり込んでた時期だ。

その日、華から伯父さんに電話があった。新宿のホテルにいるんだけど、叱らないでね。華はそう言った。伯父さんが思わず強い口調で、どこのホテルだとたずねたら、ふいに通話が切れた。当時の華は八歳ていどの知能だけど、性への関心は十六歳並みに強かったから、伯父さんはすっかり動転しておれに応援を依頼してきたわけだ。

華に誘われて寝る気になる男が、副都心の高層ホテルを使うはずはないから、おれは若松町のマンションから迷わず歌舞伎町のホテル街に直行した。まだ陽の高い時刻で、交番の脇のゆるやかな坂道を登っていくと、前方のラブホテルから若い女が一人でぶらっと出てきた。白いワンピースを着た、化粧っ気のない美しい娘で、薄い皮膚の内側から色気が滲《にじ》み出ていた。彼女はおれと眼が合うと、屈託のない表情をうかべていたのが一変して、指を拳銃のように突き立てて、ああ、ああ、ああ、と言葉にならない声をあげて泣き出した。華はおれをおぼえていたんだ。感激したさ。さすがに、おれもちょろっと泣いたね。

名曲喫茶の二階の奥まった席で、華はコーラを飲みながら、おれと伯父さんをまえにして自信たっぷりに言った。男の人としたのよってね。その事件がきっかけで伯父さんは決心した。華に避妊方法を懇切ていねいに教えて、彼女の小銭入れにコンドームを常備させるようになった」

アルコーブの上の屋上と、空中を渡る廊下の屋上が、ひとつながりになっている。ぼくたちは廊下の端からＬＤの上の屋上へと階段を使って降りた。ＬＤの前面にテラスがある。テラスは右前方でもうひとつのテラスにつながり、それぞれは独立した部屋の屋上になっている。部屋は三つあり、右端の部屋に華さんが住む予定だった。

「華さんはいまどうしてるの？」ぼくは訊いた。

「週に一度は、きれいに化粧して、伯父さんから小遣いをもらって外出する。バスと電車を乗り継いで都心に出ると、街をぶらついて、好みの男を見つけては口説く。ある日、行方不明になって、数週間後に、遠くの町の警察から保護してるという報告が届く可能性はいつでもある。保護されてるならよしとすべきだ。永遠にさよならってこともある。だけど、もう華の行動を監視するのは体力的に無理なんだ。華が身仕度をおえると、伯父さんは彼女のバッグのなかのコンドームを確認して、避妊と病気予防の講義をはじめる。華はうるさそうな顔して聞いてる。伯父さんは最後にこういう言葉で締めくくる。きみを信頼している。さあ愉しんできなさい」

26

Rの家に住むことになっていたのは、おばあちゃん、父さん、順子さん、ぼく、華さん、方南町の伯父さんの、計六人である。

七月にRの家へくるまで、ぼくが伯父さんについて知っていたことはたいしてない。戦争中、伯父さんには許婚《いいなずけ》がいた。結婚はしなかった。けっきょくずっと独身のままだ。いまは華さんと方南町の借家で暮らしている。年金とロシア語の翻訳の仕事で食べている。裕福そうには見えない。そんなところだ。

ぼくよりもむしろ美由起さんの方が伯父さんに詳しい。おばあちゃんから話を聞いているからだ。

「シベリア帰りなのよ。彼が右脚を引きずってるのは、寒くてひもじくて、おっかない強制労働のせい。それから五十年も経ってるのに、彼はシベリアの経験をぜったい語らない。語らないのは強制労働のせいばかりとは言えないと思う。たぶん裏切ったり、裏切られたりしたんじゃないのかな。人間てイカレてるね」と美由起さんは言った。

伯父さんは、ぼくの父さんが生まれて間もない時期から、おばあちゃんのテキスタイルの仕事が軌道に乗るまでの十二年間ほど、ロシア語の翻訳の仕事でおばあちゃんの家族を経済的にささえたという。中年のはたらき盛りに、こんどは、下の妹が捨てた知的障害のある華さんを引きとった。おばあちゃんが自分の好きな仕事をつづけることができたのは、伯父さんのおかげだった。おばあちゃんは兄に恩返しがしたいと思った。そこで老後を同じ屋根の下で暮らす計画を立てた。これがRの家の構想の出発点だ。

Rの家は夢を託されていた。共通の夢にしろ、ばらばらな夢であるにしろ、人々はそこになんらかの夢を託す。家を構想するとはそういうことだ。そして誰かの夢は、しばしば、べつの誰かへの悪意をはらんでいる。家そのものが悪意をはらんでいると言ってもいい。

27

Rの家の構想それ自体がはらむ悪意について、美由起さんが語った。

「順子さんが、いまRの家で暮らしていると仮定してちょうだい。彼女はいま四十歳か四十一歳ね。同居している義母は脳血管性の痴呆に冒されて以来ずっと徘徊《はいかい》をくり返してる。部屋、廊下、リビング、至るところに、うんことおしっこの臭いがぷんぷんしてる。ロシア語翻訳家の七十六歳の老人は、足腰が弱り、バスルームで転んで大腿骨を骨折する。知的障害のある夫のいとこは、漁師町の男に片っ端から声をかけて、青カンだのカーセックスだのを愉しんでる。そこで、義母のおしめをとり替えるのは誰か、入院中の老人の汚れものを洗濯してとどけるのは誰か、警察に保護された夫のいとこを迎えにいくのは誰か、ぜんぶ順子さんでしょ。リョウがいるけど、いずれ巣立っていくんだし、そもそも男の子なんてなんの役にも立たない。順子さんの生活を考えると、たとえば介護福祉士としてはたらき、労働と対価の給与をもらい、勤務外ではプライベートな時間を愉しむという気楽さは、ここにはぜんぜんない。順子さんは二十四時間一方的に奉仕する人。はっきり言って奴隷。熱く語られる家族愛ほど、他人を抑圧することに鈍感なの。わかる？」

　十七歳のぼくにはぜんぜん実感がないし、そんなことは具体的に考えたことなんて一度もなかった。ただし、べつにむずかしい話じゃない。介護に疲れた嫁が長期入院中の義母を絞め殺した事件を、新聞の社会面で読んだことがある。似たような事件はいくらでもある。ごくありふれた世界共通の家族問題だ。

「Rの家が、順子さんを殺した」ぼくは言った。

「そのとおり」美由起さんは言った。

「陳腐で、惨めで、救いようのない物語だ」

　ぼくの言葉に、美由起さんはすごく嫌な顔をした。人生をまだじゅうぶんに生きていない、女の体に挿入したことさえない、この生意気な青少年に、なにか言い聞かせる必要があると思ったのだろう。

「哲士は、自分の親に、自分で引導を渡すべきだったのよ」と美由起さんは言った。

「引導って？」ぼくは訊いた。

「姥捨《うばす》て山に自分の足で歩いていきなさい、と自分で自分の親に宣告する」

「そんなこと言えないよ」

「あたしは平気」

「美由起さんなら平気で言える」ぼくは心から同意を表明した。

「方南町の伯父さんの態度もおかしい。甥の嫁の、ある種の断念のうえに自分の老後が計画されている、ということをわかっていたはず。彼はRの家の構想を破壊すべきだったのよ」

28

だが事情は少々ちがっていたらしい。べつの日、LDで酒を飲んでいるときに、華と伯父さんがRの家に住む予定はなかったんだよ、と雅彦さんが言った。

「まずおふくろが哲士に、老後の生活に関する話をさりげなく持ち出す。まだ元気じゃないかと哲士は言う。事実そのとおりなので、おふくろの方も具体的な話に踏み出せない。いつもばくぜんとおしゃべりして、ばくぜんとおわる。よくある話だ。おふくろは方南町の伯父さんと華のことが気がかりでならない。はやる気持ちを鎮めるかのように、哲士に黙って土地の図面をもとに家の見取図を描いてみる。描くと夢がふくらむ。知りあいの建築家に見せる。我慢できなくなる。哲士と順子さんを家に招き、折り入って話があると、おふくろはふるえる声で切り出す。

じつはそのときはじめて、哲士も順子さんも、おふくろの計画が伯父さんと華との同居であることを知る。哲士は不機嫌な声で一言、順子の負担が大きすぎると言う。おふくろは押し黙る。哲士も順子さんも押し黙ってしまう。その日はなにも結論が出ないままにおわる。
四、五日経って、順子さんからおふくろへ電話が入る。先日は失礼な態度をとって申しわけありません。気持ちの整理はつきました。伯父さんたちと同居しましょう。おふくろは驚喜する。あき子姉さんやおれのために、ゲストルームもつくれませんか、と順子さんが提案する。異論のあるはずがない。おふくろはひそかにおれと和解することを願ってたんだろうしな。
その電話の最後で順子さんは釘を刺す。計画がきちんと固まるまで、伯父さんには内緒にしておいた方がいいと思います。おふくろは了承する。いきなり同居を提案しても伯父さんが拒否することを、二人とも予想していたわけだ。

およそ半年後、おふくろが伯父さんに電話をかけて、新しく家を建てるから同居しないかと言う。哲士も順子さんも同意のうえだと、おふくろは強調する。伯父さんとしては、はいそうですか、というわけにはいかない。話を聞きおえると、伯父さんは苛立ちを隠さずに告げる。きみの気持ちはありがたいが断る。がちゃん。

伯父さんの考えはこうだ。自分は他人様の善意をちょうだいして生きてきた。しかし、うけとれない善意もある。おふくろの提案は善意とは言えない。二人の老人と華の介護に関して、順子さんをあてにしてるわけだから。

数日後、おふくろからまた電話がある。伯父さんは断る理由をきちんと説明する。おふくろは沈黙する。すると哲士が電話をよこして会いたいと言う。華には聞かせたくないから、喫茶店で話をする。伯父さんと老後をすごすのはおふくろの夢だから、なんとか実現させてやりたい、と哲士は言う。順子は同居を了承してる。もろもろの負担に耐え切れなくなったら、順子は独りで悩まないでギブアップを宣言する。あいつは見かけとちがって、はっきりものを言う女だから、その点は心配いらない。ギブアップ宣言が出たら、誰かに施設に入ってもらうとか、問題を具体的に処理すればいい。あいつともそういう話になってる。というようにこれまでの経過が明らかにされて、伯父さんは『Rの家』と名づけられた家の図面を見せられる。

図面には華と伯父さんの立派な個室がある。土地はかなり以前に確保してあるという。来月にブルドーザーを入れて整地する、という着工直前の段階で、はじめて手のうちを明かして、さあこの計画を飲めというわけだった。いまなら図面の修正ができる。早く結論を出してほしい。哲士はそう言う。自分の意志を曲げるつもりは毛頭ない、と伯父さんは回答する。同じ夜、順子さんをまじえて話しあいたいと、おふくろから電話がある。伯父さんはそれも拒否する。おふくろは、伯父さんの体力が衰えてから同居すればいい、という妥協案を出す。ではその時点で考えるから図面から自分たちの部屋を削除してくれ、と伯父さんは言う。

それなりに合理的な計画を、伯父さんが徹底して拒否したのは、やっぱり華の問題があるからだよ。どっちかが死ぬまでつづくデスマッチを、彼は華とやるつもりだった。自分が先にくたばる可能性が高いわけだけど、その場合は行政に華の面倒をみてもらえばいい。華とつき合うことのしんどさを、個人や特定の家族に味わわせるべきじゃない。それが彼の考えだった。

けっきょく部屋は削除されなかった。伯父さんは順子さんの説得をなんどかうけたが、最後まで態度を翻さなかった。Ｒの家は完成する。順子さんは姿を消す。ということであれば、彼女が新しい家の構想に殺されたとは思えない。哲士の言うように、生活の諸問題を現実的に処理する能力が、彼女にはあったようだ。すると彼女を衝き動かしたのはなにか。ある種の情熱だ。そんな気がするな」

29

雅彦さんは一度だけ順子さんと電話で話している。Rの家をめぐる議論のなかで、ぼくはその事実を知った。時期は、一九八七年の五月、Rの家が完成した直後だ。「順子です、と彼女は言った。彼女とおれは、家業を継いだ次男の嫁と、家長たる母親の逆鱗にふれて追放された愚鈍な長男、という関係だ。おれは哲士の結婚式に呼ばれなかった。だから顔も知らない義兄に、彼女は電話をかけたことになる。そういう事情が影響したのか、彼女の声は、おれの耳に新鮮にひびいた。少女時代に淡い恋のおわりがあって、十数年後、べつの都会で暮らしている男に突然電話をかけた女の、緊張感とせつなさが入りまじる声とでも言おうか。ぎこちない自己紹介があった。つづいて事務的な報告。家ができました。入居予定はいついつ。交通手段の案内。そこでふいに言葉が途切れた。あの時点でも十数年間、哲士とは音信不通の状態だった。沈黙の間にいろんなことを考えたよ。哲士の嫁は事情を知らないのか。そんなはずはない。だったらなぜこんな電話をよこすのか。家ができたことがおれとなんの関係があるのか。それとも彼女を使者に立てて和解を申し入れてきたのか。短い沈黙の後で、彼女は言った。お兄さんのためのゲストルームがあります。家の鍵と見取図を送ります。おれにはこたえようがない。とりあえず、ありがとうと返した。だからおれはRの家の鍵を持ってたわけだ。彼女は最後に明るくひびかせて言った。いつか遊びにきてくださいね。郵便物がとどいたのは、彼女が消息を絶つ四、五日まえだ。それを考えると、おれに電話をかけたときの彼女の精神状態は、平静だったとは言いがたいことになる」

30

前庭できらきら光る小さな物体が飛びかい、ほんの短い時間空中で停止すると、つぎの瞬間、予想もつかない方角へすっと移動した。赤とんぼの群舞だった。ぼくたちがそれを愉しんだのはわずか数日だったと思う。赤とんぼが忽然と消えてしまうと、秋の気配はいちだんと深まった。そうして迎えたある日の午後、突然の訪問者があった。

玄関ポーチに建築家の木村隼雄が立っていた。彼のことはなんどか話題にしたことはあるが、再訪問があるなんてまったく予想していなかった。建築家は前回と同じように、セーターとチノパンツというカジュアルな装いで、やはりすこし緊張した面持ちだった。家のなかを見させてくれませんか、と彼は言った。どうぞゆっくり見てください、リビングにいるので用があったら声をかけていただければ、とぼくは言った。

頃あいを見計らってＬＤを出たとき、ぼくは頭のなかで質問事項の整理をすませていた。空中を渡る廊下、アルコーブ、ゲストルームと見てまわった。らせん階段を昇った。最上階のぼくの部屋のまえで、ながい時間思い悩んでいたかのように、建築家は階段の手すりに背中をあずけていた。

「自分で設計した家を、あらためて見た感想はいかがですか」

ぼくの問いかけに、建築家はかすかに眉を寄せた。この少年を大人として扱っていいものかどうか、とためらっているのだ。無理もないと思った。それにＬＤで李花や雅彦さんとワインを飲んでいたぼくは、酒の臭いをぷんぷんさせている。おざなりな話を聞かされるのだろうと期待しなかったが、思いがけず深刻な懺悔《ざんげ》の言葉が返ってきた。

建築家は頭をゆるりと振った。「いますぐ逃げ出したい気分です。設計者であるわたしが施主の方に言うのは、無責任の誹《そし》りをまぬがれませんが、Ｒの家は失敗作です」

「どういう点で失敗作だと」

「すべてが」

自分を断罪する建築家の声に、ぼくは一つ深呼吸した。

「父の話だと、この家の設計に関しては母に任せていたそうです。だとすれば、設計に母の考えが反映してることになる。そうなんですか？」

建築家は短い時間、ぼくの顔に視線をそそいだ。また回答をためらっているのだ、とぼくは思った。

「専門家であるわたしが、施主の考えを具体化できなかった、ということです」

「母の考えというのは？」

「一言で言うのはむずかしい」

「ユニークな構想？」

「ユニークです」

「聞かせてください」

建築家は小さく、だが明快にうなずいた。らせん階段の手すりの方へ体をひねり、階下へちらと視線を落としてから、ぼくの方に向き直った。

「当時、わたしは大学の研究室の先輩が主宰する設計事務所に勤務していました。山部さんのお母さんが事務所に見えられて、わたしが担当することに」

「お母さんというのは、ぼくの祖母のことですね」ぼくは確認した。

「そうです、お母さんの構想では、いま母屋のある場所に、二階建ての住居兼仕事場をつくるという話でした。家族構成を聞いて、お嫁さんが微妙な立場にいるなと思いました」

「微妙とは」ぼくは訊いた。

「お嫁さんは孤立していないだろうか。住まいと職場を一体化した家に問題点がありはしないか。二十四時間、彼女は息が抜けないのではないのか。商家の嫁のケースと同じです。嫁には辛い環境です。都市部でなら多少とも息抜きの場がありますが、ここは陸の孤島同然です。彼女は新しい家についてどう考えているのか、と」

「知りたくなりました？」

「頭の片隅で」

「出会うまえから、ぼくの母のことを想像したんですね」ぼくは無頓着な調子で言った。

ある物語へと誘導するかのようなぼくの言葉を無視するように、建築家は階段をゆつくりと降りはじめた。

「敷地、建築規模、予算、家族構成など、与えられた条件を整理しつつ機能的な住居を設計するのが、わたしの仕事です。建築家なら誰でもそうであるように、わたしも、専門家としての職分を越えて、施主の家族が抱えている問題に立ち入ることは、慎むべきだと考えています」

「でもさっきの話ですと」ぼくは言った。「新しい家はこの家族にとってどんな意味を持つのだろうか、という発想を、木村さんは抱いたんじゃないんですか？」

「建築家は一般にそういう発想を抱きます」

「意味を明らかにして、設計に生かすわけでしょ？」

「それはまず不可能です。建築家がそういう幸運に恵まれるためには、施主の家族全員が心を一つにして家を建てる、という条件が必要になります」

ほんとうに自分の言葉は理解されているのだろうか、といういぶかしげな建築家の視線が、ぼくの頭の上三十センチあたりでさ迷った。

「この家に住むはずだった、ぼくの父のいとこが知的障害者だってことを、ご存じでしたか」ぼくは訊いた。

建築家の眼に一瞬光が瞬いた。「いまはじめて知りました」

順子さんは話さなかったということだ。その事実について、ほんの短い時間、ぼくは考えをめぐらした。らせん階段を下まで降りると、空中を渡る廊下の途中で李花がぼくたちを待ちうけていた。

「最初の打ち合わせから、二週間後ぐらいだったと思います」建築家は話をすすめた。「山部さんのお母さんから、家のことは嫁に任せたのでよろしく頼む、という電話が入りました。莫大な資金を投入して家を建てるわけですから、嫁に任せるというのも奇妙な話だと思いましたが、その問題にわたしの方から立ち入るわけにいきません。お嫁さんに電話が代わって、長女と長男の部屋を追加してほしいといわれました。で、とりあえず建設予定地を見にいきましょう、ということに」

「そしてぼくの母と出会った」ぼくは言った。

「ええ」

「父と祖母もいっしょに？」

「いいえ、順子さんと二人で」

「母の第一印象は」

「口数の少ない人」

ぼくの質問から逃れるように、建築家はすこし急ぎ足でアルコーブに入った。廊下にいる李花がぼくに、建築家が順子さんに好意を持っていたかどうか確認できたのか、という顔を向けた。ぼくは彼女に小さな笑みを投げて、アルコーブに入った。李花がつづいた。

「イエメンの、煉瓦を積み重ねた、古い高層建築をご存じですか？」建築家が訊いた。

「観光パンフレットの写真で見たことはあります。すごく幻想的な風景」ぼくは言った。

建築家はうなずき、手振りをまじえた。

「かつては二十層を超える住居があったそうです。岩肌が露出した険しい地形の、それぞれの頂点に高層建築を配置して、全体として集落を形成しています。加工された自然は人間の構想力の記録です。イエメンの高層建築には人間の直立しようとする美学が感じられる、と指摘した著名な建築家がいます。だから視《み》る者に非現実感を抱かせるのだと」

直立、美学、非現実感。建築家の言葉が、ぼくの頭のなかで鳴りひびいた。建築家は窓辺に寄り、外の景色に視線をめぐらした。

「はじめてここを訪れたとき、立地条件の厳しさにおどろきました。海寄りの低い地点から傾斜地をあおぎ見ているうちに、搭状の建物が頭に浮かんできて、そのイメージがイエメンの高層建築の幻想的な風景へとつながっていき、一つのアイデアが生まれました。家全体を一つの集落と見立てて、いちばん高い位置に、塔状の建物を配置できないだろうかと思ったのです。わたしは地形と地盤を調べて、まず建物を三つのグループに分けました。そして、塔状の建物が全体を象徴的にささえる柱として機能しつつ、それぞれが『離れて立つ』という構想を提案しました」

離れて立つ。言葉のひびきがいい。ぼくはそう思った。李花も建築家の話に耳をかたむけている。

「わたしの構想を理解してもらうためには、空間に関する順子さんの好みを、彼女自身が確認する必要があります。そこで、雑誌の切り抜きでも観光パンフレットの風景でもいいから、自分で気に入った空間イメージを集めてください、と彼女にお願いしました。一方で、わたしは専門家としてラフなスケッチを描いてみる。つぎの打ち合わせでは、それらをもとに、家のイメージについて自由に話しあう。たとえば彼女がスクラップした新聞広告のモノクロームの写真。商品はコットンでした。寝室の光と影によってコットンの肌触りを表現している。その写真をもとに私室をイメージしていく。くまなく照らすのではなく、闇を残した方が、人間の心は安らぐものであることをわたしたちは確認していく。わたしは部分照明がぽつんと灯る部屋の光と影をスケッチして見せる。そうやって断片のイメージを重ねつつ、全体像をより鮮明にしていく」

「いつもそういう設計手法をとるんですか」ぼくは訊いた。

「いいえ。まず施主に意欲があること。施主と建築家の間に信頼関係が築かれること。それが条件になります」

「母には創造意欲があったということですね」

「ありました」

「信頼関係というのはどういうことですか」

「施主は、最終的に、建築家の造形的な美意識に委《ゆだ》ねる、という関係です」

「設計に要した期間は？」

「半年ていど」

「着工から完成までは」

「およそ一年半、ぜんぶで計二年間です」

　建築家は窓から離れ、アルコーブをのろのろと歩きながら話をつづけた。口調には、かつて彼をつかまえた熱っぽさが感じられた。少年にこんな話が通じるのかという疑問や、私情を吐露してしまうことのためらいは、消えつつあった。

「離れて立つ三つの建物をどう連結するか。橋を架けましょう、とわたしが提案する。ではどんな橋にするか。そのときたまたま、わたしたちは浜辺を歩いていました。順子さんは流木を拾って、自分のイメージを、遊び半分に砂地に描いてみる。橋というよりも生活感があふれる道でした。道の途中に橋がかかっている。小川が流れている。子供が転んで泣いている。猫と老人が歩いている。段差や勾配があり、他人の家の中庭につながる細道がある。中庭で青年がなにか思いに耽《ふけ》っている。その発想は後にアルコーブを経てゲストルームへ至る空間として生かされました。わたしは彼女の絵を建築学的に解読してみせる。さきほど説明したように、施主と建築家の関係は微妙です。施主が造形に関するアイデアをつぎつぎと打ち出して、建築家の領分に深く立ち入ってくると、両者の関係の調整にエネルギーを費やして、建築家はへとへとに疲れてしまいます。けれども、わたしはつい、口を滑らせる。おもしろい絵ですね、どんどん描いてみてください」

建築家は順子さんへの愛を告白しているのだ、と思った。李花にもそれはわかったらしい。彼女の腕がぼくの首にからみついてきて、指先がぼくの唇をなぞった。ぼくはさりげなく李花の腕を払った。建築家はアルコーブから廊下へ出て、塔状の建物に昇るらせん階段を示した。

「彼女は絵を描くのが上手でした。空中を渡る廊下の奥に、彼女はらせん階段を真っ直ぐ立てる。直立するものは美しい、とわたしは言う。彼女はスケッチに手をくわえて、真上からの光にうかびあがるらせん階段を描く。そんなふうにして、建物の内部にいて、直立する美学と向きあう、というアイデアが生まれる」

ぼくたち三人はアルコーブの北側にある階段を使って屋上へ出た。秋の海のきらめきに建築家は眼を細めた。

「彼女は屋上にプランターをならべて花を咲かせる。わたしはそれを空中庭園と名づける。名づけることでイメージが膨らむ。人々が空中を散歩する姿を、彼女は絵に描く。Rの家を構想するプロセスに、わたしたちは魅了されていく」

「愉しそうですね」ぼくは心の底から言った。

「あらゆる部分に、シンボリズムや、諧謔的《かいぎゃくてき》な身振りや、記号操作を用いて、設計を試みました」

「ユニークな家ができたと思いますけど」

「試みたという残滓《ざんし》が散らばっているだけです。実態は、ごらんのとおりの、コンクリートの寒々とした空洞」

「人が暮らしていれば、印象はまったくちがったものになりませんか？」

建築家は短く二度、首を横に振った。

「野心はたっぷりありましたが、わたしには才能が決定的に不足していました」

ぼくは短く息を吐いた。

「母の絵をお持ちではありませんか?」

「いいえ」

「見てみたいな」

「彼女が描いた家の全景のなかには、残しておきたい絵がいくつかありました」

「どんな絵でしたか?」

「フィクションに満ちている、とでもいうのか、砦、秘密結社、アジール、そういったものを連想させる絵。防御のかまえと言ってもいい」

「そのイメージは、じっさいに、Rの家に生かされてるような気がしますけど」

建築家はうなずいた。「家の景観は悪くないと思います」

「独特の気配を感じます」

「一言でいえばユートピアへの希求」

「ふうん」

「住む人の、そこへ住みたいという共通の気持ちが、住み心地のよい家をつくるのであって、その逆では決してありません。ところが彼女はある理想的な家を構想したのです。その家を建てれば、家族の絆がとりもどせるかのような家を」

「転倒」とぼくは言った。

「すべての家は転倒しています。すべての家は共同幻想を実現しようと企てます。そのことを彼女は知っていました」

「そう」

「工事の進行状況を見にいく途中の、車のなかで彼女が言った言葉をおぼえています。家を建てることで、家族が抱えている問題がいっぺんに好転するかもしれない、という根拠のない期待を、わたしは抱きません」

　順子さんはRの家の構想に魅了されつつ、半ば覚醒していたのだ、と思った。母屋の方角へぼくたちは歩いた。李花が素足で小石を踏み、ちょっと顔をしかめた。コンクリートは風雨にさらされて色褪せていた。排水口に古い落ち葉が吹き寄せられている。順子さんが構想したという空中庭園をうかがわせるものはなにもない。

「設計から完成までの二年間、母と濃密な時間をすごされたようですね」ぼくは踏み込んで訊いた。

　建築家は沈黙した。ぼくは言葉をついだ。

「打ち合わせをする機会がたくさんあったはずです」

「月に二回、あるいは三回」建築家はこたえた。

「母と二人だけで？」

「ほとんど二人です」

「月に二回で計算して、二年間で四十八回」

建築家は顔をしかめた。「多すぎますね」

「ここへは車で？」

「彼女の運転する車で」

「ぼくが入院中に逢引でもするように」

「傍目《はため》にはそう見えたでしょう。ご主人も怪しんでいたと思います」

「母が父の浮気で苦しんでいたことを知ってました？」

「いいえ」

「当時、木村さんは独身でした？」

「独身でした」

「建築家の職分を越えたんですか？」

建築家は足をとめて、ぼくを見た。

「ぼくはぜんぜん気にしませんよ」ぼくは言った。

「わたしは若かった。職分を越えて親密になったのは事実です」建築家は率直な悔恨の言葉を吐いた後で、首を横に振った。「男と女の関係になったわけではありません」

　ぼくはちょっとがっかりした。

「十二年まえです。Rの家が完成して、ゴールデンウィーク明けに、引き渡しの儀式がありました」建築家の話は最終局面に差しかかった。「それから一週間ほど経った五月の中旬、順子さんが姿を消す十日ほどまえだったと思います。彼女に誘われて、ここへきました。建築家としての仕事はひと区切りついてます。わたしはRの家を訪れる理由がない。なにかを予感していました。その日、彼女はここには寄らずに、車を海に向けました」

31

　イルカの絵が描かれた公衆トイレの白い壁を、午後の陽の光が淡いオレンジ色に染めていた。建築家が赤いステーションワゴンをパーキングにとめ、ぼくたちは降りた。

「順子さんの運転でここへきて、しばらく波の音を聴いていました」建築家が言った。

「なんだか焦れったい」李花が言った。

ぼくは声を出して笑い、建築家もはじめて笑みをこぼした。

「木村さん、話してください」ぼくは言った。

「なにをですか」

「どんなふうに母が男性に好かれたかを」

建築家は困惑した表情を向けた。

「ぼくは知りたい。おかしくありませんよ。だって、ぼくの母親であることが、彼女のすべてだったわけじゃない。そうでしょ。彼女は人を好きになったり、人に好かれたりしたはずで、そういう彼女をぼくは知りたい」

建築家は自分を戒めるように一つうなずき、ぼくから数歩、離れた。

「いずれ機会があれば」

残念ですね、とぼくは口のなかで言った。建築家は視線をめぐらして、パーキングの西側を示した。草になかば埋もれた廃屋があった。鈍く光る燻《いぶ》し瓦の屋根だ。甍《いらか》が波を打ち、全体は押しつぶされつつうねって、魚の鱗を思わせる。

「当時、人が住んでいたはずです」建築家の声は元の厳しさをとりもどした。「いまのわたしと同じように、彼女はあの家を指して、車から降りるところを人に見られてもかまいません、と言いました。意味がわかりませんでした」

順子さんは自殺を仄《ほの》めかしたのだと、ぼくは思った。それはいまだから言えることで、十二年まえに建築家がここで意味がわからなかったというのは当然だ。建築家が歩き出したので、ぼくと李花はついていった。コンクリートの石段を降りて、三十メートルほどの砂浜を西へ向かった。崖の下の砂浜が細く露出している場所を伝って、建築家は無言のまま先へすすみ、窪みに出て足をとめた。ぼくは振り返った。岩にさえぎられてパーキングからは見えない地点にきていた。

「記憶は薄れていますが、順子さんはこのあたりで足をとめました」建築家の声はいちだんと厳しさを増した。「二キロや三キロなら楽々泳げます、と彼女は言いました。人に見られてもかまわないとか、楽々泳げるとか、どういう意味なんですか、と訊きました。そこで彼女は計画を打ち明けてくれました。手順はこうです。自分の車をパーキングにとめて、砂浜を歩き、この窪みに身を隠す。裸になる。この地点から入水した証拠として、衣服は残しておく。彼女は海へ入る。いったん沖へ向かい、そろそろと右へ旋回して、小さな入り江に入っていく」

建築家は西の方角を示した。岩に閉ざされて、向こう側の様子はわからない。

「いったいなんの話ですか」ぼくはびっくりした声で訊いた。

「わたしも同じ質問をしました」

パーキングにもどった。ステーションワゴンを出して漁師町からRの家へ向かう道路に入った。S字のカーブがはじまる手まえで右折した。未舗装の道を降りていき、荒れ地のなかを左へ大きく曲がると、Rの家に向かう道の下をくぐる小さなトンネルに出た。その先は台地の上の黒松の林だった。のろのろと走り、やがて道は消えた。車をとめて降りた。

「この場所にレンタカーを用意しておく計画でした」

建築家は台地の端へ向けて歩いた。林を抜けると視界がひらけた。北と南で崖が海へ向けてせり出し、その間の海岸線は内側へ食い込んでいる。小さな入り江だ。北の崖の向こうにRの家の塔状の建物が見える。建築家が眼下の海を示して説明をつづけた。

「順子さんは裸で海を泳いできて、岸にたどり着く。途中の岩陰に衣服を隠しておく。彼女は海からあがる。岩陰で衣服を着る。崖をよじ登る。後日、わたしは下まで降りてみました。楽に登れます。彼女はレンタカーに乗り込んで出発する。どこへ、とわたしは訊きました。知らない町へ。それが彼女の回答でした。月日が経つ。彼女の水死体はうかばない。彼女が生きている手がかりもない。やがて彼女は死んだものと見なされて、人々の記憶も薄れていく。それがわたしの望みです、と彼女は言いました。冗談には聞こえませんでした。わたしがレンタカーを用意しましょう、と申し出ました。すると彼女は、こう言ったのです。計画は放棄することにしました。だから木村さんに話したんです。わたしは彼女の言葉を真にうけました」

白い波が岩にあたって砕けている。十二年まえと変わらない光景を見ているのだと、ぼくは思った。

「わたしたちは東京へ帰り、息子さんの病院の近くで別れました。そのときわたしはこう考えました。死にたくなるほど悩むときもあり、幸せを感じる一瞬もすくなからずあり、それなりに充実した人生の途上で、失踪への情熱がふと胸をよぎる。誰しも経験することだ。二週間ほど経てば、山部家の人々はRの家に引っ越して、彼女はなにごともなかったように主婦としての慌ただしい生活をはじめるだろう」

「ところが母は計画を実行に移した」ぼくは言った。

「あの日が彼女を見た最後になりました。それから一ヵ月後ぐらいだったと思います。設計事務所の経営者から、なにが起きたのかを知らされました」

ぼくはうなずいた。父さんもおばあちゃんも自殺だと思い込んだのだ。建築家が真実をいままで明かさなかったのは、順子さんの夢を実現させてあげたかったからだろう。ふと気がつくと、李花がぼくの手を強くにぎりしめていた。

32

怖いようなおどろきがまずあった。つぎにぼくをつかまえたのは困惑の感情だった。建築家が帰った後で、いまさら生きてるって言われてもな、とぼくはつぶやいた。リョウの気持ちはわかるよと李花が言った。ぼくの精神が異常に高ぶった状態にあることに変わりはなかった。どこでどんな暮らしをしているのかわからないが、順子さんは生きているのだ。とにかく父さんに電話しなくちゃ、と思った。建築家だけに狂言自殺の計画を打ち明けていたことを知れば、父さんはそこに男女関係があったと見なすだろうが、そんなことは知ったことか。父さんは順子さんをずっと裏切りつづけてきたんだ。LDの電話に向かうぼくの鼓動が速くなった。喉がからからに渇いていた。気分を落ち着かせるために、ぼくはビールを一缶とウィスキーの水割りを一杯飲んだ。その間に、李花はLDのソファでまどろんでいる雅彦さんをゆすぶって起こした。ぼくは父さんに電話をかけて事情を説明した。迷走はそこまでだった。

「あれは自殺だ」父さんはぼくの話をぜんぶ聞かないうちに言った。「狂言自殺の計画があったらしいってことは、いろんな証拠から、だいたいわかってた。順子は自殺したんだ。その建築家野郎はなにも知らない。順子が海岸に乗り捨てた赤い車は他人名義の車だ。うちのカリーナはちゃんと中野の家の車庫に残ってたよ」

「意味がわからないんだけど」ぼくは言った。

父さんは面倒くさそうに説明した。

「順子は他人の戸籍を手に入れたんだ。狂言自殺を成功させた後で、他人になりすまして暮らすつもりだったんだろうな。で、順子はその他人の戸籍を使って赤いファミリーカーを買った。中古だ。ディーラーもわかってる。建築家は戸籍のことも車のことも知らないんだ。そそっかしい野郎だよ。車の名義人の名前は忘れたが、とにかく女だ。狂言自殺を実行するつもりなら、その赤い車じゃなくて、うちのカリーナをあの海岸のパーキングに残すべきだった。そして他人名義の赤い車で逃走する。わかるな」

ぼくは受話器をにぎったままうなずいた。

「つまり順子は」父さんは結論づけた。「狂言自殺の計画は放棄して、自殺をえらんだ。残念ながらそういうことだ」

ぼくは一つ深呼吸した。

「どうしていままで教えてくれなかったの？」

「いろいろ事情がある。いずれ話すつもりだった。おまえにもそう言ったはずだ」

「まあ、ぼくも訊かなかったしね」

「そうだろ」父さんは屈託のない声で言った。

33

外に薄闇が迫る時刻に、美由起さんから電話が入った。

「戸籍だとか車の件は、あたしがよく知ってる。あのときいろいろ調べたのはあたしなの。忙しくて週末にそっちへいけないから、ねえ、リョウ、東京へこない？」

待ち合わせの場所と時間を決めて、ぼくは受話器を降ろした。

「じつはその話、多少は、知ってるんだ」雅彦さんが言った。

「美由起さんに聞いたの？」

「うん。去年の暮れにメシ食ったときに。順子さんが手に入れた戸籍は、藤田小菊の戸籍だ」

「フジタコギク」ぼくはすぐには思いつかなかった。

「謎の軍事顧問」李花が先に気づいて言った。
「森の秘密基地の？」ぼくはびっくりして言った。

34

深夜の東京のビルの地下で会った美由起さんは、男たちと激しく渡り合った一日の戦闘の余韻を――それは彼女の魅力の基本としてあるとぼくは思うのだが――声にも表情にも引きずりながら語った。

「そうよ。去年の暮れに雅彦としゃぶしゃぶを食べたときに、あたしが話した。哲士には口止めされてたんだけど、事件から十年以上経ったから、もういいだろうと思ったの。その藤田小菊ってのは、おれがポルノ小説に書いたあの小菊じゃないのかって、雅彦は言った。あたしも哲士も、そのときまで、雅彦の小説に小菊と又一郎の姉弟が出てくることを知らなかった。雅彦はあたしの話におどろいて見せたけど、そのリアクションは芝居の可能性があると思う。つまり順子さんとその姉弟をリンクさせた人物は誰かって話よ。藤田小菊の戸籍に関して、あなたはぜんぶ知ってたくせに、惚《とぼ》けてるんじゃないのって言ったら、冗談じゃないよって雅彦は否定した。あたしはまだ雅彦を疑ってる。順子さんの失踪計画には、身内の誰かが関わった可能性が高いんだもの」

時刻は午前零時すこしまえ。目黒区祐天寺のショットバーのL字型の長いカウンターの端で、ぼくたちは話していた。ほかに数人の客と、美しい銀髪のバーテンがいた。

「雅彦の話はとりあえずおいておくね。順番に話さないと、あたしの頭が混乱するから」

美由起さんは青い表紙の手帳をカウンターに出した。八七年度版だ。いったん自宅に帰って手帳を持ってきたのだと彼女は言った。五月のページをひらき、日付を指でなぞった。

「当時、哲士は沖縄に出張してた。五月二十一日から二十五日まで五日間の予定。あたしも沖縄にいった。全日程じゃなくて、二十二日の金曜日の夜に現地で合流して、あたしは月曜日に出勤しなくちゃならないから、二十四日の夜に一人で東京へ帰ってきた」

「五月二十四日は順子さんが消えた日だ」ぼくは言った。

「海辺のパーキングで赤いファミリーカーを発見したのは、あたしなの」

「ふうん」ぼくはビールを一口飲んだ。

「家に着いたのは夜の十一時すぎ。留守電に哲士のメッセージが入ってた。順子がいない。ホテルの部屋にいるから電話くれ。例のぶっきらぼうな声で、いつもとちがうのは深刻そうだったこと。話が前後するけど、哲士は出発まえに順子さんから言われてた。あなたが帰ってきたときには、わたしはこの家にいませんって。哲士は嫌味を言われたと思った。沖縄出張に愛人を同伴させるんじゃないかと疑ってやがる、そのていどの認識だった。あたしは現地で合流したときにその話を聞いて、本気かもしれないって哲士に言ったと思う。とくに根拠はないわ。あたしの想像のなかで順子さんはそういう人だった。慎み深いのに、こうと決めたら、鬼のように徹底できる人」

「そんな気がしてきました」ぼくは言った。

美由起さんは微笑みをぼくに向けた。なにも言わずにウィスキーの水割りで喉をうるおし、カウンターにもどしたグラスに視線をそそいだ。接待を途中で抜け出してきたとかで、眼の縁がほんのり桃色に染まっている。

「沖縄行きの航空券も、向こうのホテル代も、自腹よ。哲士の会社の経費で遊んだことなんか一度もないのよ」美由起さんが言った。

「わかってます」ぼくは胸のうちで言いそえた。セックスは自腹を切って。それがこの人のポリシーだ。

美由起さんはウィスキーをもう一口飲んだ。

「沖縄のホテルにいた哲士と連絡をとった。彼の話をまとめると、こういうこと。午後八時ごろ、新宿病院に電話して看護婦にリョウの様子を訊いた。その際、順子さんの言葉が気にかかって、順子さんが面会にきたかどうかを確認した。看護婦は同僚とリョウに訊いて、午後一時半ごろにナース・ステーションに電話があっただけで、今日は面会にきてないとこたえた。あの日は日曜日だったでしょ。面会にきてないのはおかしい、と哲士は思った。自宅に電話をかけた。留守電になってた。八時四十五分と九時十分にまた病院に電話をかけた。順子さんは病院にきてない。連絡もない。自宅に電話をかけつづけた。誰も出ない。リクさんが自宅のキーを持ってたので、いってもらった。家に車はあるけど、順子さんはいなかった。置き手紙もない。哲士は迷った末に順子さんの実家と連絡をとった。彼女の家族はなにも知らなかった。それから方南町の伯父さんにも電話を入れた。伯父さんも順子さんがどこにいるか知らなかった。哲士の説明を聞いて、あたし、どうなったと思う?」

美由起さんがグラスの氷をゆらして訊いた。ぼくは黙っていた。美由起さんは自分でこたえた。

「半狂乱、それはすこし大げさだけど、とり乱したのは事実」

「でしょうね」ぼくは言った。

「憎たらしい言い方」美由起さんは鼻を鳴らした。

「じゃあどう言えば満足するんですか」

「ザマアミロ」

「ザマアミロ」ぼくはそっくり同じひびきで言ってやった。

「責任を感じたわけじゃないのよ」

「罪悪感なんかない」ぼくは補足した。

美由起さんはまた鼻を鳴らした。「順子さんのことが、どんどん好きになっていたの。会ってもないのにね。冗談じゃないわ、なに甘ったれたこと言ってんのよ、と言われそうだけど、会っていろんな話をしてみたかった」

「傷ついた魂と魂の奇跡的な出会いがあるかもしれない、と美由起さんは思った」ぼくは言った。

美由起さんはまじまじとぼくを見た。「十七歳のくせに」

「童貞のくせに」

「そこまで言ってない」美由起さんは顔をしかめてグラスを飲みほすと、話を本筋にもどした。「午前一時すぎだったと思う。あたしは深夜のロングドライブに出かけた。

確信があったわけじゃないの。なにかをしなければ気持ちがおさまらなかったというのが、正直なところね。そういうときって最悪の事態を考えたりするでしょ。順子さんはどこでなにをするつもりなのか。まっ先に頭にうかんだのはRの家。白いカリーナは自宅の車庫にあったけど、駅からタクシーを使えば、かんたんにRの家にいける。工事中に、哲士とドライブの途中で寄ったことがあるから、場所はだいたいわかってた。家のキーはないけど、窓ガラスを壊して入ればいいと思った」

銀髪のバーテンが美由起さんのグラスをとりにきて、はじめて気がついたように、ぼくの顔へ不審げな視線をそそいだ。未成年者かもしれないと思ったようだ。ぼくは落ち着いた声でビールと告げ、彼を追い払った。

「窓ガラスを壊してなかへ入った。母屋の、LDのすぐ海側にある、リクさんが住むことになってた部屋だと思う。電気を点けて走りまわった。誰もいなかった。それから漁港へいって、婦人靴がそろえて置いてあるのをイメージしながら、埠頭をうろうろ歩いた。夜が明けはじめたころ、あのパーキングにいった。多摩ナンバーの車があった。脚がふるえた。朝の四時とか五時という時刻に、多摩ナンバーの車が放置してある。順子さんと結びつけて考えざるをえない。そうでしょ。助手席に布製の手提げ袋があった。紺色の、パッチワークの袋。ドアはロックされてた。あのころ携帯電話は持ってなかったから、漁師町にもどって公衆電話から沖縄の哲士と連絡をとった。順子の手提げだと彼は断言した。すぐパーキングへもどって、周辺の海岸線を歩きまわった。そのうち青空が広がった。潮がどんどん満ちてきて、あたしずぶ濡れ。崖の下で、波にもみくちゃにされてる花束の一部を見つけた。それから彼女のスカート。黒い布製の靴の片方。左足だったかな」

バーテンがウィスキーの水割りとビールをカウンターに置いた。美由起さんがビールをついでくれた。ぼくたちは軽く乾杯した。美由起さんは手帳のページをめくった。そこでふいに短い嗚咽《おえつ》がもれた。彼女の細い腰が砕けかけた。ぼくが腕をとってやらなかったら、ストゥールから転げ落ちただろう。ノックアウト寸前のボクサーにタオルを投げ入れるように、ぼくは白いハンカチを彼女のまえのカウンターに放った。

「ごめん」美由起さんの声はしっかりしていた。涙を拭うとハンカチをにぎりしめたまま、話をつづけた。「順子さんのゴールドの時計が、岩と岩の間で見つかったのは、ずっと後だった。哲士が午後遅く到着してからだと思う。警察に立会ってもらって、自動車修理工場の人が車のドアをあけてくれた。手提げ袋に入ってたのは、順子さんの運転免許証、現金が二万円ぐらい入った財布、各種カード、銀行の通帳、アドレス帳、そんなところね。車検証を見て、びっくりした。所有者は藤田小菊。哲士は知らないと言った。住所は新宿区矢来町。車検証でわかったのはそこまで。事件性は認められないという理由で、警察はなにもしてくれなかった。哲士は東京へもどると、リクさんと方南町の伯父さんに事情を説明した。藤田小菊名義の車の件は伏せておくことにして、順子さんはレンタカーを使ったということで誤魔化した。あたしは、その日の夜、一人で矢来町へいって小菊の家を捜した。賃貸マンションだった。翌日、不動産屋をたずねていろいろ調べた。藤田小菊は製本会社勤務の三十四歳、契約は同じ年の三月二十一日。事件のおよそ二ヵ月まえってことになる。順子さんの写真を見せたら、契約した女はその人にまちがいないって不動産屋は証言した。部屋のキーがなかったので、不動産屋にあけてもらって、部屋に入った。洗面用具ぐらいで荷物はなにもなかった。製本会社に電話してみた。藤田小菊という女性は職員にもパートにもいなかった。赤い車のディーラーをあたって、購入したのは順子さんであることを確認した。不動産屋が新宿区に登録された藤田小菊の住民票を保管していた。住民票の転入はその年の二月。記載された本籍は神奈川県横須賀市。哲士が弁護士に頼んで戸籍調査をした。母子家庭で弟が一人。母親は岐阜にいて、あたしが電話で話した。小菊は十四歳で家出して、そのまま行方不明だった。弟の名前は又一郎で、東京の品川区五反田に在住。弟とは連絡がつかなかった。五反田のアパートになんどか足を運んだけど、住んでる気配がないの。ここまでで問題となるのは、順子さんと藤田小菊の関係」

「二人はどこで知り合ったんですか」ぼくは独りごちる声で言った。

　美由起さんは手帳に殴り書きした文字をながめ、ウィスキーを一口飲んだ。

「順子さんのアドレス帳に、藤田の名前はなかった。当時は、雅彦の森のエピソードもポルノ小説の内容も知らなかったから、順子さんがどこでどうやって小菊と知り合ったのか、まるで見当がつかなかった。母親の証言を信じるとして、小菊が十四歳で家出したとき、住民票は静岡市にあった。三十四歳で東京都の新宿区に転居するまで、住民票は母親といっしょに動いてた。その間の、およそ二十年間、小菊は行方不明で、母親は小菊が新宿区に転居したことを知らなかった。そこまで調べて戸籍調査を放り出したんだけど、ある日、哲士が戸籍の附表をぼんやりながめていて気がついた。附表には住民票の転入転出が順番に書いてある。藤田小菊の家族が、静岡市へ移る直前に、哲士のおじいちゃんおばあちゃんの家の近くで半年ほど暮らした、ということがわかった」

「順子さんと小菊という女性の接点だ」ぼくは言った。

「雅彦だよ、と哲士は言った」

「うん」

「夏休みとか冬休みに、雅彦はおじいちゃんおばあちゃんの家に泊まりがけでよく遊びにいってたから。それ以上の根拠はないけど、誰かが、順子さんと小菊の間をとり持ったはずで、それは身内の可能性が大で、となると雅彦以外に考えられない」

「ぼくもそう思う」

「哲士はその話を封印した」

「わかるよ」

父さんは雅彦さんと揉めごとを起こしたくなかったのだ。気まずい思いをするだけで、順子さんが生き返るわけではない。だからいままで、ぼくに話さなかったのだろう。

「雅彦が事件にどういう形で関わったかはべつにして、順子さんは、ある経緯で小菊の行方不明を知ったと思う。小菊が身元不明のままどこかで死んでいれば問題はないけど、他人の戸籍を勝手に動かせば、遅かれ早かれ本人にバレる。だから戸籍が売買された可能性がある、と哲士の弁護士は言った。ホームレスがおカネに困って売る場合があるし、ブラックマーケットを通じても手に入る」

「聞いたことある」ぼくは言った。

「哲士に言わせると、順子さんは物事を徹底する傾向があるというの。戸籍を買えば、健康保険もパスポートも車の運転免許もとれるでしょ。完璧に他人として暮らすことができる。で、あたしは静岡県の運転免許センターに問いあわせてみた。前年の十一月八日の日付で、藤田小菊名義の運転免許証が交付されてた。その免許証に添付された写真が、順子さんのものだったかどうか確認していないけど、まちがいないと思う」

「順子さんはわざわざ静岡県の教習所まで通ったの？」

「その形跡はない。リョウがいるから、順子さんにそんな自由は利かないし。たぶん運転免許センターで仮免と実地の試験をうけて、取得したんだと思う」

　美由起さんは手帳のページをめくった。紙片が一枚カウンターに落ちた。車のディーラーの名刺だった。順子さんが藤田小菊名義で車を購入した件を調べたときに、応対してくれたディーラーのものだと美由起さんは説明した。

「で、藤田小菊名義の運転免許証なんだけど、赤い車からは発見できなかったのよ。哲士が中野の家を調べた。矢来町のマンションの荷物は二度調べた。最初は事件の直後。それから二ヵ月後ぐらいに、荷物をそっちで処分してくれないかって、管理人が電話をよこしたの。厳密にいえば藤田小菊の荷物という可能性もあるわけだから、小菊の母親の了解をえて、あたしと哲士で引きとりにいった。そのときも荷物をチェックした。藤田小菊名義の運転免許証は出てこなかった」

「海辺のパーキングで、順子さんが藤田小菊名義の免許証を持って降りた可能性は」

ぼくは訊いた。

「わざわざ藤田小菊名義の運転免許証を持ち出す理由がわからない」

「そうですね」

「順子さんが持って降りたと断定できるのは、花束と車のキーだけ。自殺するつもりならキーなんかどうでもいいんだけど、ふだんの癖でキーを抜いたんだと思う。矢来町のマンションのキーも、小菊名義の運転免許証といっしょに、べつの小さなバッグかなにかに入ってたんじゃないのかな」

「すると藤田小菊名義の運転免許証はどこへいったの？」

美由起さんは二杯目のウィスキーを空けた。バーテンがグラスを持ち去るのをぼんやりながめた。

「もう一つ腑に落ちない点がある」ぼくの問いには直接こたえずに、美由起さんは言った。「事件の半年まえぐらいから、なん回かに分けて、順子さんは会社のおカネを引き出してる。総額で一千万円と少々。赤い車は中古車だった。車の購入費とマンシヨンの賃貸契約の費用を差し引いても、九百万ていどのおカネが残ってたはず。その額に相当する通帳も現金も見つからなかった」

「どういうことなの？」ぼくはびっくりして訊いた。

「その通帳も藤田小菊名義だった可能性があると思う。だとすれば、運転免許証は、藤田小菊名義の通帳と、マンションのキーと、ワンセットで、どこかに保管されていたという推理が成り立つ」

「順子さんが藤田小菊として暮らすために必要なものばかりだ。筋道がとおってる」

「では保管場所はどこか。考えられるのは矢来町のマンション」

「見つからなかったんでしょ」

「事件の発生から、あたしが矢来町のマンションを調べるまで、かなり時間が経ってる。順子さんが車を乗り捨てたのが五月二十四日の午後一時半とする。車検証の住所を手がかりに、あたしがマンションの順子さんの部屋を調べたのが、翌々日の二十六日の午前十一時ごろ。そのおよそ丸二日の間に、ある人間が合鍵を使って順子さんの部屋に侵入して、通帳と運転免許証を盗み出した可能性がある」

「ある人間って誰のこと？」

「事情をよく知る人間。狂言自殺の計画に加担した人間。順子さんと藤田小菊を結びつけた人物」

「身内の誰か」

「あいつ以外に考えられない」

「雅彦さんは順子さんと会ったことがないって言ってるけど」

「会った形跡はない。Rの家が完成した直後に、一度だけ電話で話したことになってるけど、あれ以前に順子さんが連絡をとった可能性はあると思う」

ぼくはビールを飲んだ。液体のなかで細かく爆《は》ぜる気泡を見つめながら考えた。

「じゃあ、順子さんと雅彦さんが連絡をとり合ってたとするよ。雅彦さんは、森で出会った姉と弟の話を、順子さんにしたんでしょうね。そこで、順子さんが小菊さんの戸籍に関心を持つためには、雅彦さんが、小菊さんが長い間、行方不明になっている事実を知っていなくちゃならない。その事実を、雅彦さんはどうやって知ったの？」

「そこはわからない。雅彦は、弟の又一郎か、例の色っぽい母親と再会したとか」

「偶然に偶然が重なって」ぼくは否定する口調で言った。

「順子さんと藤田小菊を結びつけた人物がいるとすれば、雅彦だろうし、雅彦が、小菊が行方不明になっていることを知ったとすれば、そういうことでしょ」

「でも、雅彦さんが九百万円の通帳と現金を盗むというのは、納得しがたいけど」

「そうね。では訂正する。順子さんはそれを雅彦にあずけた。あいつは狂言自殺だという説明をうけていた。ところがほんものの自殺が起きてしまった。雅彦は計画に加担したことを恥じて、通帳と現金を哲士に返却する機会を失った」

「願望を感じる」ぼくは言った。

「願望って？」

「美由起さんの頭のなかでは、雅彦さんは順子さんと寝てる」

美由起さんはうなずくと、グラスを高くかかげ、ぐいとあおった。

「順子さんが哲士と刺しちがえるなら、情事の相手は山部家から追放された長男、つまり雅彦ほどふさわしい男はいないでしょ」

「なんだか古典的すぎるな」ぼくは不満げに言った。

「親兄弟というのは、起源からして、カネとセックスがらみの関係じゃないの」

「そうか」

「性的な順子さんを想像するのは辛いこと？」

「いちおう母親ですから」

「だから？」

「せつなくなる」

「悪くないってこと?」

「わかりきったことを確認しないでください」

ぼくの言葉に、美由起さんは破顔した。


話はそれ以上進展しなかった。美由起さんはあびるほど飲んだわけではないが、午前二時近くにショットバーを出たときには、すっかり酔っぱらっていた。バーから路地を八十メートルほど入ったところにあるマンションまで、ぼくは彼女をおんぶして運んだ。かわいそうなくらい軽い体だった。美由起さんは自分の部屋のドアのまえで、キーを出そうとしてバッグの中身を廊下にぶち撒けた。ぼくはそれをていねいに拾った。ぜったい泊まらせないからね、息子とも寝ちゃうわけにいかないでしょ、と美由起さんは怒った声で言った。理不尽な人だ。おやすみ、とぼくは言った。沓《くつ》脱ぎをあがってすぐのフローリングに、ばたっと倒れて、美由起さんは動かなくなった。ぼくはドアを閉めた。オートロックであることを確認して、ドアを離れた。

35

　ぼくは渋谷までおよそ四キロの道を歩いた。歩くのはぜんぜん苦痛じゃなかった。景色がよかろうが悪かろうが、足が疲れて動けなくなるまで、一人で黙々と、飽きもせずに歩くことができた。酒臭かったので警官に不審訊問をされると困るなと思ったが、誰にも邪魔されずにすんだ。センター街へいき、ハンバーガーとホットチョコレートで、早すぎる朝食をとった。

　ずっと順子さんのことを考えていた。藤田小菊名義の運転免許証と九百万円近いカネはどこへ消えたのか。順子さんの計画に加担した身内とは誰なのか。そういう謎についてとりとめのない推理をめぐらした後で、ぼくは順子さんの行為そのものを問いはじめた。

　失踪する。しがらみをぜんぶ放り投げることになる。放り投げてしまえばいい。そもそも放り投げてしまいたいから人は失踪するのだ。順子さんは挫折した。失踪を夢想したとたんに、「理由はどうあれ、あの女は病気がちの幼い息子を捨てた」そんな声が聞こえてきたのだろうか。いまのぼくは母親に捨てられた淋しさで意気消沈していたぼくではない。順子さんがぼくのことで失踪計画に後ろめたさを感じたのだとしたら、ぼくはぼくの存在が罪であるかのように思えてくる。

とやかく言うやつはどこにでもいる。他人の非難の声に耳を貸してたらなにもできやしない。とはいえ現実問題として、ほとんどの人が、そうかんたんには失踪に踏み切れないだろう。ぼくたちは、自分の意思を持つ年ごろになれば、義務や責任や権利などにがんじがらめになってしまうのだから。そしてある者は狂言自殺を思いつく。死んだと世間が見なせば、後ろめたさが解消されるとでもいうように。他人との関係を断ち切りたいときに、死んだと思わせないと断ち切れない関係性について、ぼくは考えてしまう。

通勤時間がはじまると、ぼくは朝刊を買い、駅のホームのベンチでひろげた。脳みそがくたくたに疲れていた。やがてホームに人があふれ返った。どたどたとひびく靴音の向こうに、一つの記憶が、ぼんやりとよみがえった。

順子さんの運転する車で田舎道を走っている。助手席にぼくがいる。順子さんは運転しながら、なんども背後へ首をねじって、後部座席にいる方南町の伯父さんとおしゃべりをしている。その車はどこへ向かっているのか。ぼくは父さんのおじいちゃんおばあちゃんの墓参りにいくところだ。雅彦さんが〈工兵隊長〉として秘密基地建設に従事した暗い森がどこにあるのか、ぼくは知らない。だが近くまでいったことがあるのは確かだ。

ぼくは群衆に巻き込まれるようにして電車に乗り、中野の家に帰った。父さんはまだ寝ていた。ビールとグラスを持って自分の部屋に入った。なにも考えないようにした。最後の一杯のビールで睡眠薬を飲み下した。

36

東京オリンピックのころに建てられた小さな借家に、伯父さんは華さんと住んでいる。その借家から路地をめぐって百メートルほど歩くと古い商店街があり、そのなかほどの瀬戸物屋とレンタルビデオ・ショップにはさまれた喫茶店で、伯父さんと会った。おばあちゃんとよく似た精悍な顔つきの、眼光の鋭い老人で、ぼくはすこし緊張した。よく訪ねてきたな、と伯父さんは愛想のない声と顔で言った。口調はぼくの父さんが引き継いでいるようだった。

建築家の突然の訪問と、昨夜の美由起さんの証言で明らかになった事実を、ぼくは詳しく話した。伯父さんは他人の戸籍のことも狂言自殺の計画のことも知らなかった。

店内に薄く流れていた歌劇が、途中でボサノバに変わった。店の主人は伯父さんと同年配の老人で、カウンターでコーヒーをすすっている小太りの男も老人だった。

「順子さんが藤田小菊さんの戸籍を手に入れた問題ですけど、雅彦さんの仲介があったんじゃないかって、美由起さんは疑ってます」とぼくは言った。

「その姉弟のことなら、順子は知ってたよ」伯父さんはあっさり言った。

「どうして知ってたんですか?」

「彼岸に墓参りへいって、大塔寺でお茶を呼ばれたときに、その話が出た。きみと華もいっしょにいたはずだ。寺の住職はわたしの同級生で、地元の小学校の教員を長く務めた男なんだ。やつが藤田又一郎という転校生の話題を口にした。名前に記憶はなかったが、その少年のエピソードを聞くうちに、雅彦の小説のモデルになった家庭の子供だということにわたしは気づいた」

「伯父さんは雅彦さんの小説を読んでたんですね」

「庭で燃やされるまえに、リクに感想をもとめられて全編を読んだ」伯父さんが言った。

「それで」とぼくは先をうながした。

「寺で少年の姉が行方不明だという話も出た。原因は家庭の複雑な事情があって、というていどの説明だったと思う。東京へ帰る車のなかで、わたしが雅彦の小説の内容を話したら、順子は涙をうかべて笑い転げた。とにかく中学生の書いたポルノ小説だからな、滑稽なところはある。わたしはそれ以上のことを知らない。そんなことがあったことも、きみから話を聞くまで忘れていた」

「それはいつごろのことですか？」

「順子が失踪する二年まえぐらいだったと思う。きみは二歳か三歳だろう」

　ぼくは冷めたコーヒーを飲んだ。

「順子さんは小菊さんの失踪に関心を抱いたんだと思います」

「後で考えれば、そういうことだな」

「失踪した人間の戸籍を使えないだろうか、という発想が生まれる。そこで順子さんは、小菊さんの家族との接触を試みたと仮定します」

「住所を突きとめるのはかんたんだ」伯父さんはまたあっさり言った。

「どうやって？」

「兄弟の家族は隣町の製材所の遠い親戚だった。その話も、寺でお茶を呼ばれたときに出たと思う」

「すると順子さんは、製材所から住所を聞いて、小菊さんの母親と連絡をとったんでしょうか？」

「ありうるな」

「小菊さんの消息が長い間途絶えていることを、順子さんは知る。そこで娘さんの戸籍を売ってくれないかと持ちかける。小菊さんの母親は、たとえばおカネに困っていたので、売買を了承する」

「岐阜の母親は、娘の住民票が使われたことを知らなかったそうじゃないか」

「シラを切ったのかもしれません」

「あるいは、順子は弟の又一郎と接触した」

「順子さんが戸籍の入手に関して、雅彦さんに相談した可能性は？」ぼくは訊いた。

「ゼロじゃないが、あの女は人に相談するタイプじゃない。愚痴をこぼすのを聞いた記憶がない。自分についてあまり語らない女だ。独りで考えて、独りで決める」

ぼくは建築家を思い出した。順子さんは彼と親密になったのに、華さんのことや父さんの浮気についてなにもしゃべっていない。そこで会話が途切れた。コーヒーをもう一杯飲まないかと伯父さんが言った。ぼくはキリマンジャロを、伯父さんはモカを頼んだ。

「華さんは家にいるんですか」ぼくは訊いた。

「作業所だ。四時にはもどる予定だが」伯父さんは腕時計をちらと見て、どうでもいいような口ぶりで言った。「帰り道で男を口説いたりするからな。いつになるかわからない」

「順子さんが華さんを、アイドルグループのコンサートへ連れていったときの話を聞きました」とぼくは言った。

「さんざんだった。順子は嫌な顔一つ見せなかった。その後も変わりなく華とつき合ってくれた。いい女だった」

それから伯父さんは懐かしむ眼差しになり、思い出を一つ話してくれた。

「順子は新聞の投書欄が好きで、おもしろい投書が載ったりすると、電話してくることがあった。たとえばこんな投書だ。地方に住む、高校三年生の女の子が書いたものだ。その子は大学進学が決まって、ほっとした精神状態にある。いままで彼氏がいなかったので、大学生になったらぜひ彼氏がほしい。でも大学生になると、男と女のつきあいで、肉体関係というものが避けてとおれなくなる。彼氏にもとめられたら、自分は彼氏を好きなわけだから、どうしても断り切れないだろう。そのことを考えるといまから悩みがつきない、というようなことを生真面目な調子で書いて投稿していた。順子が電話で全文を読みあげてくれて、わたしは大笑いした」

「その女の子、最高です」ぼくは言った。

コーヒーが届いた。伯父さんは一口飲むと、皿にもどして、威張った口調で言った。

「わたしは順子が好きだった」

伯父さんのその言葉は、コーヒーの香りといっしょに、ぼくの胸に甘くおさまった。

「むかしは全員でにぎやかに墓参りへ出かけたものだ。ところが、甥や姪が独立していくと、墓を掃除しにいくのはわたし一人になった。華を連れていかなくちゃならないから、けっこうたいへんなんだ。それを知って、順子が車を運転してつき合ってくれるようになった」

「順子さんのことを好きになって当然です」

「この女は意識的にわたしを惑わしている、と感じることも、すくなからずあった」

「たとえば？」

「確証をつかませない。微妙な表情の変化だったり、ちょっとした仕草や、言葉のひびかせ方だったりする」

「惑わされますね」たぶん建築家も惑わされた、とぼくは思った。

「そっちの方面ではひそかに自分に自信を持ってたんじゃないかな。必要なときには貞淑な人妻の仮面をかなぐり捨ててみせる度胸もあったと思う」

「すごい」

「じっさいにその能力を行使するチャンスはなかったと思うが」

「行使すればよかったのに」

「ほんとにそう思うのか」

「思います」

「なんて息子だ」

　とがめるひびきの声で言ったが、伯父さんの表情はぼくの反応をおもしろがっていた。ぼくはコーヒーを一口飲んで、話題を変えた。

「伯父さんがRの家で同居することを拒否したとき、順子さんはなんて言ったんですか」

「わたしを罵《ののし》った。痩せ我慢の、負けず嫌いの、前立腺肥大野郎。それほどひどい言葉づかいじゃないが、意味としては、まあそんなことだ。率直な女だった。リクの小ファシストと同居するうえに、わたしや華とも同居するなんて、どのみち無理な話で、あの女も意地を張ってるところはあった」

「Rの家のことでいろいろもめているうちに、順子さんの心境に変化が起きたような気がするんですけど」ぼくは言った。

「心境の変化ってなんだ」

「人間の孤独についての深い感情のようなもの」

伯父さんはうなずいた。「人は誰でも孤独のうちに死ぬ覚悟で生きねばならない」

「議論の余地はありません」

「単純な事実だ」

「でも人はなかなか認めようとはしません」

伯父さんは人差し指を自分の側頭部に突き立てた。

「そいつの頭がおかしい」

「孤独を認めたことが、順子さんを失踪計画へと駆り立てたという面はありませんか」

伯父さんはぼくの眼をじっと見た。

「あると思う」

「李花が言ったことがあります。リョウがいる。あたしがいる。リョウとあたしを隔てる絶対的なものを認めるのは、すごく淋しいことだって」

「人間が孤独な存在であることを認めると、どんな感情が生まれるか。それは淋しさにつうじる感情なのか?」

明らかに否定文だった。

「ふつうは淋しいと感じるんじゃないでしょうか。だから人は人とつながろうとする」ぼくは数えあげた。「飲む、おしゃべりをする、セックスをする。裏切る。裏切られる。愛する。憎む。傷つける。懺悔する。なにかを必死で隠そうとする」

「旗をかかげ、隊列を組んで、行軍する」伯父さんは、行軍の果てが地獄のシベリア抑留であるかのように言った。

「うっとうしくなっちゃいますね」

伯父さんは微笑んだ。「だが、人間関係をぶん投げてしまうのはむずかしい」

「むずかしいと思います」

「暴力的な行為が必要になる」

「切断」とぼくは言った。

「切断だ」伯父さんは言った。「愛の名で語られるもののいっさいを、問答無用で切断するんだ。結果としてきみを傷つけなければならなかった。それだけが、あの女の心残りだろう。だが切断した。人間の孤独をまともに見すえることで、その勇気をえた。そして見事に姿を消した」

「自殺したんですよ」ぼくは言った。

「そんなヤワな女じゃない。わたしを惑わしたんだ」

伯父さんの言い草にぼくは笑った。

「生きてる証拠がありません」

「死体もないぞ」

「藤田小菊名義の車を乗り捨てた問題は、どう説明します?」

「いまのところ説明がつかない。そういう問題にすぎない」伯父さんは言い張った。

「ではそういうことにしておきましょう」ぼくは折れることにした。

「きみの方が大人に見えてきた」伯父さんは嘆く口調になった。

ぼくたちはその話題を打ち切った。

秋の陽がそそぐ公園を、ぼくたちはゆっくりした速度で歩いた。伯父さんのふぞろいな靴音が耳を軽く打った。ぼくは雅彦さんの小説についてたずねた。

「リクは長男が淫靡《いんび》な痴漢小説を書いたって悩んでた」伯父さんは言った。「淫靡と言えば淫靡だった。あの年齢で、からっと書く筆力はない。間抜けと言えば間抜けな感じのする小説だった。ようするに現実のセックスと同じだ。どうってことない。少年なら誰でも夢想することだ。言語化する能力があったから問題化した。心配することはなにもないと、わたしはリクに言い聞かせたが納得できなかったようだ。雅彦のなかに得体の知れないものを見てしまったと思い込んだ」

「才能の萌芽かもしれないのに」とぼくは言った。

「萌芽だったかもしれない」伯父さんは同意して言葉をついだ。「彼の作品を燃やした後で、近所の若い母親から、赤ん坊に乳をふくませているところを雅彦に覗《のぞ》かれたと、苦情があった。その母親が、その場で雅彦にやんわりと諭していたら、事態は丸くおさまったかもしれない。だが若い母親にそこまでもとめるのは酷だ。相手が大人であれ子どもであれ、他者との関係を上手に処理しながら生きていくのは、じっさいには、むずかしいことだろう？」

「そうですね」

伯父さんは足をとめて欅《けやき》の古木を見あげた。青い空を背景に、枝が扇型にひらき、高い枝で二羽の極彩色のオウムが羽根をやすめている。

「一つの覗きの背後に百の覗きが隠されている、とリクは考えた。あのころ、リクは夜遅く仕事から帰ると毎晩のように雅彦を責め立てた。雅彦はいくつかの痴漢行為を告白したそうだ。それが真実なのか、叱責から逃れるために彼は嘘の告白をしたのか、わたしは知らない。問題は、痴漢行為もふくむ人間の欲情全般を、十五歳の息子のまえで、肯定的に評価してみせることができるかどうかだ。リクはそれができなかったし、わたしの意見に耳を貸さなかった。けっきょく雅彦は家出した。高校一年生だったから、まあ早すぎることはないが、みんなが大騒ぎして行方を捜していると、二週間後ぐらいに、雅彦の居場所がわかった。石川美由起がリクに電話をよこして、雅彦の居場所を教えてくれたんだ。雅彦は新宿の歓楽街でチラシを撒いていた。大久保のガード近くの、碁会所の二階にある、板前だという男のアパートに転がり込んでた。わたしが話しにいって、帰ってきて、リクを説得して、雅彦は十六歳で独り暮らしをはじめた」

「美由起さんは、なぜ雅彦さんの居場所を知ってたんですか?」

「雅彦から彼女に連絡があったんだと思う」

「家族の人間にではなく、なぜ美由起さんに」

「彼女が家族以外の人間だからだよ」

オウムが一羽飛び立ち、西の方角へ去った。

「Rの家のRの意味を知ってるか?」伯父さんが唐突に訊いた。

「流崎のイニシャルのRでしょ」

「順子はべつの意味を込めていた。ロビンソン・クルーソーのロビンソン」

「ロビンソンの家?」

37

「漂流者の家だ」

さまざまに語られた順子さんの人格を首尾一貫させれば、彼女は生存しているという解釈が成り立たないわけではない。一九八七年五月二十四日、海へと泳ぎ出した彼女は、やがてどこかの陸地にたどり着き、新しい人生へと踏み出したのだと。だが、乗り捨てられた車の名義が藤田小菊だったという事実は、生存説を強く否定する。最終的に、彼女はぼくを捨てようとする自分を許せずに、自分を罰したのだ。残念ながらこれが妥当な解釈だろう。

九百万円近いカネの行方については、ぼくは執着する気持ちがなかった。その問題に雅彦さんが関わっているという説を、ぼくたちは愉しみはしたが、真面目に論じることはなかった。真相を知っているのは、小菊さんの母親あるいは弟の又一郎さんだろう。彼らの住所をひかえたメモがぼくの手もとにある。だが彼らをたずねても、なにもしゃべってはくれまい。一人の女性が死に、大金が消えたのだ。

ぼくは李花と雅彦さんが待つＲの家に帰った。以前と同じ暮らしがつづいた。ほろ酔い気分で雅彦さんにばかげた話をねだった。家の背後の山の落葉樹が色づきはじめると、李花は裸でうろつくことをやめた。『ロリータ』は四十九ページで中断したままだ。ハンバート・ハンバートはまだ彼の運命の少女と出会っていない。

ある日の深夜、ぼくたちは国道ぞいのファミリーレストランで食事をした。その帰りだった。漁師町へ降りていくS字カーブの入口に松林がある。李花が急ブレーキを踏んだ。まだ夜が明け切らない時間帯で、ヘッドライトの明かりに、薄茶色の汚れた老いぼれ犬がうかびあがった。犬はぼくたちの方を、なんの感情もあらわさずに見ていた。

李花が窓から顔を出して口笛を吹いた。すると犬はぴょんとはねて松林のなかへ飛び込んだ。飼い犬とは思えない躍動感に、なにか説明できないものを感じたぼくは、すばやく助手席から降りて、犬の後を追った。松林のなかの細道を抜けるとふいに視界がひらけた。眼下の、三方から急激に落ちる崖をジャンプをくり返しながら、一匹の獣がRの家に向けて駆け降りていく。

「どうしたの?」李花が訊いた。

「犬じゃないみたいだ」ぼくは言った。

「あれは狐だ」遅れて追いついた雅彦さんが言った。

東の海から朝日が昇るところだった。Rの家を見下ろす平たい岩の上に、ぼくたちは腰を降ろして、暗い谷が刻々と着色されてゆくのをながめた。谷底にひそむRの家は逃亡アンドロイドの隠れ家のような非現実感をただよわせている。例の防御のかまえがここにもあると思った。順子さんと建築家は、この地点からのながめを設計したのだろうか。

「時期が重なってる」と李花が言った。

「時期って？」ぼくは訊いた。

「順子さんはRの家の設計に熱中しつつ、狂言自殺を準備してたことになる」

「分裂する自己」ぼくは言った。

「分裂する自己と戯れていた順子さん」雅彦さんが言った。

「愉しんでたってこと？」

「愉しいに決まってるじゃないか」雅彦さんは言った。

38

そして別れがきた。十一月に入って間もないある日の早朝だった。ぼくと雅彦さんがＬＤで夜を徹して酒を飲んでいるところへ、李花が駆け込んできて、嫌な夢のせいで眼が覚めたのだと言った。どんな夢だったのかなにもおぼえていないが、雅彦さんがもう東京へ帰ってしまったような気がして、李花は部屋を飛び出してきたのだった。

「黙って帰ったりしないよ。でもその時期がきてる。さよならをしよう。失業保険が切れちゃったから仕事を捜す必要があるんだ。酒はひかえる。約束する。また三人で会おう」と雅彦さんは言った。


Ｒの家で雅彦さんとすごした日々を、ぼくは忘れないだろう。

森の秘密基地で工兵隊長に指名された人、台東区の町工場で労務を担当していた人、性幻想を人類の希望であるかのように語った人、李花が全幅の信頼をおいた人、華さんが恋い焦がれた人、順子さんの情事の相手に期待された人、親兄弟以外なら誰とでもうまくやれた人、人生は壊れてしまった関係性の修復であることを身をもって体験した人、この世界からそっと降りていこうとする人。彼は正真正銘の、シ、シティボーイだ。

午後、李花がピックアップ・トラックで雅彦さんを駅まで送った。ぼくはＲの家の前庭で見送った。雅彦さんは顔の横に軽く手をあげ、ぼくに微笑みを投げた。それが、ぼくが見た雅彦さんの最後の姿になった。

39

黒い犬に会った。岸に引き揚げられた漁船の、船底部にあてがわれた杭の間から、黒い犬が尻尾をちぎれるほどの勢いで振りながら出てきて、空地を横切っていくぼくに飛びついたのだった。犬はあいかわらず小さくて、あの甘える声で鳴いた。Rの家にきた最初の夜に一度見ただけなのだから、犬がぼくのことをおぼえていたとは思えない。誰にでも甘える性格なのだろう。透明のビニールガッパをはおり、釣竿と蟹の絵を描いた青いポリバケツを持ったぼくの脚に、犬はなんどか突っかかり、くんくんと嗅いでまわり、それからぼくを導くように、防波堤の方へ走り出した。

海面を霧が流れ、水平線が白く閉ざされていた。ぼくは防波堤の先端で、コンクリートの床に尻をつけて竿を振った。視界はどんどん悪くなり、ビニールガッパの表面はびしょびしょに濡れた。白い霧の向こうから李花があらわれて、ぼくの隣で膝を折ると、ポリバケツを覗き込んだ。なかにはゴカイの容器とセブンスターとジンのポケット瓶が入っているだけだ。

「あたし、明日、出ていくつもり」李花が言った。

「東京にもどるの？」ぼくは訊いた。

「わかんない。とりあえず、車でぶらぶら走りながら、温泉につかろうと思って」

「淋しくなるな」

犬がどこかで鳴いた。李花は鳴き声のする方へいった。赤いウキは波間をただよい、ぴくりともしない。しばらくの間、李花のはしゃぐ声と、犬の走りまわる軽い足音がつづいた。彼らの姿は白い霧で見えない。やがて李花がもどってきて、また膝を折ってしゃがんだ。

「あたしがなぜ売春するようになったか、わかる？」李花が訊いた。

ぼくは竿を振った。ぽちゃんと海面に落ちるウキの音がよく聞こえた。

「くだらない理由だろ」ぼくはこたえた。

そんなふうにして、秋と冬のちょうど境目のような肌寒い静かな日の午後、ぼくたちは解読ずみの議論に踏み込んだ。

「はっきり言って、おまえのこと嫌い」李花は語気を強めた。

「だろうね」

李花は短いため息をもらした。口もとには微笑みをうかべている。ぼくたちは以前よりもずっとスムーズに会話できるようになっていた。

「くだらない理由ってなに？」李花が訊いた。

「たぶん、失恋」

「失恋って、くだらないことなの？」

「そんなことはない。失恋すると、誰だって、心を激しくゆさぶられる」

「経験あるわけ？」

　ぼくはちょっと考えた。

「ない。恋愛映画を観ればわかる」

「だんだんリョウって人間のことがわかってきたわ」

「それはありがたい」

「たとえばどんな恋愛映画？」

　李花の声はおだやかな調子にもどっている。

「たとえば、『あなたが寝てる間に…』」

「あたしもあの映画観てるけど、ぴんとこないな」

「サンドラ・ブロックを好きになる男がいたじゃないか、小太りで、ジーンズをゆるくはいてさ、腰をかがめると、尻の割れ目が見えちゃうんだ」

「うんうん」李花は力強く言った。「あの男の子、可愛かったね」

「でもサンドラ・ブロックにぜんぜん相手にされない。ぼくはあいつの気持ちを思ったら、胸が張り裂けそうになったよ」

「それはわかるけど」李花は議論の混乱に気づいて言った。「失恋がくだらないんじゃなかったら、なにがくだらないの？」

「失恋した後で、ぼくたちがたどる道さ」

竿をあげた。エサがなくなっていた。ぼくはそのまま竿を海へ向けて振った。霧の向こうで犬が一声鳴いた。李花を呼んでいるのだ。

「失恋がきっかけだったのよ」李花は投げやりな口調で認めた。

「やっぱりね」

「どうしてわかったの？」

「風俗嬢とＡＶ女優の半分は、失恋が原因でその道に入るんだ」

「統計があるの？」

「統計があるかどうか、ぼくは知らない。印象としてそういうことなんだって、友だちが言ってた。そいつはセックス産業に関する本をいっぱい読んでる」

「嫌なやつ」

「失恋の後でたどる道も本に書いてある」

「余計なお世話よ」

　ぼくは李花の言葉を無視して言った。「失恋する。この世界とつながってる、という感覚がぐらつく。そこでいろんなリアクションが起きる。この世界が嫌になっちゃってオカルトにのめり込むやつもいる。あちらの世界とつながろうとするんだ。ＵＦＯとか」

「ばっかみたい」

「例が悪かった。ＵＦＯじゃばかみたいに聞こえるけど、この世界とはべつに、あちらの世界があって、感受性が豊かであるがゆえに深く傷ついた人間はあちらへ接続できるんだ、と思い込むことは、当事者にはいくらか救いにはなるんだ」

「鈍感なやつはどうすりゃいいのよ」李花はぼくを責める口調で言った。

　ぼくはまた李花を無視してつづけた。「失恋したやつのだいたい半分は、いま話した連中とはちがって、すごく生まじめだ。自分が惨めで、無価値な人間に思えてきて、自分を愚弄しようとする。自分で自分をおとしめてみたいという欲望にかられる。どうしたらいいか。そういう女の子が思いつくのは売春だ」

「そのとおり」李花はやけに確信にみちた声で言った。

「セックス産業の労働市場は公然化してるから、参入するのはかんたん。求人広告を見て電話するだけ。李花の場合も、だいたい当たってると思うけど」

「がっかり」李花は認めて、また短いため息をもらした。

「まさに、じつに、まったく余計なお世話だけど、本に書いてあるんだ。そういうふうにして、李花のことがわかっちゃうって、くだらないだろ。だから、くだらない理由」

「ほんと、くだらない」李花は顔をしかめた。

「ぼくたちのやることに、オリジナリティなんかない」

「リョウ、おまえは、ほんとに可愛げがないね」

「ぼくたちの欲望も挫折も、本に書いてあるとおりの道をたどる。残念ながらね」

「ほんとうにそういうことなら、生きてるのが、ばかばかしくならない？」

「だからこの世界を切断する」ぼくは言った。

「意味の切断、時間の切断」李花が言った。

「そうだ」

「ダダの模倣をするの？」

「ダダダダダダダダダダダダダ」

「気分としてはわかるけど、現実の処理は？」

ぼくは海を見ていた。

「ねえ、腹空かないか」ぼくは訊いた。

「空いた」

「大根でも煮るか」

「食いたい」

「これが現実的な処理だ」ぼくは言った。

「あたしはリョウと深くつながりたいな」李花が言った。

40

鈴木商店に寄って肌つやのいい丸々と太った青首大根を二本買った。イカやブリと合わせるのも悪くないが、豚のバラ肉で煮るのもうまい。アクさえていねいにすくえば、さっぱりした味わいの大根が食える。豚のバラ肉は冷蔵庫に買い置きがあった。料理にとりかかるまえに、ぼくたちは裸になって暖房の効いたＬＤのソファに横たわった。エロチックな物語なしには生殖行為すらできないというのは、雅彦さんの実存における真理であるかもしれないが、人類一般の真理ではないということが明らかになった。ぼくはあっさり勃起した。ちゃんと持続もした。李花はしかるべき場所にやさしく導いてくれた。トラブルはなにもなかった。正直に言うと、未知の領域に足を踏み入れるまえのぼくは、李花が恐るべきテクニックを使ってぼくの自制心を奪うのではないかという、わけのわからない不安が心の隅にあったのだが、そんな心配はいらなかった。李花はすばらしい脚をひらき、ぼくをなめらかに、深く、うけ入れた。

まさしくつながっているという感覚。

「つながってる」ぼくは間抜けな声で言った。

41

李花は中二の春に失恋を経験した。相手は二学年先輩のバスケットボール部員だという。十三歳の幼い恋の破局だ。とりたてて悲劇的だったというわけではない。だがその失恋は李花を深く傷つけた。数週間後、テレクラで知り合ったサラリーマン風の中年男に代金九万円也で処女を売った。体を売ったとたんに、李花は自分を罪深い人間であると感じた。彼女は深刻に悩みはじめた。自分の無垢な体と魂を汚してしまったという悔恨が、いつまでもついてまわった。

「古風な女の子と言うべきかもしれないわね」と李花は言った。

李花は自分自身をくり返し分析した結果、ある疑問を抱くようになった。売春は罪深いという観念が世間にある。自分もその観念を共有していた。罪深い行為をすることで自分を傷つけたいと願った。だから売春した。予想どおり傷ついた。望みがかなえられたのだ。そこで、もしも売春が罪深い行為ではないとしたら、自分はとんでもない罠にはまったことになる。

売春はなぜ罪深い行為なのか、という基本的な問題に立ち返って、李花は考えはじめた。執拗に考えた。本を読んだ。友だちや教師とも議論した。納得できる回答はえられなかった。そこで無謀にも両親に処女喪失のてん末を話した。あき子伯母さんは異様な興奮状態に陥り、意味不明な言葉をまくしたてた。李花が反論すると、父親の鉄拳が飛んできた。

「鉄拳という古びた記号が、まだ有効だと思ってるなら、話し合いの余地は多少なりともあると思うの。でも、ぜんぜん、そういうんじゃない。父は自分が侮辱されたと思った。だからあたしを殴った。憎しみに駆られた暴力なのに、後になってあれは教育的制裁だのと、自分に言い聞かせたりするわけ。ママはぎゃあぎゃあしゃべりまくったけど、ああいう場合、たとえば母親の抱擁という記号も有効とは言えない。だって、あたしがほしかったのは、明晰な言葉なんだもの」

ともに大学教員である両親は、李花が死に物狂いでもとめているものがなんであるのか、理解できなかったのだろう。李花はテレクラを通じて大勢の男とつきあい、疑問をぶつけ、議論を闘わせた。気に入った男とは寝て、セックスしながら、この行為は罪深いかどうか自分の胸に問いかける、というようなことを丸三年ぐらいつづけた。

いま振り返るとばかみたいだった、と李花は言う。

いわば自傷行為を発端とする、捨て鉢な、挑発的な、自覚的で論理的なのに支離滅裂でもある、無軌道な青春の途上でたどり着いた、李花のひかえめな結論はこうだ。

売春は罪深い行為である、という証明は誰にもできない。

にもかかわらず、自分は罪深い人間であるという気持ちは、李花の胸から消えなかった。なぜ消えないのか、彼女にはわかっている。世間は売春する女を堕《お》ちた女だと見なしている。その論理を論理的にねじ伏せることはできるが、その眼差しに彼女は屈伏している。

「その眼差しを内面化していると言ってもいい」と李花は言った。「レイプ被害の傷が、片腕を折られた傷よりも、長期間にわたって、深く、女の子の胸に刻印されるのはなぜなのか、という問題と根は同じなのよ」

きれいに、すとんと、李花は罠にはまったのだ。このままでは辛くて生きていけない。ではどうやってこの罠から脱け出せるか。彼女は売春を徹底する道を選択した。プロに徹していけば、やがて自分の仕事に確信が持てるようになり、この辛さは消えるかもしれない。そういう判断のもとに、高二の十七歳の夏に、東京へ出てきて、年齢を偽って池袋の性風俗の店ではたらきはじめた。

李花の胸の辛さは消えたのか。野暮な質問だ。消えるわけがない。売春の是非をめぐる言説が街にあふれるようになったが、李花の不安を癒す手がかりだとか、現実のありようを解く言葉は、まったく不足している。世間との、抜き差しならない緊張関係に、李花は身をおいている。抱え込んでしまった不安は、孤独のうちに解消していくしかない。

「仮によ、リョウのガールフレンドが、売春してることがわかったら、どうする？」

李花が訊いた。

輪切りにした青首大根が鍋のなかでごとごという音を聞きながら、ぼくは豚のバラ肉を熱湯で洗っていた。水をそそいで脂とアクを流し、それを鍋に放り込んで、醬油を適当にたらした。

「こたえなくちゃだめ?」ぼくは訊いた。

「こたえて」李花は厳しい声を出した。

ぼくは石鹼で手をていねいに洗った。

「その子は確信犯なの?」

「あたしのようにね」

「やめようよって言う」

「どうして」

「そんな重荷を背負わせるの、かわいそうじゃないか」

「あたしとそっくりの人間なの。かわいそうだなんて言葉には、激しく反発する女の子」

「じゃあ勝手にしろって言うよ」

「別れちゃうってこと?」

「すぐにそうなるわけじゃない」

「でもけっきょくは別れる」

「たぶんね」

「でもリョウはその子を深く愛してるの」

　ぼくは冷蔵庫から缶ビールをとり出した。ダイニングテーブルについて、プルタブを引き、グラスにそそいだ。視線の先のソファで、李花は長々と寝そべり、ぼくをにらみつけている。

「やめろって説得をつづける」

「女の子は説得を拒否する」

「じゃあ、やっぱり無理だよ」

「リョウ、おまえは卑怯者よ。口先ばっかり。この世界を切断するんだなんて、熱っぽく語ったりしちゃってさ」

　ぼくは眉をしかめてビールを飲んだ。

「李花は、その仕事が好きで、つづけてるわけじゃないだろ?」

「あたしのことじゃないわ」

「ようするにこれは李花の話だ。ぼくが李花のボーイフレンドかどうかはべつにして」

「それで」

「もうじゅうぶんに暴れまくったと思うけど」

「あたしが?」

「李花が」ぼくは頭のなかで計算した。「すくなくとも七年間は、世間のまともじゃない連中を、慌てさせたり、不安がらせたり」

「秩序紊乱《びんらん》」と李花は威張って言った。

「李花の方もたっぷり返り血をあびた。自分が突きすすんでる先に、出口がないこともわかってる。とりあえず小休止だ。ちゃらんぽらんなところがないと、生きていけない」

「おまえ年寄りじみたこと言うね」李花は嘲笑する口調で言った。

「とにかく李花には、いったん足を洗ってほしい。休暇をとって、ぼんやりする。現実として、そういう状態にあるわけだろ」

李花は生まじめな視線をぼくにそそいだ。

「仮によ」と彼女は言った。

「うん」

「リョウとあたしが結婚したとして、近所の人に、うちの女房は池袋のおニャン娘デラックスのナンバーワンでしてね、すごいテクなんです、一度遊びにいってやってくださいよ、なんて言える?」

「言えない」

「自分の奥さんが風俗嬢であることに耐えられないのね」

「ぼくの脳の現実としてはそうだ」

「風俗嬢は過去のことだとしても？」

「同じことさ」

「リョウが大好きな、ほら『セント・オブ・ウーマン』でアル・パチーノとタンゴを踊った女優」

「ガブリエル・アンウォー」ぼくは言った。

「彼女が歌舞伎町で売春してたら買うでしょ」

ぼくはセブンスターのフィルターをちぎった。ぜったいありえない設定だが、こたえるのはかんたんだ。煙草に火を点けた。

「ぜったい買う」ぼくは言った。

「でも自分のガールフレンドの性は売らせない」

「その子を好きならね」

「それがラブってこと？」

「それがラブだ」

「じゃあラブはインチキね」

「インチキだ。そこで訊くけど、きみはきみの性を売る。その性とはべつに、きみがぼくと分かち合うときの、きみの性がある。この二つの性はどこがどうちがうんだ?」

「労働と愛はちがうじゃないの」

「労働としてのセックスを売ったり買ったりするのは問題ないってわけだな」

「問題ない」

「スポーツとしてのセックスもあるだろ」

「そんなものないわ」

「労働と愛があるんだ。スポーツもある。キャッチボールなんかセックス同然じゃないか」

ぼくの強引な理屈に李花は笑った。

「じゃあスポーツとしてのセックスがあるとして、それがどうしたの?」

「ぼくが李花以外の女の子とそれを愉しんだとしたとしよう。これは許されない行為なのか?」

「だめよ」

「どうして」

「感情的にだめなの」

「ぼくも感情的に李花の労働がうけ入れられない」

「と言いつつリョウは歌舞伎町でガブリエル・アンウォーを買う」

ぼくたちはほとんど同時にため息をついた。

「堂々めぐりだ。李花はこんな議論を七年間もしてきたはずだ」

「そして出口なし」李花が言った。

ぼくたちはもう一度つながった。

それから大根をたらふく食べた。

42

翌朝、ぼくと李花は玄関ホールから掃除をはじめた。事務所、LD、ユーティリティ、廊下と階段、すべての窓ガラスを、丹念に磨きあげていった。本格的な掃除は夜になってもおわらず、心地好い達成感をともなって二日目の正午近い時刻に終了した。

前庭の夏草は実をつけたまま立ち枯れていた。李花がピックアップ・トラックに乗り込んでエンジンをかけた。ぼくはデイパックとボストンバッグを助手席に放り込んだ。そしてぼくたちは出発した。

ぼくは李花を、李花はぼくを、もとめていた。二人がピックアップ・トラックで走り出した理由はそれ以上でもそれ以下でもない。ぼくたちはなにかを発見するために旅に出たわけではない。肌を重ね、眼覚めると、相手の姿を捜す。そのくり返しが唯一の目的だった。

東北地方の国立公園にある温泉宿に泊まった夜、ぼくはふとんのなかで、李花の恐るべきテクニックに対する潜在的な恐怖心を話した。彼女はお腹の筋肉がケイレンするほど笑った後で、相手と深くつながっている感覚さえあれば、あたしは満足できるのよ、と言った。テクニックなんかいらない。オーガズムがあるとかないとか、そういうことはぜんぜん関係ない。リョウもそのうちきっとわかるわ。

べつの日、山深い県境の道を走っているときに、ぼくは、絶妙に甘美で息苦しい、あのデイドリームについて語った。李花は微笑みをうかべ、うっとりした表情で耳をかたむけた。それから、ぼくたちは車を暗い森のなかへ進入させ、陽が沈むのも忘れて愛し合った。

そういう関係がいつまでつづくのか、そもそも自分たちはどういう関係にあるのか、そうした会話がなかったわけではないが、どうでもいいことだった。ぼくたちは二十四時間フルタイムで相手に夢中だった。

Rの家を出て七日目か八日目の朝、ぼくたちは、喫茶店の二階にあるビジネスホテルの部屋で起きた。窓をあけて、肩を寄せ合い、山間の小都市の十二月の慌ただしい朝の光景をぼんやりながめた。単線のレールの上をクリーム色の二両連結の列車が走っていた。線路際の草は霜に打たれて萎びたままだ。駅の背後に灰色の岩山が迫り、前面の広場の周辺には商店が散らばっている。

ホテルをチェックアウトして、駅の売店に寄り、新聞と飴玉を買った。改札口のまえで髪の薄い男たちが寒そうに肩をすくめて談笑していた。上りと下りの列車があいついで到着した。待合室では青いブレザーの高校生の群れが乗る気を見せずにたむろしている。痩せた中年の女が定期券を見せて構内へ駆け込んでいく。

ぼくたちは埃っぽい国道を走り出した。街はだらだらとつづいた。スレート葺きの小さな家具工場。薄氷の張った水田。営業を停止しているボウリング場。

午後、山岳地帯へトラックを乗り入れた。人気のないキャンプ場の側を通過した。産業廃棄物処理場で外国人がはたらいていた。炭を焼く煙が立ち昇るのを見た。湯気の立つ小川で老婆が野菜を洗っていた。

数軒の宿が庇を接する小さな温泉場があった。豪壮な木造建築の宿に空室を見つけた。宿の男の説明によれば、豪農の屋敷を解体した材木で造ったもので、ロビーの太い梁の傷は農民一揆の際の刀傷だという。まだ陽の高いうちから町の消防団が大宴会を催していた。ぼくたちは湯にゆっくりと浸かり、夜の食事をすませると、すぐ床についた。

翌朝、早めに宿を出た。ピックアップ・トラックの周辺で、落ち葉が舞いあがり、背後へと吹き流された。

小さな峠を越えた。植林された杉が深い森をつくっていた。牧草地、野菜畑、栗の林、棚田と、景色は変化していった。

道の分岐点に照葉樹の古木があった。木の札に、戦国時代に起源を持つ古い街道である旨が、墨で記されていた。李花は古い街道へ乗り入れた。雑木林が眼につくようになり、やがて家並があらわれた。神社の入口で大きな幟《のぼり》が翻っていた。

視界がひらけると、トラックはなだらかな傾斜地に入った。丘陵地帯の等高線にそった道路を、ぼくたちは走った。野菜畑が点在し、農夫が鍬で葱に土を寄せていた。下界の街は靄にかすみ、そのはるか彼方に、刷毛で薄く描いたような青い色が見える。

日本海だった。

　李花はアクセルを踏み込んだ。前方に人影はなかった。トラックのボディが風を切る音が車内にひびき渡った。雑木林が接近し、たちまち背後へ去った。ゆるやかなアップダウンがつづいた。前方で幅の広い道路と交差していた。右折して、タイトなカーブが連続する道を駆け降りた。ぼくの携帯電話が着信メロディを鳴らした。

　美由起さんからの電話だった。昨夜、雅彦さんが激しい頭痛と吐き気に襲われて文京区の大学病院に担ぎ込まれたという。くも膜下出血だった。そして今朝、五時五十八分、雅彦さんは死んだ。

43

　通夜がおこなわれていた台東区の公共施設に、ぼくたちが午後六時すぎに到着したとき、喪主側の席には、父さんの姿もあき子伯母さんの姿もなかった。黒いスーツを着た美由起さん一人が、険しい顔つきで弔問客の悔やみの言葉をうけ、そのたびに頭を下げていた。

　二十畳ほどの座敷に安置された柩《ひつぎ》のなかで、雅彦さんは安らかに眠っているように見えた。李花は死者の顔に手をそえて声をあげて泣いた。ぼくは合掌して、お疲れさまでした、と胸のうちでつぶやいた。

ぼくと李花は喪主側の席に着き、美由起さんとならんで、弔問客に挨拶をした。父さんはこないのかと、ぼくは小声で美由起さんに訊いた。「兄弟にもどるには遅すぎる、悪いが葬儀の方はよろしく頼むって、哲士は言うの。いかにもあいつらしいでしょ」と美由起さんは言った。

おばあちゃんには、後日、父さんから知らせるという。喪主側の人間は、今年はじめて死者と知り合った甥と姪、それに死者の弟の愛人の三人ということになる。奇妙な組合せだが、雅彦さんの死にふさわしいかもしれない。人それぞれに弔う気持ちがあり、自分の方法で弔えばいい、とぼくは思った。

しばらくして方南町の伯父さんと華さんがあらわれた。三年ぶりに見る華さんは、参列者の男も女も振り返るほど、以前に増して美しくなっていた。華さんはどことなく関心なさげに柩をのぞき込み、そこで態度が一変した。すさまじい慟哭《どうこく》だった。華さんは、慰めようと肩を抱いた伯父さんを突き飛ばし、鬼神のような形相で祭壇の花をつかんでは投げ散らした。ぼくは不謹慎にも笑い出すところだった。

どうにか収拾がつき、伯父さんは華さんを連れて帰った。午後八時をすぎると、参列者もまばらになった。記帳と香典の受付は、春に倒産した会社の元同僚だという人たちが仕切ってくれた。参列者の大半も会社関係の人で、座敷の隅に用意されたビールを飲み、寿司をつまみ、適当に帰っていった。

昨夜、雅彦さんといっしょに食事していて、救急車を呼んだ角田さんという女性を紹介された。四十歳前後のひかえめな感じの人で、彼女が美由起さんに連絡してくれたのだという。ぼくは雅彦さんが上野駅の地下のカフェテラスで出会った女の人を思いうかべてみたが、角田さんは背筋のまっすぐのびた、知的な雰囲気の人だった。

ぼくたち三人が最後まで残った。美由起さんが、雅彦が淋しがるから泊まっていくと言うので、ぼくと李花もそうすることにした。柩のまえで、残ったビールを飲み、死者の思い出を語り合い、泣いたり笑ったりして、けっきょく朝まで起きていた。

「そろそろ死んでもいいやと思ってたら、ぽっくり死んじゃったわけだから、あいつは幸せ者よ」と美由起さんが言った。

それから、雅彦さんの死を知らされたとき、ぼくと李花がどこでなにをしていたのか、という疑問が美由起さんから提出された。東北地方で温泉めぐりをしてたんだよ、とぼくはこたえた。美由起さんはぼくと李花をおっかない顔でにらみつけたが、なにも言わなかった。

翌日の火葬場には、ぼくたち三人と、角田さんと、会社関係の人が五人、それから華さんと方南町の伯父さんがいった。

骨を拾うときに、美由起さんが声をあげて泣き、李花もつられて泣いた。ぼくもさすがに眼頭が熱くなったが涙は出なかった。華さんのことを心配していたのだが、彼女はけろっとして、ガムをくちゃくちゃ嚙みながら、伯父さんの腕を引いて、早く家に帰りたがっていた。

山部家の墓は、雅彦さんが藤田小菊と又一郎の姉弟と出会った森の近くにある。納骨は、父さんやおばあちゃんといっしょに、日をあらためてすることになった。それまで、骨壺は中野の家に安置しておけばいい。

雅彦さんの荷物を整理する問題が残った。通夜と葬儀は美由起さんの手を煩わせたので、それは、ぼくと李花が責任を持つことにした。部屋のキーを美由起さんからあずかって、ぼくたちは入谷の雅彦さんのアパートへ向かった。

古い住宅街のアパートの二階に雅彦さんは住んでいた。建物の外観はぱっとしないが、部屋は明るくて清潔感があった。酒瓶はきれいに片づけられていた。洗濯機、冷蔵庫、火燵《こたつ》、本棚が一つ、小さなチェストが一つ、26インチのTV、家具はそれでぜんぶだった。形見になにか一つほしいな、と李花が言った。いいさ、雅彦さんよろこぶよ、とぼくは言った。

輪ゴムで丸めた集計用紙の束を見つけたのは、李花だった。集計用紙は、筆圧の強い、引っかき傷のような文字で、びっしり埋まっていた。一枚目の欄外に「一九八七年五月　彼女は馬を抱きしめて激しく泣いた」とタイトルらしきもの。ぼくは火燵に足を入れ、寝転がって、それを読んだ。

第四章　彼女は馬を抱きしめて激しく泣いた

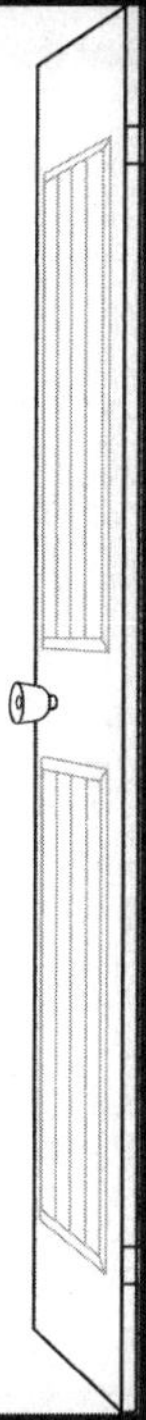

44

夜7時すぎ、イエローが勤務する台東区の工場に伯父から電話が入った。パープルとグリーンの3人で映画を観たのだが、その帰りにパープルとはぐれたという。場所は新宿歌舞伎町。パープルは男が欲しくなって単独行動に出たと考えた方がいい、ということでイエローは伯父と意見の一致を見る。

捜索といっても有効な方策はない。保護者として何か手を打たねばと、焦燥感も手伝って無闇に捜し歩くというのが実態だ。

パープルは23歳。行動パターンは判っている。街をぶらつき、好みの男を見つけると、声をかける。99パーセントは美少年系だ。パープルは単刀直入にあれをしないかと誘い、合意に達すれば、ほかの手順はいっさい省いてホテルへ入る。

彼女がすでに男に抱かれていれば万事休すだが、いま現在、情事の相手をハント中、あるいはホテルへ向かう途中なら、不埒な男もろとも彼女を捕まえることは不可能ではない。

伯父とグリーンが商店街を、イエローが歌舞伎町のホテル街を捜し、誰かがパープルを捕まえたら歌舞伎町交番の前で待つ、という段取りにする。ところが工場を飛び出す間際に、パートの女たちが労働条件のことで騒ぎ出して、イエローは抜け出せなくなる。当時、伯父もグリーンも携帯電話を持っていない。

１９８７年5月22日、金曜日の夜、イエローは歌舞伎町を東西に貫く道路を足早に歩いて行く。

工場を出るのが35分ほど遅れた。パートタイマーが労働条件に関する交渉を要求してきたからだ。女たちの言い分はもっともだった。労働時間も労働内容も同じでありながら、勤続10数年のパートタイマーの賃金が入社2年目の社員の6割に満たない。週明けに社長との団交をセットする約束を交わして、イエローはタクシーを飛ばして来たのだ。

まず交番へ向かう。すでにパープルが見つかった可能性がある。前方に歌舞伎町交番の明かりが見えて来る。眼を細める。人影は多い。警察官がひとり立っている。厳《いかめ》しい横顔の鼻先から別の顔が現れて、いったん雑踏に紛れた後、見え隠れしながら近づいて来る。女だ。短めのボブ。初夏の半袖のブラウスに緩やかなシルエットのスカート。イエローは女と向き合う。

「お義兄さんですか」

イエローは頷《うなず》く。はじめて見る弟の妻のグリーンは、平凡な容姿の女だった。数分前に伯父がパープルを連れ帰ったと言う。イエローに電話をかけた直後、彼らはサブナードの靴屋でパープルを見つけ、3人で待ち合わせ場所の交番へ向かいかけたが、パープルがどうしても見逃せないTV番組があるから帰りたいと言い張った。そうれば誰も彼女をコントロール出来なくなる。自分の思いどおりにならないと彼女は泣き叫ぶ。仕方なく伯父がパープルを連れ帰り、グリーンひとりが、交番でイエローを待っていたわけだ。彼女が息苦しそうな声で謝罪するのを聞きながら、イエローは彼女の首筋から肩に流れるラインに眼を惹かれている。

「コーヒーでも」

グリーンの言葉の切れ目を捉えてイエローは言う。初対面だ。儀礼として誘うのが当然だろう。彼女は小さく頷いて応える。駅の方角へ歩く。黒い人影が路地から次々と湧き出て歓楽街に雑踏の太い流れを作っている。イエローは弟夫婦に幼い男の子がいることを思い出す。

「息子はいくつだ」

「4歳です」

「家で待ってるんじゃないのか」

「入院中です」

「大変だな」

「生まれた時から入退院を繰り返して来ましたから。わたしの方は慣れっこになってますけど」

　息子の辛さを思いやる口ぶりでグリーンは言う。コマ劇場前の路上で若者のグループが何やら歓声を上げる。イエローは右へ、グリーンは左へ迂回し、ふたりは離れる。赤い風船が眼の前をよぎってゆらゆらと上昇して行く。イエローは反射的にそれを捕まえる。子供の短い叫びが聞こえ、振り返ると、4歳ぐらいの少年が無言で両手を突き出している。イエローは腰を屈《かが》めて風船を彼の手に握らせる。少年は礼も言わずに走り去る。グリーンの姿を見失っている。雑踏へ視線をめぐらす。彼女はすぐ背後にいて、視線が合う。ふたりは肩を並べ、映画街を通り抜け、喫茶店の前にさしかかる。

「お酒にしませんか」

　グリーンの唐突な提案に、一瞬、イエローは表情を窺《うかが》う。彼女は悪びれない態度で彼を見上げている。事情があるかもしれない。ないかもしれない。間を置かずイエローは言う。

「では飲もう」

「はい」

「腹は」

「少し空いてます」

「何でもいいか」

「はい」

公衆電話がある。伯父に連絡を入れたいとグリーンは言う。イエローは雑踏に佇み、彼女が電話で話すのを待つ。会話は聞き取れない。公衆電話を離れた彼女は、お義兄さんとは会えなかったことにしましたと言う。

路地を曲がり、雑居ビルの階段を降りて、飲み屋の暖簾を分ける。方形にめぐらしたカウンターだけの店で、白い割烹着を着た4人の初老の女が働いている。酒や料理が特に旨いわけでもないが、いつ来ても満席だ。席を詰めてもらい、椅子に並んで腰を掛ける。グリーンが塩辛を、イエローは卵焼きとレンコン炒めを注文する。ビールのグラスを合わせる。

「結婚式にお招きしなくて、ごめんなさい」

グリーンの言葉をイエローが理解するまで数秒間を要する。

「古い話だ」

「ずっとお詫びしたいと思っていました」

そんな風に会話がはじまる。

「一昨日、鍵と家の見取図が届いた」

とイエローは言う。

「ああ」

グリーンの表情が和む。

「君の気持ちも受け取った」

「お義兄さんが遊びに来てくれると、うれしいんですけど」

グリーンがグラスを上げる。ビールが固まりとなって彼女の細い喉を落ちていく音を、イエローは聞く。

「誤解のないよう言っておくが」

「はい」

「家族と縁が切れた状態というのは、精神的に楽なんだ」

「ああ」

「あああって何だ」

「判るような気がして」

暫《しばら》く無言で飲む。卵焼きが届く。イエローは勧める。グリーンは箸をつけて美味しいと言う。イエローがビールを酒に切り替えると、グリーンもそうする。新しい客が割込み、椅子が寄せられて、ふたりの肘が接する。イエローは、箸を使うグリーンの指の繊細な動きをぼんやり眺める。薄くルージュを引いた唇が間近で動く。

「パープルのことですけど」

「うん」

「美人ですね」

「美人だ」

「胸もお尻も、格好良くて」

「パープルがひどいブスだったら、男は見向きもしないだろうな」

グリーンは微笑みを洩らす。

「彼女の誘いに応じる男の人の気持ちは、判らないではありません。でも、知能の遅れた女性が性欲を処理するために街角で声を掛けている、という状況を男の人は理解できると思うんです」

「理解できる」

「それでも男の人はホテルに行くのかと考えると」

「釈然としないか」

「ええ」

「男はパープルの誘いに乗るなということだな」

「ですから」

　グリーンは言い澱む。

「君の考え方も釈然としない。あの美貌とセクシーな肉体がなければ、パープルがセックスを愉しむ機会なんて、まず訪れない。行きずりのセックスであってもだ。彼女のささやかな快楽は、実は奇跡的に可能になってる。それを君は禁じようと言うのか」

　グリーンはイエローを見つめる。間近だ。吐息がかからぬよう顔を背けて、イエローはつづける。

「現実というのは釈然としないものだ。パープルの現実であれ、誰の現実であれ」

　グリーンの視線の中で、イエローは酒を口に放り込む。

「俺が8歳の知能を持つ33歳の男だとしよう。何となくマスターベーションは覚えた。ポルノビデオを見たら、もっと熱くて狂おしい、快楽の輪郭のようなものが、俺の頭に浮かんで来る。ところが、その先の肝心な点が、どうにもこうにも鮮明にならない。俺が悶々とすごしていると、幾らか知能のある悪友が手掛かりを与えてくれる。快楽の享受にはルールやマナーがあって、男が女を誘う必要があるらしいことが判ってくる。そこで或る日、俺は、死ぬ思いで街角に立つ」

イエローが喋っている間に、グリーンはくすくす笑いはじめる。

「お姉ちゃんやらせてくれないか。女に声を掛けまくる。さあどうなる。俺の命がけの決断は実を結ぶのか」

「女の人は気味悪がって逃げます」

「甘いマスクの長身の男だと仮定してもか」

「容姿は関係ありません」

「何故逃げる」

「男の人と違います」

「何が違う」

「よく判りません」

「性的な快楽の追求に関して女の方が臆病だからか。密室で暴力を振るわれるかもしれないという恐怖心か」

「それもあると思います」

イエローは頷く。

「まあ、男と女は、世間の視線も刷り込まれた文化も、いろいろ違うからな」

「ええ」

「ともかくこういうことだ。知恵遅れの俺に応じてくれる女は、ほとんどいない。すると、俺の満たされない欲望はどうなる」

「そんなこと知りません」

グリーンは笑みを嚙み殺す。

「パープルほどの美貌はなくても、並みの若い女がただでやらせると言えば、知能の程度がどうあれ、ではありがたく頂戴しますと応じる男は沢山いるだろ」

「います」

グリーンの確信に満ちた声。

「女の性は使い途があるということだ。羨ましいかぎりだ。それに比べると男っては辛い」

「そんなに嘆かないで下さい」

諭すような口調でグリーンは言う。

「パープルの現実より、俺の現実の方が釈然としない。だから俺はセックス産業のお世話になるしかない」

「飛躍しすぎです」

「女を買っちゃだめか」

「いけません」

「ではこういうことか。女の同意をえられぬおまえは、マスターベーション以外の性的な快楽を求めてはいけない。自分で自分のものをこすりつづけて、その果てに滅んでしまえってことか」

「そうは言ってません」

「女を買うといっても簡単じゃないぜ。自動販売機で売ってるわけじゃないんだから。最低限のコミュニケーションが必要になる。8歳の知能ではソープが安全で確実だろうな。それでも店に断られる恐れがある。だから保護者が付添って、店のマネージャーに説明するんだ。この子は言うことを素直に聞きます、暴力は振るいません、どうかすっきりさせてやって下さい」

グリーンは頷く。

「切ないですね」

「男の性は切ない」

「パープルの性の方が充実していますか？」

「充実してるさ」

グリーンは笑みを絶やさずにグラスを口へ運び、考えをめぐらす。イエローは向かいのカウンターへ眼をやる。ファイターズの野球帽を被《かぶ》った男が和服の老婆と酒を飲んでいる。２度ほど見かけたカップルだ。グリーンが言う。

「違うような気がします」

「どこが」

「女の性は、元々、売り物なんだと思います。だから値段がついてます。誰でも。学生でも主婦でも娼婦でも」

イエローの思考はグリーンの言葉に追いつけない。

「それで」

「男の人の性は、元々、売り物ではないから、街角で叩き売りをしても、簡単には売れません。そんな商習慣がないんです。女の方には買う習慣がありません」

イエローは何となく判ったような気分になる。

「女の性は使い途がある、とお義兄さんは言いましたけど、それは売り物になるということです。若くて、きれいで、値段が安ければ、飛ぶように売れます。パープルは、タダですから、男の人はけっこう喜んで買います」

「君の値段は」

カウンターの上でグリーンとイエローの手が触れる。

「わたしは、かなり高く売りつけたつもりですけど」

「結婚は商取引、という意味か」

「その側面は当然あります」

「今の時点で評価すると、どうなんだ。君の売値は適正価格だったのか」

「釈然としません」

眉と唇を、グリーンはしかめる。

「だろ」

「パープルの話ですけど」

グリーンが話を先に進める。

「うん」

「彼女が男の人を誘うのを黙認したら、エイズや避妊の問題が心配になりませんか?」

その年の春に、日本で最初のエイズ患者が出たというニュースが流れた。

「心配だ。パープルがコンドームを付けてくれと言い、男がそれを拒否するという事態は充分にあり得る。彼女は男の悪意に抗えないだろう。とにかくやりたい一心でその場に臨んでる。だから伯父さんはパープルの姿が消えると、慌てて街を捜しまわることになる。今夜のように」

「ええ」

「パープルがこれまで妊娠しなかったのは奇跡だ」

「そうですね」

「時折、不妊手術を考えるそうだ」

「伯父さんが？」

イエローは自分の側頭部を人差し指で突く。

「あのリベラルな男でも優生思想が一瞬頭をよぎる」

「でも判ります、伯父さんの気持ち」

「彼は当事者だ。俺たちはギャラリーにすぎない」

「ほんとですね」

「リスクをどうしても回避したいというのであれば、パープルはプロの男を買うほかはない。男の性にも値段がつきつつある。宅配してくれる」

「でも」

「不満か」

「不満です」

グリーンはグラスに視線を落とす。一升瓶を買えば景品で付いてくるような、酒の銘柄がプリントされた安物のグラスを、彼女の白い繊細な指が包み込む。

「例えば恋を」

とグリーンは言う。

「恋ね」

イエローは自分のグラスに酒を注ぎ足す。

「パープルが誰かと恋をする。そんなことを期待してはいけませんか」

「知的障害を持つ男と女が、周囲の暖かいサポートをうけて、恋を育み、性的な快楽を分かち合う」

「ええ」

「TVが好んで取り上げそうなテーマだ」

「ありそうでしょ」

「希有なケースとして実際にあるかもしれない」

「ありますよ、きっと」

「だが素直に受入れ難い。ラブストーリー自体に、俺はいろいろ疑義がある」

「疑義って」

「君は恋をしたか。どんな恋だ。碌《ろく》でもない恋だ。思い出す度に狼狽しかねない最悪の恋だ」

グリーンはのけぞって笑う。初夏のブラウスの下で薄い胸のふくらみが微《かす》かに揺れる。

「パープルは幸せなんでしょうか？」

「いいセックスをしてるかどうか、という事か」

グリーンはきっぱりした口調で答える。

「そうです」

「君のセックスの現実はどうなんだ」

「言われると思ってました」

グリーンは笑みのまま短い溜め息を洩らす。

「パープルが幸せかどうかは誰にも判らない」

「ええ」

「パープルが街角でパートナーを獲得する。その、彼女なりの、接近、挨拶、同意、というプロセスの全体は、彼女の恋そのものである、と思いたい」

「そう思いたいですね」

「一途な恋だ」

「でも恋と言うには無理があります」

イエローは酒のグラスを見つめる。まったくだと思う。

「命がけのセックス」

「命がけです」

「パープルが行方不明になる。その度に、無責任だとは思うが、ゴオ！　ゴオ！　と俺は心の中で叫ぶ。伯父さんに見つかるな！　いい男を捕まえてさっさとホテルへしけ込め！」

「うん」

グリーンは小さな声で応じる。

「パープルはいいセックスをしていると思わないか」

グリーンは声を出さずに笑い、酒を口に含む。もう一口飲み、静かな声で言う。

「危険が多すぎます」

グリーンは自分のペースで飲んでいる。眼の縁が微かに桃色に染まっているが、酔っている気配はない。

「素麵食うか」

「食べたい」

「君の亭主のガールフレンドを紹介しようか」

「え」

グリーンのグラスを持つ手が止まる。

「やつに女がいることは気づいてると思うが」

「いいえ」

「嘘だろ」

「嘘です」

「どこまで知ってる」

「彼が女性と付き合ってることは薄々と」

「紹介する。俺の友だちだ」

「誰です」

「レッドだ」

「名前だけは。元社員の方」

イエローは頷く。「彼らは、君たちが結婚する前からの付き合いだ」

「どうして教えてくれるんですか」

イエローはレンコンを音を立てて噛み砕く。

「不意に何もかも暴露したい衝動に駆られる時がある。パープルを話題にしたが、彼女は衆人環視の中でセックスしてるようなもんだ。俺たちはパープルのセックスを分析して、あれこれ言いつのり、酒の肴にして愉しんでる。フェアじゃないと思う。その苛立ちが、たまたま君に向かった。余計なお節介だが、君は君自身の釈然としない現実を知った方がいい」

グリーンはグラスを口につける。

「素麵を早く頼んで下さい」

彼女の厳しい口調。イエローは頷いて、素麵と酒のお代りをカウンターの中に告げ、グリーンに言う。

「レッドと会ってみるか」

「会いたくありません」

「残念だな」

「どうして残念なんですか」

「レッドは気持ちのさっぱりした、いい女だ。君と友だちになれるかもしれない」

「余計なお世話です」

「まったくだ」

グリーンは表情を閉ざす。そこでレッドの話題は途切れる。イエローは息子の病状について少し尋ねる。

素麺を食べ、残りの肴をきれいに平らげて、店を出る。まだ宵の口だ。路地にあふれた雑踏の中にふたりは立つ。グリーンは両手をブラウスの胸のふくらみに添えて、言う。

「見たでしょ」

「何を？」

「一緒に歩いている時も、飲み屋さんのカウンターでも、お義兄さんはさりげなくわたしの胸を見ました」

イエローは片方の眉を上げる。グリーンの頭上からイルミネーションが降り注ぎ、ボブのてっぺんが青く光っている。彼女の意図が判らぬまま、とりあえずイエローは答える。

「見た。女の胸のふくらみは気になる。見るなという方が無理だ」

「男の人ってそうなんですか」

「そうなんだよ」

「こんな胸でも?」

「ブラウスの上からちらちらと見る。乳房の気配を甘く感じる。君の薄い胸でさえも。なあ、馬鹿なこと言ってないで、帰ろうぜ」

グリーンは笑う。声は出さない。

「駅まで一緒に」

言葉と同時にグリーンはイエローの腕を取り、路地を歩き出す。

「伯父と腕を組むこともあるのか」

「何故そんな質問をするんですか」

「君は伯父に好かれている」

「そう感じる時があります」

「だろうな」

「伯父さんも胸を見ます」

イエローは声を上げて笑う。雑踏に巻き込まれ、どちらからともなく腕を離す。グリーンはイエローのすぐ背後を歩く。靖国通りに出て、信号待ちになる。駅は眼の前だ。イエローは肩をそっと叩かれて、背後のグリーンを見る。

「もう少し歩きませんか」

再び腕を取られ、イエローはグリーンに導かれるまま、西新宿の方角へ向かう。大ガードを潜り抜け、小滝橋通りの信号を渡る。交差点の途中でグリーンが言う。

「お義兄さんは、家族と縁が切れた状態というのは精神的に楽だ、とおっしゃったでしょ」

「うん」

「高校一年生の冬に家を出た時はどうだったんですか」

「解放感があった」

「強がりではなくて？」

「失恋の後の解放感に似ていた」

「そう」

ビルの谷間に入る。

「中学の同じクラスに、口数が少ない、色白の、ほっそりした女の子がいた。彼女はお嬢さんのような手の振り方をして走る。前後じゃなくて横に振るんだ。だから運動神経が鈍そうに見えた。ところが体育祭の800メートル走で、彼女は圧勝した。そんな女の子だ。或る日、俺は彼女に愛を告白した。吃る前だから、ちゃんと喋ったんだが、見事に振られた。俺としては初めての告白だった。死にたくなるほどの恥ずかしさと、奇妙な解放感が同居する状態が、しばらくつづいた。家出直後の精神状態というのはそんな感じだ」

「判ります」

「呪縛が解かれる。だが自分を呪縛していたものに対する愛着がまだ残っている。そういう状態」

「呪縛」

とグリーンが言う。

「濃淡の差はあるが、すべての人間関係は呪縛である、と言えなくもない」

「親子という関係もそうです」

「典型だ」

「夫婦も呪縛です」

「離婚するつもりなのか」

「もっと徹底するつもりです」

「徹底するとは」

シャッターの降りた不動産屋の前を通り過ぎる。路地を曲がる。グリーンは沈黙している。古いコンクリート塀が続く。塀の内側の闇に瓦屋根が覗いている。寺と墓場だ。肩を接していたグリーンの気配が不意に遠のく。イエローは振り返る。2メートルほど背後の薄暗がりで、グリーンは立ち止まっている。そこで、その夜、はじめて、彼女は彼の名前を呼ぶ。

「イエロー、わたしと寝て」

グリーンの、変哲もないブラウスとスカートという装いを、イエローは眼に入れる。彼女の言葉の響きを、もう一度耳の奥に蘇らせる。イエローは素っ気なく言う。

「意味が判らない」

「ずるい」

軽く抗議する口調でグリーンは言う。

「君の口ぶりに切実さがまるで感じられない」

「すごく緊張してるんです」

「何を企んでる」

グリーンは破顔する。図星なのか、俺の反応が過剰だから笑ったのか、とイエローは訝《いぶか》る。グリーンは塀の向こうの闇へちらと視線を投げ、生真面目な顔になる。

「そんなに魅力ないですか」

「ある」

「ある。ほかに表現はないんですか」

「首から肩にかけてのラインが女を感じさせる。胸は薄いが、腰は意外と幅がある。そういうバランスの女は、俺の好みだ。どうだ、こんなところで」

「それに人妻です」

グリーンはなんだか自信たっぷりに言う。

「亭主に復讐したいのか」

「いいえ」

「モラルを踏み外したいのか。そうすれば、君が企んでいる何かが可能になるとでも考えてるのか。それが君の言う徹底するという意味なのか」

「そのとおりです」

「君の企みとは」

「寝てくれます？」

「そんな誘惑の仕方があるか」

イエローは咎《とが》めの響きを込める。グリーンはくるりと背中を向け、路地を戻りはじめる。街灯の明かりに彼女の狭い背中が浮かび、さらに遠ざかって行く。彼女の後ろ姿が闇に溶けてしまう前に、イエローは後を追う。路地を曲がったところで、グリーンは待っている。

「帰りましょう」

「うん」

「タイミングを逃しましたね」

「後悔してるよ」

イエローは面倒臭そうに言う。

「もう誘ってあげません」

グリーンは笑みを向けてイエローの腕を取る。

「どうするつもりだ」

「いまからですか？」

「今夜も明日も明後日も、君はどうするつもりなんだ。徹底するとはなにを徹底するんだ」

グリーンは口をつぐむ。五月の夜の風に吹かれて、ふたりは青梅街道に出る。彼女はタクシーを停めて、自分からさっさと乗り、行き先を告げる。彼女の声は聞き取れない。自宅ではないようだ。タクシーの中から彼女が叫ぶように言う。

「一緒に来て」

イエローは乗り込む。ドアが閉まる。タクシーが発進する。グリーンは背もたれに体をあずけて、リラックスしている。イエローは背後へ飛び退る夜の街を眺める。

45

ぼくはそこまでいっきに読むと、体を起こして一つ背伸びをした。梨花はうつ伏せの姿勢で、ぼくが読んだ分の集計用紙をめくっている。アパートの向かいの二階建の家の屋根に太陽の縁がかかり、火燵のテーブルの上ではねる光がふいに勢いを弱めていく。部屋の明かりを点け、火燵のうえに集計用紙を置いて、つづきを読みはじめる。左へほぼ同じ角度でかたむいた金釘文字。十二年まえの五月二十二日、金曜日の夜。順子さんが消息を絶つおよそ四十時間まえだ。二人を乗せたタクシーは青梅街道を東へ向けて走り出している。

＊

「どこへ行く」

「わたしの家へ」

「中野とは方角が反対だが」

「都内に部屋を借りてます」

「亭主は知ってるのか」

「いいえ」

「いつから借りてる」

「2ヵ月まえから」

「海辺の新しい家はどうするんだ。そろそろ引っ越す予定なんだろ」

「身勝手ですけど、わたしは住む気はありません」

「君は家を出て行くのに、なぜ俺に家の鍵と見取図を送りつけて、遊びに来て下さいなどと言ったんだ?」

「イエローがお母さんと仲直りすることを期待する気持ちはあります」

「それはそれとして、君のいない家に家の意味はない」

「老人がいるのに嫁がいない」

グリーンの声が他人事のように響く。

「おふくろの老後の世話をする約束にはなってるわけだろ」

「気持ちが揺れてます」

タクシーは新宿の繁華街に入る。イルミネーションが車内に流れ込んで来る。横断歩道を渡る人の群れに阻まれてタクシーはのろのろと停止する。

「お母さんと和解する気持ちはないんですか」

とグリーンが訊く。

「いまとなっては、どうでもいいことだ。俺は関心がない」

「そう」

「冷淡に聞こえるか?」

「少し」

「人がオギャアと生まれ落ちる。それは、ある歪んだ関係性の中に入るということだ。すべての関係性は歪んでいる。人と人の関係で歪んでいない関係は一つもない。生まれ落ちた彼ないし彼女は、それを修復しようと心を砕く。人生はその繰り返しだ。馬鹿げてると思わないか?」

　イエローはグリーンを見る。彼女の視線は彼の膝頭のあたりに落ちて、口もとには静かな笑みが浮かんでいる。雑踏の太い帯はターミナル駅から歓楽街の方角へ流れて行く。グリーンが回答らしきものをよこす。

「わたしは不真面目に生きようと心に決めました」

「いいことだ」

「いいことでしょ」

「君の決意を無条件で支持する」

「うれしい」

　車が流れ出す。グリーンは窓外に視線をめぐらして言う。

「新宿界隈で暮らしはじめた時、イエローは16歳でしょ。強がりではなくて解放感があったとおっしゃいましたけど、不安はなかったんですか?」

「あったさ。ちっぽけな胸にありとあらゆる不安を抱えて、俺は呻《うめ》いていた。対人関係の不安。生活力の不安。自分が何者になるのか判らぬという青年期特有の不安。おまけに童貞だった」

　グリーンが喉を鳴らして笑う。

「切ないですね」

「ところが不安がる必要などないことがすぐに判った」

「あら、どうしてですか」

「俺は周りの大人たちにめちゃめちゃ愛されたんだよ。たとえば西口の汚い食堂で、鯨のステーキを食わせてくれながら、彼らは訊くわけだ。拗《す》ねた眼をした青少年よ、おまえはどこから来たんだい。そこで俺は、幼い痴漢小説の執筆にまつわる我が青春の躓《つまず》きについて、吃りつつ喋りはじめる。馬鹿受けだった」

「ああ」

　とグリーンは納得する声を洩らす。

「ジャズ喫茶で、深夜の地下街で車座になって、バーの屋根裏部屋で、誰かのアパートで雑魚寝中にお姉さんに手を握られて、俺は同じ話を何度も繰り返すはめになる。リクエストされるんだ。ねえ坊や、あの話を皆にしてあげてよ。喋り終わると、大人たちは俺を抱きしめる。そして言う。自分を卑下するな。あるがままのおまえでいいんだ。自分の欲望についてとことん書いてみろ。偉大な変態は現実の愚行を表現によって回避するんだ。後に世間はおまえを芸術家と呼ぶことになるかもしれんぞ。判るな坊主。未来の芸術家に乾杯。家族の中で見つからなかった自分の居場所を、俺は見つけたと思った」

「皮肉な話ですね」

イエローは頷く。

「実の母親を震撼《しんかん》させた事件が、世間では喝采を浴びた。我が青春の躓きを繰り返し語るうちに、彼らの愛が易々《やすやす》と手に入ることを俺は知った」

「新宿って、きっと優しい街なんですよ」

「恐ろしく気前のいい女が3人ばかりいた」

「まあ」

「飯でも寝床でもセックスでも、俺が欲しがると、彼女たちは何でも与えてくれた。区役所の住民課にいた前衛歌人、琉球独立を唱えるジャンキーのポルノ女優、分裂病を詐称していたに違いない人形作家、ようするに芸術家気取りの淋しがり屋さんたちだ。新宿にはそういうタイプがごろごろいた」

「辛らつですね」

「もちろん男たちも愛を惜しみなく与えてくれた。板金工のピアニストに犯されかかったこともある」

「あらら」

「でっかくて、筋肉隆々で、怖かった。酔ってピアニストの部屋に泊まった。明け方、激しい痛みで眼が醒めたら、そいつが俺の尻の穴に突っ込もうとしてた。びっくりしたね。蹴り飛ばして逃げた。それ以来、女が男と密室でふたりだけになった時の恐怖感を、想像するようになった」

「想像すべきです」

「世界中の男は、一度、男に犯されてみればいい。レッドがそう言ってる」

「わたしもそう思います」

「希《まれ》に怖い目にも遭ったが、毎日浮かれて生きていた。世間はちょろいと思った。距離を置いた方がいい人間と、甘えて損はない人間を峻《しゅん》別《べつ》する嗅覚を身に付けて、俺は鼻唄混じりに人生を泳ぎはじめた」

グリーンが運転手に道を指示する。イエローは話をつづける。

「10代後半の俺は『母親に愛されなかった長男の物語』を垂れ流して生きていた。垂れ流すことで、飯と人肌とセックスにありつけたと言っていい。一方で心優しき大人たちは、返済不可能なほどの愛を与えることによって、その物語を俺に強要してきたわけだ。ある日突然、20歳になる直前だったと思うが、俺はそのことに気づいた。その途端、自分の居場所が確かにこの世界にあるという感覚が、いっきに吹き飛んだ。

俺はいたたまれなくなって逃げ出した。自分で垂れ流した物語からも逃げ出したかったということだ。母親に愛されなかった長男とは別の人間になりたいと切に思った。そんなわけで、数年間、新宿に近づかなかった時期がある」

しばらく言葉が途切れる。グリーンがまた運転手に指示を与え、イエローを見て言う。

「自分の居場所は見つかりましたか」

「いまの俺に関していえば、とりあえずこう答えることはできる。仕事を通じて他人に承認されている、という現実感覚に支えられている。ささやかな承認だが、それなりの充実感はやはりある」

「うらやましいですね」

「だが君は自分の居場所はどこにもないと感じている」

イエローの断定的な口調に、グリーンは顔を背け、運転席に声をかける。

「この辺で停めて下さい」

明かりの乏しい住宅密集地だ。グリーンの案内で真新しいマンションに入る。エレベーターを降りたのは3階か4階。表札に『藤田』とある。沓脱ぎ。作りつけのシューズ・ボックス。上がると細長いキッチン。奥に8畳ほどのフローリングの部屋。緑色の安っぽいドレッサーがあるだけで、ほかに家具らしきものはない。部屋の中央に吊られた蛍光ランプの下でグリーンが立ったまま言う。

「もう中野の家には戻りません」

イエローはキッチンとの境の柱に肩をあずけてそっと訊く。

「藤田という男と一緒に住むのか」

「いいえ」

「君との関係は」

「迷惑がかかるので詳しく言えませんが、20年前に失踪したまま行方不明になっている方です。藤田さんは女性です。彼女の戸籍を買い取りました」

「君は藤田なにがしに成り済ますのか」

「そうです」

「息子はどうする」

「夫に育ててもらいます」

「なるほど」

「わたしを咎めないんですか」

「なぜ君を」

「息子はまだ4歳です。母親を必要とする年頃です」

「君の経済力を考えれば、亭主のもとに息子を残した方がいい。世間もそう判断する」

「息子とは二度と会いません」

「関係を一切断つのか」

「はい」

「なぜ俺に喋る。なぜ俺をこの部屋に連れて来た」

「独りで計画を抱えていると、ほんとうに実行してしまいそうだから」

「計画を思い止まれ、と言って欲しいのか」

「どうしたらいいのか判りません」

「混乱してるな」

「混乱してます」

　ふたりはまだ立ったまま話している。グリーンの顔は青ざめて見えるが、口ぶりは落ち着いている。

「君は自分で決めたことに関して誰の承認も求めていないと思っていたが」

「そんな強い女ではありません」

「俺に何を望んでる」

「助言を下さい」

「では言おう。母親の責任を全うすべきだ。少なくとも息子が高校を卒業するまで、計画は延期した方がいい」

「意地悪ですね」

グリーンは小さく首を傾げる。イエローにちらと視線を流して言う。

「たった今、計画を実行するよう、唆《そそのか》してほしいのか」

「本心を言えば、そうです」

「帰る」

「怒ったんですか」

「繰り返し言うが、不真面目に生きようという君の決意を無条件で支持する。付け加える言葉は何もない」

イエローは沓脱ぎに向かう。部屋を出て、狭い階段を降りて行く。エントランスに達した頃、階段を慌ただしく駆け降りてくる靴音が背後から聞こえてくる。イエローは表の通りに出る。グリーンが飛び出して来て言う。

「待って下さい。明日、お仕事は?」

「休みだ」

「では、つき合って下さい。車をとって来ます」

返事を待たずにグリーンはマンションの駐車場へ駆け込んで行く。イエローは暗がりに佇んで夜空を仰ぐ。新宿の歓楽街の明かりが低い雲に反射している。赤いファミリーカーが現れて傍らに停止する。イエローが立ち去りはしまいかと、運転席からグリーンが不安げに見る。イエローは助手席に乗り込む。車が静かに滑り出す。

「今夜、『プラトーン』を見たんです」

映画の話だ。グリーンの声に浮き浮きした調子が戻っているのを、イエローは聞きつける。

「面白かったか？」

「ええ」

「俺も見た」

「どうでした」

「あれは、ベトナム戦争についての、アメリカによる、アメリカのための自己説明だ」

「おっしゃる意味が理解できません」

イエローは言葉を補う。

「あの戦争で僕たちはこんなふうに傷つきました、とアメリカ国民を代表して全世界に宣言してる。能天気な映画だ」

「どこが能天気なんですか」

「アメリカの癒しが唯一の目的だからだ。傷つけられたベトナムは、製作者の関心の外にある」

「わたしは娯楽映画として愉しめましたけど」

「アメリカの自己説明は、いつだってエンターテインメントなんだ。そこが実に恐れ入る。ハリウッドのユダヤ人の底無しの欲望を感じる。彼らは神の存在を一度も信じたことがないんじゃないかと思う時がある」

「話が難しすぎます」

「そうか」

「映画、よく見るんですか」

「見るよ」

「今度、一緒に行きましょうか」

イエローは返事をしない。バックシートを少し倒して体をあずける。グリーンの肩を背後から見る形になる。半袖のブラウスから伸びた白い腕が薄闇を動く。ギアがトップに入り、グンと加速する。

「イエロー」

「うん」

「わたしにうんざりしてますか」

「君を心配してる。だから今夜つき合えと言うのなら徹底的につき合う。だがデイトの話をしてる場合じゃないだろ」

　グリーンが横顔を見せる。

「夜眠れません」

「そのはずだ」

「息子を捨てる罪悪感に耐え切れなくなるんです」

　会話が途切れる。大型トラックとすれ違い、地響きが体を揺する。グリーンがゆっくりした口調で話をつづける。

「計画を立てました。息子がいつまでもわたしを捜したりしないように、自殺を装った上で、ある日、わたしはふっと消えてしまう。そして他人の戸籍で生きて行く」

「この世から自分の痕跡を消してしまいたいのか」

「わたしの夢です」

「悪くない夢だ」

「うれしい。もっと唆して下さい」

「独りでは踏み切れないのか」

グリーンはブレーキペダルを踏み込む。イエローは前のめりになる。タイヤを軋《きし》ませて車はコンビニエンス・ストアのパーキングに滑り込む。グリーンはサイドブレーキを引く。バッグをまさぐる。彼女の華奢な手が摑み出したものを、イエローは見る。短身のリボルバーだ。彼女がラッチを押してシリンダーを振り出す。装弾数は5発。静かにシリンダーを戻す。

「まいったね。どこで手に入れた」

「藤田さんという女性の弟さんが暴力団員で、彼から戸籍と一緒に買ったんです」

「素人に売るとはな」

「寝ました」

イエローは眉をしかめる。グリーンがすぐ言い添える。

「嘘です」

「何に使うつもりだ」

グリーンの肘がさっと上がる。彼女のこめかみに銃口が突き付けられる。

「渡せよ」

イエローは手を出す。グリーンは拳銃を下ろして、銃口をイエローに向ける。

「わたしと遊んで下さい」

「遊んでやるから、俺に拳銃を渡せ」

グリーンは店の明かりにちらと眼をやる。

「強盗をしませんか」

「馬鹿言え」

「肝試しです」

「拳銃強盗は凶悪犯罪だぞ」

「気分転換になります」

グリーンの奇妙に明るい声が車内にひびく。車の黒い影がコンビニエンス・ストアのパーキングに入ってくる。イエローの指先が拳銃に触れる。グリーンがのけぞる。車からカップルが降りて店の中に入るのを、イエローは視線で追う。

「川か海へ捨てに行こう」

「徹底的につき合って下さるって」

「君の頭はパニック状態だ」

グリーンはゆるりと頭を横に振る。言い含めるように明瞭な発音をする。

「今日が昨日の続きで、毎日が過去の延長にすぎないのだったら、わたしはいつまで経っても踏み切れません」

「言いたいことは判る」

「わたしが欲しいのは、ちょっとした自由な気分」

グリーンはバッグから黒いサングラスを出して掛ける。銃口をイエローに向けて言葉を継ぐ。

「ギャンブルです。店に押し入る。拳銃を突きつけてカネを出せと言う。バンと撃つ。人を傷つけてはいけません。逆襲されてもいけません。失敗したら刑務所行きです。冷静に行動して警察の捜索を逃れます。それを完璧にやり遂げた時、わたしの心の中で、これまで感じたことのない、自由な気分が生まれているかもしれません」

「切実だな」

イエローの声に思いがけず共感がこもる。理解されてうれしいとでもいうように、グリーンは笑みをこぼす。

「やってみる価値があるでしょ?」

イエローはひとつ深呼吸する。

「君の切実さは胸に届いた」

「ここでお別れしましょう」

言い終わらぬうちにグリーンは素早く車を降りる。イエローは制止しない。頭の半分では冗談だと思う。残りの半分は、破滅に向けた彼女の行進を見届けたいという好奇心に衝き動かされている。彼女は揺るぎない足の運びでコンビニエンス・ストアへ向かう。彼女が自動ドアから入って行く。ちらと迷うが、車のキーを抜いて、イエローも車を降りて店へ急ぐ。入ると左手にレジスター。ショートカットの娘がいらっしゃいませと言う。好感の持てる小さな笑み。幼い男の子がカウンターにスナック菓子のパッケージを置く。男の子の頭越しに腕が伸びて、焼ソバとシュークリームと雑誌を置く。母親らしい若い女だ。ショートパンツから素晴らしい太股が覗いている。イエローは頭をめぐらす。雑誌の棚で若いカップルが立ち読みしている。グリーンは文具の棚とカップ麺の棚に挟まれた通路にいる。イエローは近づいて肩を寄せる。

「足を止めてはいけません。防犯カメラに写ってます」

グリーンは呟《つぶや》く声で警告してイエローとすれ違う。彼女の腕に掛けられた紺色のセーター。右の手首から先がセーターの中に隠されている。グリーンはレジスターの方角へ進む。母親と男の子が出て行くところだ。男子高校生が3人入って来る。イエローは不意に笑い出したくなる。グリーンが拳銃強盗する。そんなことを誰が信じるものか。イエローは通路の奥に達する。右へ曲がる。立ち読みしている若いカップルの背後を通りすぎる。男のオーデコロンが匂う。レジスターを見る。グリーンが腕を伸ばして拳銃を構えている。レジの娘は頭を抱えてひょいと屈み込む。一瞬、娘のピアスがきらめく。銃声が轟《とどろ》く。レジの背後の掛け時計が砕け散る。娘の悲鳴。若いカップルは床にひれ伏している。高校生達が自動ドアに突進する。グリーンが拳銃を構えたまま腕を大きく右に振る。従業員の赤いユニホームを着た男が両手を挙げる。黒ぶち眼鏡のずんぐりした体型。男は腰が砕けて尻もちをつく。また銃声。男の背後の冷蔵庫のガラスが砕ける。缶ビールから泡が噴き出して辺りを濡らす。グリーンは落ち着いた足取りで出て行く。イエローは彼女を追い抜いて運転席に飛び込み、エンジンをかけてヘッドライトを点灯する。ギアをセカンドに入れる。グリーンがきびきびと助手席に乗り込む。イエローは車を急発進させる。

車の流れに乗る。イエローは慎重にハンドルを握る。グリーンはバックシートに体をあずけている。サングラスのせいで表情は読み取れない。

「拳銃は」

「ここに」

グリーンは膝の上のセーターを外す。右手に握られたリボルバー。

「撃ったのは2発か」

「2発です」

「息が乱れてないな」

「あっという間でしたから」

「強盗未遂に銃刀法違反だ。殺人未遂も付くだろう。なぜ冷静でいられる」

「自分でも驚いてます」

イエローは耳をそばだてる。パトカーのサイレンが遠く聞こえる。近づいてくる気配はない。

「とにかく現場から遠ざかろう」

「お願いします」

「気分はどうだ」

「わかりません」

「しばらく黙っていようか」

「はい」

「よくやった」

グリーンは短く息を吐く。

都会の闇に赤いテールランプが切れ目なく流れる。つい先ほど拳銃強盗があったことが、イエローには信じられなくなる。あれは幻覚だったのだと自分に囁《ささや》いてみる。少なくとも現実感はない。イエローは窓ガラスを下げて夜の甘い匂いを嗅ぐ。グリーンが寛《くつろ》いだ声で、息子がまだお腹のなかにいるころのことなんですけど、と話しはじめる。

「信州の染色家を訪ねたことがあります。その人は硝酸カルシウムで絹を収縮させる特殊な技術を持ってるんですけど、著名なデザイナーと独占契約を結んだ後で、わたしたちの交渉は実りませんでした。その帰りです。陽が傾きかけた午後、上田市の郊外を夫の運転する車で走っていました。アスファルトの農道が、丘陵から平野部へとうねりながら降りて行く、そんな地形だったと思います。両側は水田で、黄金色の稲がところどころで渦を巻くようにして倒れているのを、ぼんやり眺めていると、視界のなかに人影が入って来ました。草に覆われた畦道《あぜみち》を、背筋を伸ばして、たったたっと歩いているんです。黒いドレスを着た女性でした。周囲に家は見当りません。あの人はどこから来て、どこへ向かうのかしら、と不思議に思いました。畦道は前方でアスファルトの道路と接していました。女性の姿がどんどん大きくなりました。黒いドレスは胸の部分にレースを使った、半袖のワンピースです。女性が道路に出た直後に、わたしたちの車は彼女のドレスの裾をなびかせて走り去りました。黒いハイヒール、引き締まった白い足首、細い腕、ちょっとしゃくれた小さな顎、縮れた髪で半分ぐらい隠れた横顔は上気してました。娘さんと言える年齢の人ではなかったと思います。夫は彼女に気付きませんでした。気付いたけれど、印象に残らなかった、ということかもしれませんけど。わたしは夫に何も話しませんでした。その黒いドレスの女性に遭遇して以来、わたしは夜眠れなくなりました」

　そりゃあ夜眠れなくなるさ、とイエローは言う。

　似たような経験はないのかとグリーンに問われて、イエローはこんな話をする。

「ドキュメンタリー・フィルムのワン・シーンだ。タイトルは忘れた。都会の子供たちが、工場跡地に出来た原っぱへ、日曜日ごとに遊びに行く。原っぱには、コンクリートの床や基礎が残っていて、窪みに雨水が溜まっている。ボウフラが湧く。ボウフラを餌にする肉食の虫が集まってくる。その虫を餌にするより強大な肉食の虫があらわれる。食物連鎖が拡大して、都会の荒れ地は小さな宇宙になる。子供達は昆虫を捕まえて遊ぶ。ホタルやカブトムシやクワガタやオニヤンマを相手にしていた俺たちの世代からすれば、採集に値しないありふれた虫と、彼らは夢中になって戯れる。彼らは彼らの黄金時代を、いま、そこで、満喫している、という感動が俺の胸に伝わってくる。そんなフィルムだ。日曜日の子供たちの描写を積み重ねていく中に、さりげないショットが挿入されていた。工場跡地に牧草に似た草が生い茂っている。風にたなびいて草が波打つ。その向こうに白いスカートをはいた女があらわれる。モノクロームのフィルムだから、スカートが純白だったかどうかは定かじゃないが。体格のいい若い女だ。きれいと言うほどでもない。艶やかな黒髪、頑丈そうな首。豊かな胸のふくらみ。女は波をかき分けるように草のなかを歩いて来る。スカートが風を孕《はら》んでひるがえる。音楽が高まる。音は付いてなかったかもしれないが、俺には聞こえた。荘厳な交響曲だ。俺はふと、俺の罪深さを意識してしまう」

山手通りを南へ向かっていた。電話を1本かけたいのですが、とグリーンが言う。イエローは公衆電話ボックスを見つけて車を停める。少々長めの電話を終えて彼女が車に戻る。友人が別れ話で男ともめているので、仲裁に入りたいんですけど、つき合ってくれませんか、とグリーンが言う。もちろん、とイエローは答える。この馬鹿騒ぎにピリオドが打たれるまでつき合ってやる、と彼は胸のうちで呟く。

およそ30分後、うっすらと埃を被ったような住宅街に着く。

路地に白いクラウンが停まっている。友人の車です、とグリーンが言う。イエローはクラウンを通りすぎて車を停める。グリーンが降りる。クラウンからも人影が降りる。ほっそりした女だ。2人は短い会話を交わす。グリーンは戻ってくると、車をもう少し前進させて、エンジンをかけたまま待って下さい、と言う。イエローはそうする。

クラウンの女は、みすぼらしいアパートの2階へ上がって行き、男を連れて降りて来る。彼らはクラウンに乗り込み、発進する。イエローとグリーンは、クラウンを見失わないよう注意しながらついて行く。

黒い運河に架かる橋をいくつか渡る。

埋立地に入る。緑地公園の地下を潜る連絡通路を抜ける。浅いアーチ型の屋根を持つ巨大な建造物の前を通過する。イエローは路肩に停めた車へちらと眼をやる。車内の薄闇で白い肌が蠢《うごめ》く。

クラウンが停まる。イエローはその数メートル後ろで車を停める。男と女の口論はすでにはじまっている。グリーンが降りる。イエローは助手席に残された紺色のセーターをめくってみる。リボルバーがない。待て。イエローは低く叫ぶと同時に、車を飛び出して行く。

路上で、女は男に髪を摑まれて、激しく抵抗している。銃声。彼らの動きが停止する。なおも髪を摑んでいる男の手を、女は振りほどく。支柱を失ったように崩れ落ちる男。頭が路面と衝突する鈍い音。女はグリーンから拳銃を受け取ると、脚を前後に大きく開き、男の顔を覗き込むようにして眉間に狙いをつける。また銃声。イエローはそろそろと近づいて男を見下ろす。ポロシャツを着た老人だ。眉間からどす黒い血が噴き出している。イエローは言葉を失う。

「イエロー、久しぶりね」女が言う。

イエローは女の方を見る。ブルージーンズに黒っぽいTシャツ。顔に見覚えはない。

「ホワイトよ」グリーンが静かな声で言う。

名前を告げられてもイエローには事情が飲み込めない。ホワイトと呼ばれた女はグリーンに拳銃を返すと、じゃあねと短く言い、クラウンに乗り込む。イエローは走り去って行くクラウンを茫然と見送る。灰色の広い道路が真っ直ぐに延びて、その先で暗い空に繋がっている。

＊

ぼくは、まぶたの上から指を押しあて、二度三度と眼球をもみほぐした。李花の方が読むスピードが速い。彼女はぼくの肩に顎の先端を軽くのせて、火燵の上の集計用紙をのぞき込んでくる。一行空けて、雅彦さんは手記をつづる自分の心境を短く書いている。

「書くという行為は不思議な現象をもたらすものだとつくづく思う。記憶になかったセリフがふいに鮮明によみがえる。そのとき意識になかった事実をいまここで発見する。視線の先の窓ガラスは青く染まっている。アパートの部屋のなかに夜明けの気配が強まりつつある。俺はペンを握り直す。再び書きつける」

46

夜の街を疾走する赤いファミリーカーの中で、イエローはグリーンの説明を受ける。ホワイトの正体が明かされる。

発端は2年まえの墓参りである。グリーンは寺の住職の話から、ホワイトが行方不明であることを知る。その帰路、伯父からイエローの処女作の内容について聞かされる。戸籍を買う発想が、すぐに生まれたわけではなく、失踪という事実がすごく新鮮に思えたという。

数週間後、グリーンはホワイトの親類から、ホワイトの母親の連絡先を聞き出す。母親に電話をかけ、ホワイトの消息は判らなかったが、弟のブラックの連絡先を教えてもらう。

東京のブラックと接触する。彼は姉の消息を知っている。引き合わせてもらい、商談が成立する。

グリーンはホワイトの戸籍を手に入れる。昨年の秋、ホワイトの住民票を使って免許証を取得する。ついで赤いファミリーカーをホワイト名義で購入する。

ホワイトはグリーンに戸籍を売ったカネで別人の戸籍を買ったという。ホワイトは14歳で家出。現在は34歳か35歳。彼女はどこで何をしていたのか。他人の戸籍を必要とするに至ったホワイトのこの20年を、グリーンは聞いているはずだが、いっさい語らない。

そして射殺された老人。名前は高橋健二。68歳。無職。生活保護受給者。イエローが12歳の夏に、祖父母の家の近くの閉鎖された養鶏場の従業員宿舎で見た、広い背中の男だ。ホワイトの実父ではなく母親の愛人だという。ホワイトは高橋から性的な虐待を数年間にわたって受けた。その話が本当なら、イエローにも殺害の動機はおよそ察しがつく。

「高橋をいつか殺してやるという話を、ホワイトとしてましたけど、具体的な計画があったわけではありません」

「ではさっきの殺しは偶発的なのか」

とイエローは訊く。

「不意にわたしが思い立って、ホワイトに誘いの電話を入れたんです。コンビニ強盗の高揚感に引きずられたのかもしれません」

グリーンは平然と言う。

「君が殺しに加担した理由は」

「ホワイトと意気投合したんです」

「なぜ俺を巻き込んだ」

「誰かに見守ってほしかったから」

「よくやったと言ってほしいのか」

「そうです」

「だが俺を巻き込んだのは、君はいいとして、ホワイトにしてみれば迷惑な話だ。殺人の目撃者なんだぞ」

「イエローとは男女の仲だって説明しました」

グリーンのどこか浮かれた調子に、イエローは顔をしかめる。

「市民の義務として通報する」

「いつでもどうぞ」

もちろんイエローにそんな気持ちはない。警察の検問を恐れて高速道路は使わず、一般道路をRの家の方角へ走り続ける。山間部で道に迷い、23日の明け方近くになって、ようやくロングドライブが終わる。グリーンがホワイト名義で購入した山奥の一軒家に着く。東京の歯医者が渓流釣りの拠点として廃屋を買い、内部を改装して数年使った後に手放したという快適な家だ。

ふたりともまだ神経が昂《たかぶ》っている。ウィスキーをグラスに注ぎ、乾杯する。閉め切った雨戸の隙間から朝の光が差し込んでくる。時刻はグリーンが消息を絶つおよそ33時間前。

「ここから海辺の家までの距離は」

とイエローは訊く。

「ゆっくり走って1時間半ですね」

「近いな」

イエローの口調に軽い咎めを聞きつけて、グリーンは短い沈黙を置く。

「近すぎますか」

「新宿のマンションも息子の病院に近い」

「窓から病棟が見えます」

「君の未練を感じる。息子の成長を人知れず見届けたい気持ちがあるんじゃないのか」

「おっしゃる通りです。でも未練は今夜で断ち切ります。マンションは賃貸ですから、引き払って東京を離れます」

「この家を買った理由は」

「いずれ住むつもりで」

「山奥だ。現金収入はどうする」

「銀行強盗でも」

「君ならやりかねない」

グリーンは笑みをこぼしてウィスキーをあおる。イエローは彼女のグラスに注ぎ足す。

「老後のための家です。米と味噌はお店で買って、庭で野菜をつくります。独り暮らしを愉しみながら、偏屈なお婆ちゃんになるのが夢です。働けるうちは別荘代わりに使おうと思って。資金は会社のおカネを横領しました」

「そのうち亭主にばれるぞ」

「明日、計画を実行に移します」

そこで狂言自殺の具体的な手順が明かされる。手を貸して下さいとグリーンは言う。イエローは了承する。彼女を愛しく思いはじめているが、知らない街でいっしょに暮らそう、などとは言わない。彼女はそんなことを望んでいない。グリーンは10日前に建築家に計画を打ち明けたが、最後の最後で彼を巻き込む考えを放棄したと言う。

「なぜ建築家を巻き込まなかった」

とイエローは訊く。

「恋に落ちてしまう予感がしたから」

「まいったね」

「別れる前に彼にこう言いました。あなたと会えば、あなたに好かれているという思いで胸が切なくなります。誘われたら男と女の関係になってもかまわないと覚悟は決めていました。そういうバイアスを自分にかけつつ、慎みを失わないよう自分をコントロールするのが、すごく愉しかった」

「何もなかったのか」

「彼、臆病ですから。でもその分だけ誠実な人です。わたしの罪を自分の罪として感じてしまう人です」

「そういう男は煩わしいってことか」

「イエローの言い方は冷酷です」

「核心を突いてるってことだな」

「わたしがなぜイエローを誘ったのかわかりますか？」

からかう口調に、イエローは舌打ちする。グリーンのやけに陽気な声が耳に届く。

「熱くならないから。傍観者でいてくれるから。そのくせ理不尽な要求にも応じてくれそうだから。いまのところイエローは想像していたとおりの人です」

寒くはありませんかと彼女は立ち上がる。5月下旬とはいえ山間部の朝は冷え込む。ふたりは裏庭へ出る。朝の光に吐息が白く輝く。軒下に積まれた薪《まき》を運び込み、ノルウェイ製だという鋳物のストーブに火をおこす。グリーンはバスルームへ向けてきれいに歩いて行く。イエローはグラスの残りのウィスキーを空ける。数分後、グリーンが何か言う声が届く。バスルームのドアから白い腕が伸びて手招きしている。イエローはバスルームへ入る。狭い脱衣所がある。曇りガラスの引き戸が開いて、湯煙の中から彼女が顔を覗かせる。

「洗って上げます」

「人に背中を流して貰うのは気持ちいい」

「だったらどうぞ」

「不安なことが一つある」

「何でしょうか」

イエローは言い澱む。視線が泳ぎ、籠に畳まれたグリーンの衣類に留まる。彼女の厳しい声。

「見ないで下さい」

イエローは視線をもどし、彼女の鎖骨のあたりを見て言う。

「君は弟の妻だ」

「禁じられた女です」

「勃起してしまったらどうする」

「赦《ゆる》して上げます。無視をするという意味です。早く脱いで下さい」

イエローは衣服をすべて脱ぐ。湯煙の中へ入る。向き合い、グリーンがシャワーノズルから温水をイエローの体に降り注ぐ。飛び散った湯が彼女の上気した肌で撥ね、緩やかに隆起している左右の乳房に飛び散る。

「乳首が赤く見える」

「気のせいです」

「薄い胸板とのバランスが実にいい。形も容積も俺の好みだ」

「判ってます」

グリーンはちょっと乱暴な仕草でイエローを後ろ向きにさせ、背後からシャワーを浴びせる。

「君の下着」

「どうかしましたか」

「清楚なブラウスとスカートの下に、あんな際どい下着とは、誰も想像つかない」

「自分の言葉で興奮してませんか」

「腰の辺りが痺れてきた」

「女性のいやらしい下着は人類の文化遺産です」

「まったくだ」

「わたしの場合は男性を興奮させるためではありません」

「殺しの装いか」

「身に付けると勇気が湧きます」

グリーンはシャワーを止め、ボディソープをつけたスポンジで、イエローの背中を洗いはじめる。

「君は自分の性的な魅力に自信があるだろ」

「少しあります」

背後でグリーンが腰を降ろす。彼女の手がイエローの尻の割れ目から太股の内側へすべり込んできて、周辺を丹念に泡立てる。自分の性器があっさりと反応して立ち上がるのをイエローは見る。グリーンは無言で作業をつづけ、足首まで洗い終えると、イエローの腰に手をかけて回転させる。ふたりは向きあう。彼女はタイルに片膝をつく。彼女の顔の前に、勃起した彼の性器がある。

「何が起きたんですか?」

その言い草にイエローは笑う。

「アクシデントだ。俺の意思とは関係ない」

グリーンは微笑みを返して、膝の正面、太股、さらに上へ向かい、立ち上がって胸と首筋を洗う。そそり立つ性器が彼女の下腹に軽く触れる。

「そこは自分で」

「うん」

「がっかりした顔をしてます」

「密かに期待する向きはあったわけだから」

「洗って上げましょうか」

「平気なのか」

「経産婦です」

「もうちょっと艶っぽい言い方があると思うが」

グリーンは声を出さずに笑う。手を伸ばす。イエローの性器を泡立てる。

「夫と婚約中の話ですけど」

「うん」

「処女の振りをしたんです」

「いかにも君らしい」

「処女だと思いたがってる人を、幻滅させるわけにいかないでしょ?」

「夫は紳士的でした。新婚旅行まで我慢して下さいと言ったら、素直に受け入れてくれて」

「それはそうさ」

「初夜も演技したのか」

グリーンはセリフを棒読みする口調になる。

「そんなこと。恥ずかしい。いやん」

「ふたりとも馬鹿だな」

「新婚旅行の日程をフルに使って、段階を踏みつつ、最終的には夫のファンタジーをすべて叶えてあげました」

「やつは感激したろ」

「もちろんです。この女は愛の証として恥ずかしいポーズを受け入れたんだと、錯覚しました」

「君はその時、ゲームに勝った、と錯覚したわけだ」

グリーンはスポンジをぽいと床に放る。シャワーヘッドを取り、混合栓をひねり、イエローに湯を注ぐ。泡をきれいに洗い流す。湯を止めて、シャワーヘッドを壁のフックに掛ける。彼女の視線が彼の下腹部に留まる。素っ気ない口調で言う。

「なんだか怒ってるみたいですね」

「これのことか」

「それのことです」

「君が悪戯《いたずら》したせいだ」

「この角度に意味があるんですか？」

「女の体の構造に対応してるのさ」

「犬が正常位で交尾するのを見たことがありますか？」

「ないね」

「わたしはあるんです」

「すばらしい。俺も見てみたい」

「無駄なお喋りをしてると思いませんか」

「思う」

「どうしましょう」

　返事を待たずにグリーンは素早く指を添える。角度に合わせて刺激を加える彼女の優雅な手の動きを、イエローは見つめる。

「新宿の居酒屋で小さなグラスを包み込む君の手を見た時」

「はい」

「実はこの状態を想像した」

「まあ」

「新井薬師のアパートの近くの魚屋の女が、スルメイカを捌《さば》くのを見ていて、ふと、この状態を想像したこともある」

「馬鹿な人」

イエローは息をつく。

「上手だ」

「気持ちいいんですね？」

「タイルの壁に向けて飛ばしてみようか」

グリーンはのけぞって笑う。

「わたしが欲しくならないんですか」

「君は自棄《やけ》を起こしている。どさくさにまぎれてものにするというのは、やはり抵抗がある」

「考えすぎです」

「考えすぎかな」

「わたしがイエローをものにしてるんです」

「そうか」

「壁がそんなに好きなら、思いっきり飛ばして下さい」

「男のマスターベーションを見たことあるか」

「いいえ」

「見たいか」

「見たい」

イエローは壁と向き合う。脚をやや開き、軽く握って、はじめる。グリーンが脇から覗き込んで言う。

「見られて恥ずかしくないんですか」

「ちょっとしたコメディを演じる気分だ。中学生のころ、夜の公園で友だちと飛ばしっこしたことがある」

グリーンがまた笑う。イエローは眼を閉じる。グリーンが背後にまわる。彼女のさやかな胸のふくらみが彼の背中に密着する。

「眼を閉じたのは何故ですか」

とグリーンが訊く。

「意識を集中して映像を浮かべる」

「どんな映像ですか」

「君がいる」

「わたし」

「淫《みだ》らな君」

グリーンはイエローの手を払う。片腕を腰にまわして引き付け、もう片手で性器に刺激を加える。彼は彼女に背後から抱かれて快楽の蓄積がいっきに加速する。粘ろうとするがコントロールが効かなくなる。肩の後ろを彼女に嚙まれて、彼は呻く。眼を見開く。声を洩らす。彼女の短い叫びが重なる。第一撃が飛び出して淡いブルーのタイルの壁に衝突する。連続して第二第三の精液が壁を濡らす。彼女の手の中で性器が震えている。

「イエロー」

「うん」

イエローの肩にグリーンは甘い吐息をつく。

「わたしも」

彼女が消息を絶つまで後31時間。

数時間の仮眠。

午後の早い時刻に、ふたりは海辺の家に着く。砂浜を望むパーキングと断崖の上の松林をめぐって、手順を再確認する。決行時間は、ある程度視界がきき、波間に頭が浮かんでいても発見されにくい薄暮。小さな岬をまわって泳ぎ着いたグリーンを、イエローが自分の車で拾う。彼にしてみれば簡単な役割だ。

だが5月の海を泳ぐのは、どう考えても馬鹿馬鹿しい。イエローは合理的な代案を出す。パーキングの前の廃屋に人が住んでいる。季節外れの冷たい海へ裸で泳ぎ出すところを、目撃される恐れがある。だからその場所はやめて、深夜、2台の車で断崖の上の松林に行き、波打ち際の岩陰に遺書と遺留品を残して、グリーンの車を乗り捨てる。これで完璧だ。ところがイエローの代案は一蹴される。

新しい岸辺に泳ぎ着くという、死と再生をめぐる演劇的なプロセスを経て、自分は別の人間に生まれ変わるに違いない。グリーンが取り憑かれているその考えを、砂浜を歩きながら議論した後に、イエローは受け入れる。彼女自身の内部でどんな変容が起こるか、それが肝心な問題なのだから。

帰京する。グリーンは息子と最後の面会をするというので、イエローは自分のアパートの近くで降ろしてもらう。拳銃を預かり、手を振る。グリーンは運転席から仄《ほの》かな笑みを返す。

翌日、イエローは自分のサニークーペで東京を出発して、高速道路のサービスエリアのレストランに午後5時に入る。その時刻に、そこで、グリーンと会う約束になっている。1時間待つが、彼女は現れない。不吉な予感に衝き動かされて漁師町へ急ぐ。砂浜を望むパーキングで、ホワイト名義の赤い車を発見する。グリーンは自宅で白いカリーナに乗り換えてくる計画のはずだ。突然の計画変更は何を意味しているのか。考えるまでもない。

イエローは砂浜に飛び降りて波打ち際を走る。岩陰にグリーンの遺留品がある。衣類、靴、時計、車のキー、そんなところだ。遺留品はそのまま捨て置いて、断崖の上の松林へ車を飛ばす。

岩陰で待つ。青い波が闇に溶けて行く。やがて海が月明かりに照らされる。海の底から奇妙な光景が浮かび上がる。青い草原だ。倒れた馬にグリーンが覆い被さっている。イエローは眼を凝らしてそれを見る。彼女は馬を抱きしめて激しく泣いている。

第五章　愚行はつづく

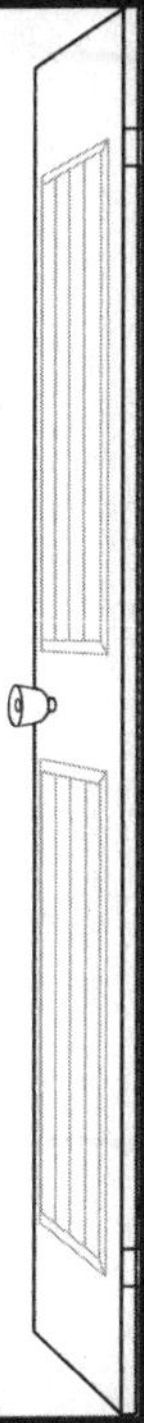

47

千年紀の最後の年を、ぼくはRの家で迎えた。まだ十七歳だった。独り暮らしのせいで酒を飲む機会は減った。セブンスターのフィルターをちぎって喫《す》う。寝つけない夜は睡眠薬を使う。『ロリータ』をぐずぐずと読む。雅彦さんの手記や李花に借りたニーチェの著作をときおりながめる。基本的にはなにも変わっていない。ぼくは眠っているような哀れなスピードで生きている。

世間の事情については雅彦さんが生前に指摘したとおりである。

「あの連中は性器を露出したまま街をぶらついてる。みんなが見てるまえで平然とセックスをする。そのくせ、どいつもこいつも、やたら説教したがる」

イエローがグリーンと飲んだという新宿歌舞伎町の飲み屋は、現実に存在する。昨年の十二月、雅彦さんの手記の分析と調査をおえてRの家にもどる直前に、ぼくは李花とそこで飲んだ。方形にめぐらしたカウンター席につき、白い割烹着を着たおばちゃんに、塩辛、卵焼き、レンコン炒め、それと素麺を注文したら、いまどき素麺なんかあるかい、食いたかったら夏にくるんだね、と叱られた。

　李花が新宿のファッションヘルスの面接をうけた日だった。彼女は仕事をはじめると言った。貯金はまだ残っている。将来にそなえて蓄財する気なんてないのだから、彼女の選択の意図は明らかだった。問いかけをつづけようというのだ。正直な気持ち、やっぱり辛かった。ぼくの脳の現実を李花はインチキだと言う。そうかもしれないとぼくも思う。

「それでもぼくの脳の現実は辛い」とぼくは言った。

　その日から、ぼくたちは百日以上会っていない。李花はこちらに遊びにこないし、ぼくはRの家に引きこもったままだ。電話のやりとりはある。昨日は雅彦さんの手記の、色で個体を識別するやり方について話した。あれはタランティーノの『レザボア・ドッグス』のパクリじゃないのか、とぼくは言った。李花は同意したうえで、でもタランティーノはオースターの『幽霊たち』をパクってる、と言った。そんなたわいないおしゃべりを愉しむ。どちらかが会いたいねと言えば、会おうよとおうじる。だが会う機会はまだおとずれていない。

　眼覚めると相手の姿を捜すという時期は、どちらにとっても東北への小旅行でおわった。いまでもぼくは李花を好きだし、彼女もぼくのことを好きだと言ってくれる。

だがあの旅行で、ぼくたちの性急な欲望はみたされたというのも真実である。恋人という感覚は最初から希薄だった。つまらないことでしょっちゅう口論するが、すごく仲のいい、いとこ同士だ。会えばセックスをするにしても、それが基本としてあると思う。

自分に禁じていたわけではないが、気がつかないうちに、ぼくはデイドリームへ順子さんを引っ張り込まなくなった。正直言って、ほっとしている。必要とあらば李花にご登場願うことになる。

二〇〇〇年、三月二十四日、金曜日、ぼくはどうにかウラジーミル・ナボコフの『ロリータ』を読みおえた。途中でなんども投げ出して、けっきょく九ヵ月近くかかったことになる。巻末のナボコフによるあとがきをもう一度読みながら、とりとめのない思考をめぐらしていると、最終章の幕開きを告げるメロディが鳴った。

ぼくは携帯電話を受信した。

「五反田の藤田の友人です」と女性の声が言った。「藤田が日曜日の夜に帰国します。月曜日のご都合はいかがですか」

「又一郎さんに会えるんですね」ぼくは確認した。

「会えます」女性は明るく言った。

48

あの日、ぼくと李花は入谷の雅彦さんの部屋を徹底的に調べた。畳をあげ、天井裏をのぞいたが、消えた藤田小菊名義の運転免許証や、九百万円近いカネが預金された通帳は、出てこなかった。

手記の分析について。

真新しい集計用紙だった。タイトルにある「馬を抱きしめて激しく泣いた」というのは、ニーチェにまつわるエピソードであり、いつだったか李花がぼくたちに語っている。というわけで、手記を書いた時期は、雅彦さんがRの家から東京にもどって以降だろうと判断した。

伝聞にもとづいて書いたと思われる箇所がいくつかあった。建築家を巻き込んだ話や、海辺のパーキングの脇の廃屋には当時人が住んでいたという指摘などは、ぼくが雅彦さんに語っている。信州の田舎道で遭遇した黒いドレスの女性のことや、父さんとの初夜をめぐるエピソードは、原形となる話を美由起さんから聞いていたとも考えられる。

矢来町のマンション。これも雅彦さんは美由起さんから聞いて知っている。部屋に緑色のドレッサーがあったという描写がある。美由起さんは洗面用具ていどだったとぼくに語っている。彼女は順子さんの荷物の処分をしているから、そのくだりがフィクションであれ現実の再現であれ、雅彦さんのミスだろう。ほかに、雅彦さんの空想癖が書かせた箇所もすくなからずあるようだった。

そうした細部に関して父さんや美由起さんに確認することはしなかった。手記の存在を、ぼくと李花だけの秘密にしたかったからだ。ただし、一九八七年五月二十二日の夜の歌舞伎町交番の件については、方南町の伯父さんにさりげなく訊いた。

その夜、伯父さんは華さんと順子さんの三人で、新宿の、ミラノ座で『プラトーン』を観たと明言した。手記にあるとおりの騒動があったのだ。伯父さんは華さんを連れて先に帰り、歌舞伎町交番で雅彦さんを待っていた順子さんから、雅彦さんがあらわれないので一人で食事をして帰ります、という電話をもらったという。

二人が一夜をすごしたという山奥の一軒家を捜すために、Rの家から車で一時間半の距離に該当する地域を、ピックアップ・トラックで走りまわった。だがそれは一度の試みでおわった。範囲が広すぎるし、雅彦さんの創作かもしれなかった。たとえ見つかったとしても、そこに順子さんが住んでいるはずがない。彼女は自殺したのだ。

新聞の縮刷版を調べてわかったこと。

五月二十三日付けの記事。二十二日の夜、渋谷区上原二丁目のコンビニエンス・ストアで拳銃強盗未遂事件。犯人は実弾を二発発射。怪我人なし。犯人の若い男女はなにもとらずに車で逃走。

同日の夜、首都圏の埋立地で老人が射殺された報道はない。

前後の新聞をたんねんに調べた。

五月三十日付けの記事。二十九日、午後七時五十分ごろ、神奈川県鶴見区の京浜運河で男性の死体が漂流しているのを、航行中の船舶が発見。

六月一日付けの記事。京浜運河の漂流遺体は東京都の男性。大田区西糀谷に住む高橋健二さん、六十八歳、無職。神奈川県警は、司法解剖の結果、高橋さんは拳銃で撃たれて殺された疑いがあり、死後四日前後経過している可能性があると発表。高橋さんは暴力団関係者とのつき合いがあり、交友関係を中心に捜査をすすめる方針。

なお、コンビニエンス・ストア強盗未遂事件は、二〇〇〇年三月の新聞まで調べたが、続報はない。

高橋健二の遺体が死後四日前後だとすれば、コンビニエンス・ストア強盗未遂事件が発生した五月二十二日の夜は、その範囲にかろうじておさまらないだろうか。ぼくよりもおとなびた口調の李花が、新聞記者を名乗って岐阜の小菊さんの母親に電話をかけ、高橋健二という男を知ってますかと訊いた。

「年齢はいくつぐらい？」母親は警戒するそぶりで問い返した。

「生きていれば八十歳ぐらいです」李花はこたえた。

「その男を捜してるの？」

「彼は死んでます」

「いつ死んだの？」

李花は新聞記事の内容を伝えた。母親は不機嫌な声で高橋なんて男は知らないと言い、電話を切った。


調査はそこまでだった。確証はなに一つえられなかった。一九八七年五月二十二日の夜、歌舞伎町交番で順子さんと雅彦さんが出会ったのかどうかさえ不明だった。手記は新聞記事と伝聞にもとづいたフィクションである可能性があった。だが感触から言えば、ぼくと李花の見解は一致するのだが、そこには恐ろしい真実がふくまれているように思えた。

　ぼくたちが最後にしたことは、藤田又一郎さんをたずねることだった。

　五反田の又一郎さんのアパートで、大家の老女から話を聞いて、又一郎さんが香港に長期滞在していることを知った。香港映画のアクションスターだってよ、と彼女はせんぜん信じてない口ぶりで言った。滞在先の住所を訊いてみたが、それはわからなかった。

　木造モルタルのアパートは、築五十年以上は経つと思われる代物で、薄暗い廊下の両側に計十二部屋あった。風呂無しで、トイレは共同。家賃は安いだろうから、又一郎さんは荷物の置き場にしているのだろうと思った。郵便物がたまると、友人がとりにくるというので、ぼくは手紙を書いてメイルボックスに放り込んだ。母の失踪の件でお話を聞かせてもらえませんでしょうか、という短い内容の手紙だ。

49

　Rの家にもどる前日だったと思う。まだ眠っている李花を残して、ぼくは新宿のビジネスホテルを出た。十二月の青い空がひろがる寒い日だった。夏に家を出たぼくは冬物の衣類がまったくなかったので、セーターや厚手のブルゾンをとりに中野の家にいった。

マンションの502号室のドアをあけると、紳士靴がちらばっている沓脱ぎの脇に、黒いヒールが寄せられていた。ぼくは香水の甘い匂いを嗅いだ。正面の壁にペイントのポップアートがあり、左右に廊下がのびている。聞きおぼえのあるTVキャスターの声。右手へ向かう。格子のはまったガラスのドアから32インチのTV画面が見える。

二十畳ほどのリビングルームだ。半円形の黒い革張りのソファで父さんが寝ていた。青く陰った無精髭。ゆるんだネクタイ。胸に茶色の染みのついたワイシャツ。ボタンを弾き飛ばしそうなほどせり出した腹。靴下もはいたままだった。ぼくはカーペットに落ちているリモコンを拾いあげて、TVの音声のボリュームを絞った。

「父さん、ちゃんと着替えて寝たらどうなの」

ぼくの声に父さんは薄く眼をあけた。この四、五年で、ほおに肉がついて貫禄がついたと思う。

「レイナは帰ったか?」父さんが訊いた。

「女の人の靴はあるよ」

　父さんは軽く顔をしかめた。

「誰なの」ぼくは訊いた。

「取引先の女だ。すわれ」

　父さんがフロアに脚を降ろし、ぼくは空いたスペースへ腰をかけた。ティーテーブルの上は雑誌と食器の山だ。ワインの空き瓶と飲み残しのコーヒーカップの間から、父さんはセブンスターのパッケージを引っ張り出し、一本抜いてくわえた。

「コーヒー飲むか」

「いらない」

　父さんは吸い殻の山が崩れ落ちそうな灰皿を手に部屋を出ていった。玄関の西側にキッチンがある。その辺りから女の人の押し殺した声が聞こえた。陶器の白い灰皿を手にもどってくると、父さんは憮然とした顔で言った。

「レイナに慰謝料を請求されてる」

「いくら請求されてるの？」

「八千万。ひでえだろ。明け方までその話だ。寝かせないんだ。破廉恥な女だよ」

　ぼくは口をつぐんだ。父さんは立ち昇る煙の行方をぼんやりながめた。思案をめぐらしているようにも、なにも考えていないようにも見えた。

「朝食食ったか」父さんは灰皿に煙草の灰を落として言った。

「もうすぐお昼だよ」

「じゃあ昼飯をいっしょに食おう」

「うん。久しぶりだね」

父さんはいまはじめて気がついたかのように、ワイシャツの胸の染みに眼をとめた。

「着替えなよ」ぼくは言った。

「ワインだ。頭に血がのぼるとレイナは狂暴になる。グラスごと投げつけやがった」

「カネ払いが悪いからだ」

父さんは煙草の煙に咳き込んだ。ぼくは親指を立て、背後を示した。

「美由起さんはレイナさんのこと知ってるの？」

「たぶん知ってる」

「お父さんと美由起さんの関係は、よくわかんないな」

「説明がむずかしい」

「レイナさんは？」

「契約にもとづく愛人」

「明快だ」

「明快な関係のはずなんだが、別れ話を出したとたんに、あたしの青春を返して、ときた。それを言うなら、ウンガロのドレスもジバンシーのバッグもイタリア旅行もぜんぶ返せと言いたい」

ぼくは笑った。「順子さんはどういう存在だったの?」

そんなことを訊いたのははじめてだった。父さんは煙草を灰皿でもみ消した。テーブルの下からペットボトルをとって、ミネラルウォーターを喉に流し込み、宙を見つめて考えをめぐらす眼差しになった。背後にかすかな足音が近づいてきた。ドアがひらいて室内の空気が動いた。

「哲士さん、帰ります」

という深みのある女の人の声がぼくの耳にとどいた。輝くように白い肌の若い女性が戸口に立っていた。首筋から肩にかけたラインをすっきりと見せている黒いドレスを、彼女は着ていた。

「ばいばい」父さんが言った。

ドアが閉まり、ガラスの向こうで黒いドレスが遠ざかった。父さんはネクタイを首から抜き、ワイシャツのボタンに指をかけた。

「二十代半ばで順子と出会った。ひと眼で気に入った。男の権力を脅かす存在にはならないだろうという見込みもふくめて、おれの好みの女だった。セクシーなのに結婚制度に安住するタイプ」

「それは男の理想だ」ぼくは言った。

「順子がセクシーだなんて、他人には理解しにくいだろうが」

「わかるよ」

父さんはいぶかしげな視線をちらと向けた。「結婚二年目で夫婦は危機に直面した。すなわち妊娠中の浮気発覚」

「父さん、サイテー」

「妻によるセックスの拒否」

「当然だ」

「謝った。土下座した。プレゼントもした。順子をなだめすかしつつ、美由起との関係をつづけた。あいつ頭も勘もいいんだ。すぐにバレた。許してくれなかった。とんだ見込みちがいだったよ。率直に話し合った。最終的におれと順子の見解は一致した」

「どんな見解で一致したの?」

　父さんはワイシャツのボタンをすべてはずした。肌着もワインで汚れていた。軽く舌打ちして彼は話をつづけた。

「この世は市場社会だ。金融市場もあれば労働市場もある。女の市場ってのもある。わかるか?」

「だいたいね」

「わかったふりしてんじゃないのか」

「女の人には値段がついてる。妻にも娼婦にも」ぼくは断定する口調で言った。

　父さんはぼくをじっと見つめ、しばらくの間、肌着についた染みを指でなぞった。染みは黒海のような形をしていて、クリム半島の出っ張りもちゃんとあった。

「おまえの言うとおりだ。女の市場から、おれは値札つきの妻を調達した」父さんは話をつづけた。

「順子さんは商品ということになるんだね」

「商品だ。ただし商品であると同時に売り主でもある。自己決定権をそなえた商品、と言いかえてもいい。代金を支払えばかんたんに手に入るもんじゃない。値札はついてるが正札じゃない。まあ、そのあたりの事情は労働市場と似てる。ぜんぜんちがう点は、女の市場に特有の、あるロマンチックなルールがあるんだ。ルールにしたがって妻を調達することになる。そのルールを世間では恋愛と呼ぶ」

「そう、恋愛だ」ぼくは言った。

「なあ、リョウ、ほんとに、おれの話がわかってるのか?」父さんは眉をひそめて言った。

「父さんのように、要領よくしゃべることはできない。でも聞いて理解するのは、そんなにむずかしいことじゃないよ」

「そうか」

「世界は解読されてるんだ」

父さんはぼくの言葉に首をかしげた。耳の上の髪の毛を、指でなんどかしごいてから、話をつづけた。

「妻の調達にはルールがある。お見合いもあるが、現代では恋愛が基本だ。ルールにもとづいた交渉期間を経て、売買が成立する。契約書にサインする。そのときちょっとした儀式がある」

「結婚式」

父さんはうなずいた。「男と女は来賓各位をまえに永遠の愛を誓う。新郎は自己のペニスを新婦のヴァギナに、新婦は自己のヴァギナを新郎のペニスに、永遠に、限定的に使用するものでありますと、男と女は厳かに宣言する」

ぼくは笑った。「ワイセツに聞こえる」

「ワイセツさこそ、結婚における愛の誓いの本質だ」父さんはやけに力を込めた。

「愛を誓ったにもかかわらず、父さんは美由起さんとの関係をつづけた」

「自己のペニスを第三者のヴァギナに使用しつづけた」父さんは自分の言葉に顔をしかめた。「男と女が、相互に、性の限定的使用を誓いあう。じつにばかげたことに、これは神聖な誓いなんだ。というのも法的強制力を持つからな。たとえば順子はおれに対して損害賠償を請求できる。そこがどうにも納得しかねる」

「うん。なんだかへん」ぼくは言った。

「おれは順子に言ったことがある。結婚はセックスを愚弄している。そもそも男と女の関係を愚弄している。そうは思わないか？　同感です。これが順子の回答だ」

「ふうん」

「したがって美由起とは別れない、とおれは言った。なあ順子、きみが離婚をもとめるならおうじよう、だが妻の地位を保ちつつ、きみがほかの男と性的関係を持つことは認めない、とおれは言った」

「男としては率直な態度だと思う」

「だろ？」父さんは小さく微笑んだ。「妻の性的な自由を認めたら、結婚にもとづく家族制度は崩壊する」

「たぶんね」ぼくは言った。

父はペットボトルをかかげ、歌うように言った。

「夫のペニスに自由を、妻のヴァギナに牢獄を、これが家族の生きる道」

「くだらない」ぼくは笑った。

「くだらない真実」父さんは言った。

「そうだね」

「夫の性的な自由を、公然と承認すること、暗黙のうちに承認すること、いずれも順子は拒否した」

「順子さんは離婚を請求したの？」

「おれがあっさりおうじることはわかってるから、そういう出方はしない。順子はすごい負けず嫌いなんだ。あいつがえらんだのは沈黙だ。冷ややかな夫婦関係が六年ほどつづいて、ある日、順子は忽然《こつぜん》と消えた」

ぼくは父さんを見た。なぜ消えたのかと問いかけたが口をつぐんだ。父さんはそろそろ着替えると言い、部屋を出ていった。やがてシェーバーを使う音が聞こえてきた。

ぼくはTVの電源を切ると、自分の部屋へいき、冬物の衣類を紙袋に詰めた。それから両親の寝室をのぞいた。父さんは編み目の粗いブルーのセーターに袖をとおしていた。

「李花の仕事を知ってる？」ぼくは訊いた。

「美由起から聞いたよ」

「どう思う？」

「結婚と売春はワンセットで男に女を供給するシステムだ。ペニスの自由を、右手で禁じて、左手で許すんだ。完璧に合理的なシステムだ。年齢を制限して合法化すべきだと思うがな。どう考えたってあれは労働だよ。選挙権といっしょに売春権も与える。それでいいんじゃないのか」

「李花が父さんの娘だったら、どう思うかってことだけど」

ネックの部分から頭を出して、父さんは言った。

「娘の売春は許さないさ。妻の場合もしかり。絶対禁止だ。売春権を与えてもいいのは家族以外の女だ。あたりまえじゃないか。妻と娘の売春を認めたら、さっきの話と同じように、結婚にもとづく家族制度は崩壊する。この世の秩序は崩壊する。つまり男支配の世界が崩壊する。美由起が夢見る千年王国が到来する。そして男は漂流をはじめる」

父さんは髪を手で撫でつけると、鏡へ向けてなんだかうれしそうに微笑んだ。ぼくたちは玄関へ向かった。スニーカーに足を入れて、ぼくは訊いた。

「そうなったら、この世界はどうなるの？」

「美由起は認めたがらないが、女は男によってかろうじてこの世につなぎとめられてる。したがって男が漂流すれば、女も漂流をはじめる。アナーキーがいっさいを支配する。それを言うと、美由起は怒るんだ。女を恫喝するつもりかって」

順子さんがロビンソンの家と名づけた理由がわかったような気がした。玄関を出た。ドアが閉まり、オートロックがかかった。エレベーターが一階に着くまで、ぼくたちは無言だった。エントランスホールを横切っているときに父さんが言った。

「恋愛も罠かもしれない、という議論を順子としたことがある」

「罠」ぼくは李花を思った。彼女も罠にはまったと言っている。「どういう議論なの？」

「社会は結婚と家族という制度によって女を保護している現実がある。なぜそういうことをするかと言えば、制度的に女を保護することによって、子供を生ませようってわけだ。男と女が結婚して家族を形成する。子供をしつけ、教育投資をして、一人前の労働力に仕立てあげて就職させる。この再生産のプロセスを充実させることが、社会の要請となる。つまり結婚と家族という制度がなければこの社会は崩壊する」

「崩壊する」ぼくは言った。

ぼくたちは明るい陽ざしのなかに出た。

「羊三十頭と花嫁を交換するなんていう人身売買まがいの結婚制度が廃れて、ロマンチックなルールにもとづく恋愛結婚が支配的になったのは、産業社会の要請から説明することもできる。おれと順子が地方都市で偶然出会ったように、いつ、いかなる場所でも、適齢期の男と女が、偶然出会い、恋に落ち、家族をつくる、という仕掛けが存在しなければ、産業が自由に労働力を調達できる労働市場は成立しない。ということであれば、恋愛は近代産業社会が仕掛けた罠であるかもしれない。その罠に自分はどう対処してきたのか、と順子は自問した。男を見る眼がなかったという以前に、むざむざと罠にはまり、媚態を示しておれを籠絡することに熱中した過去を、順子はひどく悔やみはじめた」

「ねえ、父さんはさっきから、順子さんが自殺した原因について話してるの？」ぼくは訊いた。

父さんは眩《まぶ》しそうにぼくを見た。

「そういう意識はなかったが」

いったん口をつぐみ、視線を冬の青い空の彼方へはずし、考えをめぐらした。

「リョウ、たぶんおまえは母親と同じタイプの人間だ」父さんが言った。

「タイプって?」

「禁欲的だ」

「ぜんぜん」

父さんはまた考えた。

「じゃあ、言い換えよう。おまえは、自分はなに者であるかという不安に脅えてる」

「うん」ぼくは認めた。

「そういう時期は誰にでもある。最初は十代の後半に、おれの年ごろになるともう一度、人生の不安がおとずれる。個人差があるから、自殺しちゃうやつもいるが、ふつうは本人も気がつかないうちに忘れちゃうんだよ。ばたばた生きてると」

「そうだろうね」

「それでも不安は残る。晩年に至ってもそれは残る。だからカラオケで『マイウェイ』を歌うんだ。我が人生に悔いなし。自分を肯定しようとやっきになる」

「ああいう歌、なんか気持ち悪い」ぼくは言った。

父さんはうなずいた。「おまえはそういうタイプじゃないようだ。自分はなに者であるのか、その問いを徹底させる。妥協のない自己懐疑にのめり込む。順子は明らかにそういう傾向があった。戦闘的なんだ」

「戦闘的なの？」

「それが禁欲的って意味だ」

「わからないよ」

「禁欲的なやつって、自分をよくコントロールして最後まで徹底的に戦うだろ？　そういうやつは『マイウェイ』を歌わない。人生に悔いなし、なんて甘っちょろいことは言わない」

「そうか」

「順子の場合、あんなふうに徹底的にならないで、べつの生き方もえらべたんじゃないかと、おれは思うことがある」父さんは言った。

「べつの生き方って？」

「辛いことから逃げちゃう。ズルして生きる。おれみたいに。女だってやり方があるはずだ」

「順子さんはそれができない人だったんだよ」

「だからおまえのことが心配なんだ。矛盾することを言うようだが、おれはズルできない人間が好きだ」

ぼくは涙をこぼしそうになった。

50

ウラジーミル・ナボコフが作品のインスピレーションについて書いている。

「最初の戦慄は、なぜかパリの〈植物園〉の猿に関する新聞記事によってひき起された。その猿は、ある学者の何ヵ月にもわたる訓練の結果、動物としては世界ではじめて絵（木炭画）を描いたのだが、そのスケッチに描かれたのは、なんと当の哀れな猿自身の檻の格子だった」

猿がぼくの意識を攪乱《かくらん》する。まちがいなく人類には猿への近親憎悪がある。猿から人類が生まれたという事実は恐怖の感情をもたらす。ナボコフは明らかにイメージ操作をしている。それから太宰治も。

「この子は、少しも笑ってはいないのだ。その証拠には、この子は、両方のこぶしを固く握って立っている。人間は、こぶしを固く握りながら笑えるものでは無いのである。猿だ。猿の笑顔だ」（『人間失格』）

フリードリヒ・ヴィルヘルム・ニーチェも書いている。

「かつてわれわれは先祖が神であることを示すことによって、人間的栄光の感情に至ろうと試みた。今ではこれが通行禁止の道となった。なぜならその入口には、猿が立っているからである」（『曙光』四十九）

爆笑。

51

品川区の私鉄駅の駅前ビルの屋上にバッティングセンターがある。月曜日の昼休みをすぎた時刻で、六台のピッチングマシーンのうち稼働しているのは両端の二台だけだ。向こう端には学生風の男性がいて、マシーンからくり出される軟式ボールを金属バットできれいにはね返している。こちら側のバッティング・ケージでは女性がバットを振っている。ぼくはその背後のデコラのテーブルで、昨年の夏、人影のまばらな海の家の座敷で雅彦さんが描写したとおりの、手加減を知らない小さなファイター然とした男性と対面していた。藤田又一郎さんは革のダブルのジャケットを肩にはおり、精悍というには凄みが勝る眼差しを、ぼくの右肩のあたりへ向けて、やや甲高い声でしゃべった。

「海外に出かけて女を集める仕事に専念するようになったのはこの四、五年だ。当時、おれはほとんど日本にいた。最初は電話だった。アネキのことを訊かれた。いまどこにいるんだとか、連絡とれないかとか。二十年間も音信不通だ、さらわれて北朝鮮にでもいるんじゃねえのか、とおれはこたえた。おまえのおふくろが電話じゃ話せない相談ごとがあるっていうんで、五反田の組事務所に呼んだわけだ」

女性の短い悲鳴を聞きつけて、ぼくはバッティング・ケージを見た。ロングスカートにジョギングシューズをはいた女性が空振りしてバランスを崩したところだった。昨年の十二月、くも膜下出血で倒れた雅彦さんを病院へ担ぎ込んだ角田理恵さんだ。

「ぜんぜん当たらない」

理恵さんは悔しがる口ぶりで言いながら、ケージとの境の網をたぐって出てきた。額の汗を手の甲で拭い、薄くルージュを引いた唇をほころばせて、ぼくに言った。

「山部さん、打ってみる?」

「おれがもう一回打つ」又一郎さんがさえぎるように言った。「それでおしまいにしようぜ」

又一郎さんは瓶入りの栄養ドリンクを飲みほした。関節のつまった指だ。陽ざしをうけてリングのダイヤがきらめいた。

「敗戦直後の新橋事件って聞いたことねえか」又一郎さんは革のジャケットを脱ぎながら言った。「テキヤ・博徒連合が台湾系の武装団と激突して軽機関銃が火を吹いてな、そのとき暴れまくった連中が愚連隊を旗揚げして、けっきょくは離合集散をくり返すわけだが、その流れを汲む天心組の事務所が五反田にあった。関西の広域暴力団と、ばちんばちん抗争してたから、出入りは二重ドアにボディチェックだ。応接間にはメノウのばかでかいテーブル、正面に神棚と昭和天皇の写真。おまえのおふくろは、てめえがどんな場所に紛れ込んだのかわかったはずなんだが、鈍いのか肝がすわってるのか、平然としてた」

「たぶんそういう人です」とぼくは言った。

「近くの喫茶店で相談ごとってやつを聞いた。アネキの戸籍を売る気はないかって話だった。おれの回答はこうだ。奥さん病院紹介してやるから頭を切開してもらいな」

「そんな話を信じちゃだめよ」と理恵さんが言った。

　又一郎さんはげらげら笑いながらケージに向かった。

「嘘なんですか」とぼくは理恵さんに訊いた。

「人を煙に巻くのが趣味なの。彼は順子さんにも、はじめは暴力団組員だって嘘をついたらしいけど、職業は俳優よ。ブライアン・リンという芸名で香港映画に出てる」

理恵さんは言った。

　ぼくはうなずいた。又一郎さんは大家に真実を話し、大家は信じなかったのだ。

「理恵さんも映画関係者なんですか？」

「あたしはライター。主に海外のグルメ、ファッション、芸能、そういうジャンルの話を書きちらしてる。八年まえに香港的魔界という企画で現地を取材したときに、新義安の幹部から紹介されて彼と出会った。新義安というのは、映画スターに影響力を持つ香港で最大の黒社会組織なの。彼は十四歳の冬に中国本土から香港へ逃げてきて、ありとあらゆる犯罪に手を染めてきただなんて、片言の英語と筆談をまじえて大嘘をついた」

「だまされたんですか？」

　理恵さんは、又一郎さんが飲み捨てた栄養ドリンクのキャップを瓶の口にかぶせて、きつく締めた。

「だまされたわ。あの顔、あの声で、広東語がぺらぺらだし。おれはトニー・レオンに貸しがあるから紹介してやるって、ほんとうにトニー・レオンのプライベートなパーティーに連れていってくれた」

「又一郎さんは若いときから俳優を？」

「アクションスターを夢見て、十六歳で単身香港へ」

「すごい」

「若者の冒険心を歓迎する気風が香港の人々にはあるのよ」

「それにしても又一郎さんはすごい」

「撮影所で雑用の仕事をもらって、数年間は現場をひたすら走りまわるだけ。広東語をおぼえるにつれて、すこしずつ端役をもらえるようになって、はじめてクレジットにブライアン・リンの名前が出たのが二十一歳のとき。映画の冒頭で、香港の女性にワイセツ行為を強要して殺される、日本ヤクザの役だって。いまでもそんな役が多いんだけどね」

「ぼくの母さんが失踪した当時、理恵さんはまだ又一郎さんと出会っていなかった」

ぼくは確認した。

「そうよ」

指定されたこのバッティングセンターにきて以来、抱いている疑問を、ぼくは口にした。

「昨年の十二月に、理恵さんが雅彦さんと会ってたのは、なにか事情があったんでしょ？」

「おカネのことなの」理恵さんは声を低めた。

「父の会社から横領したカネ？」ぼくも声を低めた。

「それを返す方法について、雅彦さんに相談してたら、あんなことになっちゃって」

「理恵さんがカネをあずかってたんですか？」

「小菊さんに、返却方法を雅彦さんに相談してみてくれって、頼まれたのよ」

「嘘でしょ」ぼくはおどろいて言った。

「嘘じゃない」

「だって小菊さんは、ぼくの母さんのことだ」

「もちろん順子さんに頼まれたのよ」

「生きている順子さんに？」

「生きてるわ」

「どこに？」

「海外で暮らしてる」

　ぼくは両方の手のひらを上に向けた。

「信じないの？」理恵さんは言った。

「信じたいけど」

　罵り声が聞こえた。又一郎さんが髪を振り乱してバットを足もとに叩きつけた。あらためてバットをかまえると、なめらかさに欠けるが、力強いスウィングで、又一郎さんはつぎつぎとボールを飛ばした。とにかく話をぜんぶ聞いてからだ、とぼくは思った。

「雅彦さんが死んだ後で、新聞記者だという女が、又一郎のお母さんへよく内容のわからない電話をかけてるんだけど、なにか知らない？」理恵さんが訊いた。

「ぼくのいとこが電話しました」

「用件は？」

　ぼくはほんの短い時間考えた。

「小菊さんが家出する原因になった、母親の愛人の名前を知ってますか？」

「原という男。フルネームは又一郎に訊けばわかる」

「生きてますか？」

「死んでる」

「いつ」

「三十年ぐらいまえだったと思うけど」

ぼくはすばやく計算した。

「小菊さんが家出した後？」

「そうね」

「死因は」

「酔っぱらって赤羽の駅の階段から転げ落ちて。ねえ、どうしてそんなことを訊くの？」

ぼくは唇をなめ、声を低めた。「雅彦さんが手記を残していて、順子さんと小菊さんが、小菊さんのお母さんのむかしの愛人を、拳銃で撃ち殺したと書いてあるんです」

理恵さんはうなるような声をもらした。

「ぜんぜんわからない」

「じゃあ雅彦さんはフィクションを書いたんでしょう。手記ではその男は高橋健二になってます。小菊さんのお母さんに電話したのは、それを確かめたくて」

理恵さんはまだ釈然としない様子だった。彼女はテーブルを離れて、バッティング・ケージの背後に立ち、又一郎さんになにか話しかけた。彼はおうじつつ、バットを振った。強く叩かれたボールがピッチングマシーンのすぐ右に飛んでいった。彼はさらに数回打った。それからケージを出てきた。

「飯を食おう」又一郎さんが言った。

どこか気ぜわしい三月下旬の街を、理恵さんの運転する黄色いセダンで走り出した。又一郎さんは助手席から、後部座席のぼくへ首をねじって、雅彦の手記の内容を教えてくれと言った。

くり返し読んだので、細部に至るまでおぼえていた。ぼくの話は、巨大なショッピングモールの地下駐車場にとめた黄色いセダンのなかでも、延々とつづいた。

ようやくしゃべりおわると、ぼくは訊いた。「事実なんですか？」

「雅彦の妄想がつくり出したフィクションだ」又一郎さんが言った。

「真実はふくまれてますよ」ぼくは強い口調で言った。

又一郎さんは前方の薄暗いコンクリートの壁を見つめた。短い沈黙をおき、いくらか撤退するそぶりで言った。

「一部に真実はある」

「コンビニ拳銃強盗未遂事件は？」

「フィクションだ」

「小菊さん名義で買った山奥の一軒家というのは？」

「それもフィクションだ。おまえのおふくろは最初から海外へ脱出するつもりだった」

「二人はべつの場所で一夜をすごしたんですね」

「気になるのか」

「気になります」

「都心のホテルだ」

ぼくたちは車から降りた。

52

暗緑色のじゅうたんを踏んで、ぼくたちはすすんだ。フェンディ、アニエスb、アン・クラインのブティックがあった。ショッピング・アーケードの先の回転ドアを抜けると広いスペースに出た。白を基調にしたタイルのフロアで明るい光がはね、家族連れや若いカップルでにぎわう雑踏のノイズが吹き抜けを上昇していく。ウィークデイの昼間だが、春休み中のために混雑している。円形の広場の中心で銀色のシルクハットをかぶったマジシャンが鳩を飛ばした。どよめく見物人の背後をとおって広場を横切り、鹿鳴菜館のテラスへあがった。

予約をしてあるようだった。ぼくたちは白いクロスをかけたテーブルに案内された。弧を描く木製のベンチと椅子が二脚あった。又一郎さんと理恵さんがベンチに、ぼくは椅子にすわった。又一郎さんがメニュー片手に速射砲のような早口で注文した。ぼくは、右隣の空の椅子、皿の上の白いナプキン、それぞれを見た。

「予約したのは三人だ」又一郎さんが厳しい声で言った。

「つい気になって」ぼくは正面の又一郎さんに言った。

「おれたち三人だけだ。四人目はあらわれないんだ」

「又一郎」理恵さんが非難する口調で言った。「そんな冷たい言い方、しなくたっていいじゃないの」

又一郎さんは厳《いか》つい顎をさすった。事務的な話を先にしましょう、と理恵さんが、ぼくの銀行の口座番号を訊いた。そういうことかとぼくは思った。中断していたカネの返却がいよいよおこなわれるのだ。ぼくは口座番号を教えた。

「あなたのお父さんは、いまさら返されたって困ると思うの」理恵さんが言った。

「ぼくが使えばいい。そして黙っている。手記のこともなにもかも」

理恵さんは小さな笑みでうなずいた。ビール、氷とレモン、紹興酒がとどいた。

「縁あって山部リョウに出会えた」又一郎さんが俳優のよくとおる声で言い、グラスをかかげた。

「すべての人々に感謝を」

口々に乾杯を唱えた。ぼくは又一郎さんに、雅彦さんと再会したんですか、と訊いた。残念ながら会えずにおわった、と又一郎さんはこたえた。遠いむかしに、暗い森のなかで三人の子供の手でおこなわれた、秘密基地建設の話題になった。又一郎さんの記憶はあいまいで、雅彦さんのことを影の薄いやつだったんだよ、と言った。ぼくはくすくす笑った。ウエイトレスがワゴンを押してあらわれ、点心やフカヒレスープをテーブルにならべた。理恵さんがぼくのために料理をとってくれた。

「おれは映画会社に企画をいろいろと持ち込んでるんだが、まだ誰にも話してない企画がある」と又一郎さんが言った。

「どんな映画ですか」ぼくは訊いた。

「アクション映画だ。拳銃強盗と報復殺人のシーンがある。行きずりの恋もある。というつもりだったが変更する」又一郎さんは自分で紹興酒のロックをつくり、レモンの輪切りをうかべて、口のなかに放り込んだ。「おれは泣ける話が好きなんだ。母を想って魂の遍歴をする男の子の物語に変更する。ようするに母物だな。男の子が関わるシーンはまだ手つかずだが、原形となるプロットはできてる」

　ぼくの視界の端で、理恵さんが鳩のローストにかぶりつきながら、耳をかたむけている。

「プロットを聞かせてください」ぼくは言った。

「まず物語の発端となる男がいる。俳優だ。ブルース・リーの『燃えよドラゴン』の影響で、アクションスターを夢見て十六歳で香港に渡った、そそっかしい男だ。三十歳になったのに、映画出演だけじゃ食えないんで、バイトのために年に六ヵ月は日本に帰国してる。ある日、俳優が借りてる東京のぼろアパートに主婦がたずねてくる。年齢は二十八歳ぐらい。病気がちの息子が一人いる。平凡な容姿。自制心が強い。自分の意識の底で眠っていた激情に気づきはじめている。そういう女だ。名前はグリーン」

「彼女がヒロイン」ぼくは言った。

「俳優にはホワイトって名前の四歳上の姉がいる。彼ら姉弟はちっちゃいころ、森のなかでグリーンの義兄と会って、ひと夏をすごしたことがある。そういう関係だ。主な登場人物は四人。グリーン、俳優、ホワイト、義兄」

「ホワイトの職業はなんですか？」

又一郎さんは、湯葉の揚げ物をほおばり、音を立てて嚙み砕いた。

「詐欺師ってのはどうだ」

「おもしろそうな設定です」ぼくは言った。

「ホワイトは十四歳のときに家出したまま、二十年間ぐらい偽名で暮らしてきた。住民票は実家に残したままだ。まともな職業にはつかないで、全国を転々としながらカモを捜し歩いてる。寸借詐欺、結婚詐欺、M資金。ホワイトの家出は母親の愛人に原因がある。性的な虐待をうけてたんだ。まあ、よくある話だから、映画のなかではおおげさに扱わない。背景としてちらっとほのめかすていどにする」

「ホワイトは失踪中も、弟の俳優とは、たえず連絡をとってたんですね」

「そういうわけだ。グリーンはホワイトを捜してる。俳優は二人を会わせる。グリーンはホワイトに戸籍を売ってくれないかと持ちかける。ホワイトと俳優は、グリーンの話を聞いておもしろがる。彼女の失踪への情熱に胸を衝かれる。グリーンとホワイトはうまが合う。意気投合する。俳優の出番はすくなくなって、二人の女が物語をリードしていく。ホワイトは詐欺師という仕事柄、他人の戸籍をいくつか使ってる。グリーンのためにブラックマーケットから適当な戸籍を調達してやると言う。だがグリーンはあくまでホワイトの戸籍をほしがる。ホワイトの半生が気に入ったからだ。自分が成り代わる人間はホワイトこそふさわしいと思う。ホワイトはいくつかの詐欺事件で追われてるが、身元はバレてない。とはいえホワイトの戸籍を使えば警察に捕まる危険性はある。それもスリルがあっておもしろそうだとグリーンは言う。けっきょくホワイトはグリーンの希望をうけ入れる。商談が成立する。ホワイトにとっても、てめえの戸籍なんかどうでもいいからな。この導入部分で俳優はグリーンに惹かれる。二人は寝そうになる。だがけっきょく寝ない。観客を焦らすんだ。映画のなかではグリーンが俳優を焦らす。そうして義兄との関係でいっきに観客の欲望を満たす」

理恵さんが赤い唇をすぼめて鳩の小骨を出した。それを皿の端にのせ、指をていねいにしゃぶりながら言った。

「母物なんだから、グリーンの性的な面はひかえめにした方がいいんじゃないの」

「そのままでいいと思います」ぼくは言った。

又一郎さんはぼくの言葉にうなずき、鶏の足にしゃぶりついて、頬の筋肉を使いながら話をつづけた。

「二人の女は共謀して計画を立てる。俳優は実行段階での協力者にすぎない。計画のポイントは、グリーンの死を周囲の人々にいかにして信じ込ませるか。執念を感じさせるほど綿密に立てた失踪計画を、最終局面で放棄することによって、グリーンの自殺を人々の胸に深く刻印する。それが計画の基本構造だ。

ホワイトの戸籍を使うアイデアを元に、骨格をととのえ、肉付けして、血を通わせる。後に放棄する計画は、カネと時間と情熱を費やした分だけ、グリーンの絶望を強調できる。つまり計画の放棄を人々は信じ込むだろう。ホワイト名義の運転免許の取得。これにはグリーンが苦労する。海岸で乗り捨てる車を購入する。新しい住まいの賃貸契約を結ぶ。マンションの場所は、母親としてのグリーンの未練を人々が意識することを期待して、息子の病院からさほど遠くない矢来町に決める。それらの事実は、事件の後で、パーキングに乗り捨てられたホワイト名義の車を手がかりに関係者は知ることになる、という計算を立てる。周到な計画というのは、おうおうにして、計画の成功のためというよりも、そのプロセスへの熱中に意味がある。グリーンの場合もそうだった」

「わかります」ぼくは言った。

「誰かにあらかじめ計画の一部を明かしておくのも、計画の放棄を劇的に信じ込ませるには有効だと二人の女は考える。誰にするか。口が固いやつでなければだめだ。親族以外がベター。ふさわしい人間として建築家がえらばれる。結果として義兄も計画を知るわけだが、それは偶発的なアクシデントだ。もちろん映画の上でそう設定するってことだが。

俳優のもとにグリーンがあらわれてから、事件が起こるまで、およそ一年と九ヵ月。グリーンは計画どおり冷静に演じ切れるのか。映画といってもスーパーウーマンじゃつまらない。グリーンは生身の女だ。他人のあずかり知らぬ動揺はある。建築家に計画の一端をしゃべった夜、全貌をぶちまけたい思いに駆られたと、グリーンはホワイトに告白する。計画の破綻もあると、ホワイトは思う。そしてホワイトの演技をつうじて観客もまた危惧するわけだ。だからグリーンが決行の二日まえに、新宿で偶然、義兄に出会ったとき、観客はハラハラする。

その夜、グリーンは欲望のままに義兄を誘惑する。公にはできない秘密を彼と共有する。つまりコンビニ強盗と報復殺人。どちらも偶発的な事件だ。ホワイトは母親の愛人への殺意を隠さなかったが、その日、そこで殺《や》るという計画はなかった。グリーンが突然電話をかけて、自分も手伝うからあの男を殺そうと誘う。そして殺害する」

「義兄は強盗と報復殺人を目撃するんですか？」ぼくは口をはさんだ。

「映画としてはその方がいい。犯罪はセックスへの助走なんだ。ワンパターンだが、人間てやつはかわいそうなことに、一定のパターンで興奮する」
「そうですね」
「グリーンは死への衝動と狂言自殺へのためらいをさらけ出して義兄を困惑させる。彼女の心のなん割かは占めていたにちがいない破滅願望に衝き動かされ、無軌道な行動に出て彼を翻弄する。自己の感情のおもむくままに計画のあれこれをしゃべる。だが、計画が完了したときの最終的な姿は、ほのめかしもしない。その一点をのぞけば、グリーンの言動のいっさいは、生身の女としての真実だ。真実であるがゆえに、後に義兄は失踪計画の放棄を信じ込むことになる。グリーンは自分をよく最後まで制御したということだ。

決行前日の夕方、グリーンは義兄と別れる。病院に息子を見舞い、それからホワイトのマンションにいって、筋書きの変更を伝える。本来は、ホワイトと俳優とグリーンの三人が午後五時にサービスエリアのレストランで落ちあい、時間を調整しながら、薄暮の海で計画を実行する予定だった。時間を早めて、正午ちょうどに同じ場所で落ち合うことに決める。

当日、三人はサービスエリアで落ち合い、かんたんな最終確認の後に、二台の車で出発する。グリーンはホワイト名義の赤いファミリーカーで海辺のパーキングに向かう。ホワイトは俳優の運転するレンタカーで断崖の上へいき、松林で待つ。薄暮が白昼に変更になったので、邪魔が入るのを恐れるが、誰にも目撃されることなく計画はすすむ、泳ぎ着いたグリーンを、ホワイトがバスタオルで包み、素早く着替えさせて車で立ち去る。

都内で一泊し、翌日、三人は香港へ発つ。その際にグリーンはホワイト名義のパスポートを使用する。出国がバレる恐れはまったくないとタカをくっている。パスポートに関しては一言ももらしていない。運転免許を取得した。ならば当然パスポートも、と誰でも思いつきそうだが、じっさいは計画の全体を知る立場にいなければパスポートに着眼するのは困難だ。なによりもまず、グリーンの死は人々にうけ入れられるだろう。万が一、亭主が徹底的に調査して、住民票の不正使用が警察の知るところとなったとしても、彼女が生きて出国したとは、誰も考えないだろう。その判断に誤りのなかったことは後に証明される。

グリーンは香港に足かけ七年間暮らす。当初は縫製や食品加工の仕事に就いて自活しつつ、学校に通って英語と広東語をマスターする。高卒の平凡な主婦はおどろくべき語学の才能を示す。五年目には、イギリスの貴金属販売業者の香港支社でセクレタリーに雇われ、キャリアを積んでいく。香港を出ると、オーストラリア、カナダ、南アフリカと転勤して、ロンドンでイギリス最大の酒類流通業者にヘッドハンティングされる。その会社は二十一世紀にはアジア市場に進出する戦略を持っている。彼女はアジア統括責任者として香港にもどる。

その間に、グリーンは裕福ではないが、亭主の会社から横領したカネを返すていどの蓄えをしている。出国から十二年目の冬、俳優のガールフレンドを通じてカネの返却方法を探る。同時に息子の成長を知ろうとする。俳優のガールフレンドは義兄と接触する。だが接触の最中に義兄は不慮の死をとげる。そのため、グリーンはいったんその作業を中断させる。

義兄の死以降、息子は母親の失踪の真相を調べるために、俳優と連絡をとろうとしている。そこでグリーンは、息子と会うことはできないが、カネを息子の手に渡すことで、自分が生きてることだけは知らせたいと思う。彼女は俳優とガールフレンドにカネの返却を依頼する。それがグリーンという女の、およそ十三年間の軌跡だ」

ほとんどの皿は片づいた。又一郎さんは紙ナプキンで指を拭い、革のジャケットの内ポケットから葉巻を出した。

「質問が」とぼくは言った。

「なんだ」

又一郎さんは専用のバーナーで葉巻に火を点けた。テーブルの上を煙がただよい、濃厚な甘い香りをぼくは嗅いだ。

「グリーンの遺留品ですが、海辺のパーキングに乗り捨てられた車から、ホワイト名義の運転免許証は発見されるんですか？」

又一郎さんはぼくの質問の意図がわかったらしい。うなずいて言った。

「手ちがいが生じる。映画では意識的にそれをやる。完璧でない方がリアルだし、ちょっとしたサスペンスをつくれる。ホワイト名義の運転免許証は車に残す予定だった。苦労して取得したのは、そのためなんだからな。東京へもどる車のなかでグリーンが免許証を残してこなかったことに気づく。前日の夜、ホワイトにあずけたセカンドバッグのなかに、パスポートや預金通帳といっしょに入れたらしいと言う。ホワイトはそのセカンドバッグを肌身離さず持っている。バッグをあけてみる。運転免許証が出てくる。引き返そうとグリーンは言う。だが、車にもどすのは危険が多すぎる。矢来町のマンションに残す手もあるが、それも誰かに見られる可能性がないとはいえない。大仕事をなしとげた直後の、緊張感が途切れた状態で、下手に動かない方がいい、という結論に達する」

「グリーンは拳銃をどこから手に入れるんですか」ぼくは訊いた。

「俳優から買う。彼は十代のおわりに香港でそれを買った。いつでも死ねるようにな。アメリカ製の短身のリボルバーだ」

「弾丸も？」

「三発付けた」

では数は合うとぼくは思った。コンビニ強盗で二発。報復殺人は雅彦さんのフィクションだ。Ｒの家の敷地の端から海へ投げたとき、リボルバーに弾丸は一発。それで計三発。数が合うということは、順子さんは現実にコンビニで二発撃ったということだ。ぼくの胸は愉快な気分でみたされた。

「グリーンはホワイト名義のパスポートを使いつづけるんですね」ぼくは訊いた。

「そうだ」

「香港へ渡った後、ホワイトはどうなったんですか？」

「日本人旅行客相手の詐欺で暮らす」

「ずっと？」

「ヨーロッパに渡る。北アフリカにも渡る。世界各地で詐欺をはたらく。日本人はどこにでもいる。詐欺は彼女の人生そのものだ」

「グリーンとの友情は」

「しょっちゅう会うわけじゃないが、友情は変わりなくつづいている」

「香港へ渡ってからは、あまり画面に出てこないんですね」

「ホワイトは役割をおえたんだ」

「映画のラストはどうなるんですか？」

「グリーンの依頼で、俳優とそのガールフレンドが息子と会う。プロットが固まってるのはそこまでだ」

「息子はグリーンに会えないんですか？」

又一郎さんはテーブルクロスに落ちた葉巻の灰を手で払い落とした。

「無理だな」

「どうして？」

「彼女の方に息子を捨てたという負い目がある。まだある。強盗未遂と報復殺人を息子に知られている」

「欲求不満になりませんか？」

「息子が？」

「観客も」ぼくは言った。

「息子が母親を許す。母親は息子の許しに甘えて涙の再会を果たす。そういう母物ならTVで洪水のように実話が垂れ流されてる」

「それはそれで悪くないと思いますけど」ぼくは抗議する口調で言った。

「グリーンはそういう甘えを自分に許さない女なんだ」又一郎さんは語気を強めた。

ぼくは短くうなずいた。それはわかるような気がする。順子さんはそういう女性だったのだろう。

「でも息子は納得できませんね」ぼくは苛立ちを隠さずに言った。

「あなたはどういう結末を望むの？」理恵さんが真剣な眼差しで口をはさんだ。

「ぼくがプロットを書くなら、息子は俳優の言葉を信用しません」ぼくはこたえた。

「どうして？」

「カネの返却はグリーンが生きている証拠にはなりません。グリーンは自殺する。残ったカネをホワイトがあずかる。十三年後、ホワイトはそのカネを息子に返却しようとする」

「そういう解釈も可能だけど」理恵さんは残念そうに言った。

「俳優の態度を、息子はこううけとります。真相というのは、おおむねミもフタもないもんだ。無残な結末など知ってなんになる。おまえの望む物語を与えてやろう。息子は俳優に反発します。彼が知りたいのは真実なのだから」

又一郎さんは、葉巻を持つ手で、もう片方の拳を軽く包み込み、煙の向こうから厳しい表情で言った。

「きみはつまらない男だな」

広場の方でざわめきが起こり、ぼくは振り返った。人々が集まりはじめている。またなにかパフォーマンスがはじまるらしい。

「俳優とホワイトは」ぼくは視線を又一郎さんにもどした。「断崖の上の松林で待った。けれど、義兄の場合と同様に、いつまで待ってもグリーンは海からあらわれなかった、という考えに息子はとり憑かれる」

「では自分の手で真相を調べろ、と俳優は突き放す」又一郎さんが言った。

「イギリス最大の酒類流通業者の名前を教えてください、と息子は言う」

「名前を知っても無駄だ。これは映画のプロットなんだ」

又一郎さんの言葉の冷淡なひびきをぼくは聞いた。理恵さんがぼくを心配そうに見つめている。その青ざめた表情のなかで赤い唇が動いた。

「グリーンは第二の人生で成功をおさめたのよ。だけど息子と会うわけにはいかない。

この物語は、うけ入れがたいことなの？」

「だったらグリーンは死んだふりをつづけるべきだ」ぼくは言った。

「厳しいのね」

ぼくは理恵さんに視線をそそいだ。

「世のなかには、ぜんぜん似てない兄弟もいます」

「え」と理恵さんが言った。

「理恵さんの知的な雰囲気は、詐欺師だと言われれば、みょうに納得がいく。詐欺師がほんとうかどうかはべつとして、理恵さん、あなたがホワイトだ」ぼくは言った。

理恵さんは小さな湯飲みを持ちあげて、ジャスミン・ティーの香りを嗅いだ。彼女は口をひらこうとしない。背後で鋭い笛の音があり、誰かが美しい旋律の曲を奏ではじめた。ぼくは肩をひらいて、浅黒い肌の数人の男性を見た。白髪の小男がいて、長髪を束ねた若者もいた。全員が貧しそうな服装をしていた。南米からきた人たちのようだった。小さなギターが二本あった。鋭い音を発する笛は、粘土か動物の骨でつくられていた。痘痕《あばた》のある男の胸に下げられた竹製の笛が、奥行のある、甘く、物悲しい音で、ぼくの胸をみたした。人類は音楽を発見した。なんてすばらしいんだ。ぼくは胸のうちで叫んだ。ブラボウ。それに性幻想も、と雅彦さんの人なつっこい笑顔を頭によぎらせながらつけくわえた。にもかかわらず、ぼくたちは永遠に愚行をくり返していく。

「もう話すことはありませんね」ぼくは断定する口調で言った。

理恵さんも又一郎さんも黙っていた。ぼくは椅子から立ちあがった。

53

狂言自殺が成功したかのような物語を、ぼくは必要としていない。じっさい問題として、彼らの話を聞いた後でぼくがいくらか幸せになっているわけではない。万が一彼らが真実を語ったのだとしても、順子さんがぼくに会うことができないのなら、これまでどおりの人生がつづくということだ。

入金。ぼくの当面の関心事はこれに尽きる。半端な金額じゃない。ほんとうに入金があれば、ぼくの生活に大きな変化をもたらすだろう。ぼくは李花に電話で経緯をかんたんに伝え、「カネの話は信じてもいいかもしれない。そのときは豪勢なメシをおごるよ」と言った。

本屋に寄って文庫本サイズの世界地図を買い、中野の家に帰ると、それをパスポートといっしょにデイパックに放り込んで、入金を待つことにした。カネを手にしたら祝杯をあげ、その足で日本を離れるつもりだった。行き先にあてはない。ガイアナ、マダガスカル島、イエメン、グルジア、アイスランド、どこでもいい。九百万円あればなん年か外国で暮らせるだろう。

深夜帰宅した父さんがぼくの部屋に顔を見せて「やあ」と言った。ぼくも「やあ」と返した。父さんはひどく疲れた顔をしていた。愛人の手切れ金でまだもめているのかもしれない。ぼくはなにも話さなかった。海外に出れば、いずれカネの出所が問題となり、事情を話さなくちゃならないときがくる。そうなったら父さんに手紙でも書けばいいと思った。

ウィスキーを一本空けた。太陽が昇るころどうにか眠りにつき、昼すぎに銀行に出かけて記帳したが、入金はなかった。翌日もその翌日もカネは振り込まれなかった。

その間に新聞の縮刷版を調べ、一九六六年九月十一日に赤羽駅構内の階段で、原幸治、四十四歳が、転落死をしている記事を見つけた。目撃者の証言によれば、原は若い女性と激しい口論の最中に突き飛ばされて転落したという。記事の続報はなかった。その若い女性が小菊さんだとすれば、当時十四歳ぐらいだろう。彼女は前年の夏に森のなかで雅彦さんと出会い、秋には静岡市へ転居している。静岡市の中学に通っていたはずの彼女が、どんな経緯があって、その日、東京の赤羽駅に原幸治といたのだろうか。小菊さんが家出したのはこの事件に関わりがあるのだろうか。そんなことをぼんやりと想像した後で、ぼくはその問題を封印した。

四日目の金曜日、新宿西口の銀行で、ぼくのまえの老人が現金引き出し機の操作に立ち往生していた。ぼくは老人に根気よく操作の手順を教えた。自分の番がきて、通帳をひらき、記帳した。残高が異常に増えていた。振込欄を見た。日付は今日だ。

振込額は一千百二十万円。失踪計画に費やしたカネを引いた残額ではなく、横領した元金だろう。ぼくはその数字をメッセージとしてうけとった。第二の人生に成功をおさめつつある順子さんが全額を返却した、という物語を、彼らは性懲りもなくぼくにうけ入れろと言っているのだ。

振込元は『タグ』とあった。企業名だろうか。電話局へいき、都内の電話帳を片っ端から調べて、渋谷区に『タグ・ジャパン』という会社があるのを見つけた。『旅行業』とある。電話番号と住所をメモして、ぼくはしばらく考えをめぐらした。

その場でタグ・ジャパンに電話をかけた。若い女性が出た。ぼくは、藤田小菊さんをお願いしますと言った。そこが運命の別れ道であるかのように、ぼくは息をひそめて反応を待った。あっさりと扉はひらいた。感じのいい声が、名前と用件を訊いてきた。藤田小菊と名乗る人がタグ・ジャパンにいるのだ。なんてこった。胸が締めつけられた。今日、ぼくにタグ・ジャパンから一千百二十万円の振込があり、振り込んだ理由について藤田さんに訊きたいのだと伝えた。小田という名前のデスクの女性は、早急に事情を調べて連絡するとこたえた。

三十五分後、携帯電話に小田さんから電話が入った。午後八時にタグ・ジャパンの事務所でうちの北原が事情を説明します、と彼女は言った。

「藤田さんはいらっしゃらないんですか」ぼくは訊いた。

「申しわけありません。藤田は海外におりまして」小田さんは言った。


夜のファッション・ストリートを、柿色のブルゾンのポケットに両手を入れてぼくは歩いた。『サンタマルタ』というコーヒーショップがあった。ふと誰かに見られている気がして、明るい店内を見た。フロアは道路より高い位置にあって、窓際の席で紺色のスーツを着た女性客が街をながめていた。ぼくは混雑する店内から視線をあげた。二階はメキシカン料理の店だ。さらに上方へ視線を移していき、小さな看板に『タグ・ジャパン』とあるのを見つけた。

ぼくは六階でエレベーターを降りた。正面の壁に『タグ・ジャパン』と『タグ・インターナショナル』の二枚の金属プレート。親会社があるということか。すぐ左手の部屋のドアがひらいていて、明るいブラウンのカウンターが見えた。ぼくはその部屋に入った。カウンターの奥の四坪ほどのスペースにデスクとパソコンがあった。電話中の男性がぼくに会釈して、カウンターのまえの椅子をすすめた。彼のほかに人影はなかった。壁に貼られたイギリスでのガーデニング留学案内のポスターをながめて、ぼくは待った。

「北原です。はじめまして」

歯切れのいい言葉が飛んできた。北原さんは中年というにはまだ若い、端整な顔をした男性だった。三十代前半だろうか。北原さんはカウンターをはさんでぼくと向き合った。

「山部さまですね」

「はい」

「お呼びたてして申しわけありません」

二人は椅子に腰を降ろした。北原さんはぼくの顔にちらと眼をとめ、短く息を吐き出した。口調はきびきびしているが、どこか困惑する表情をうかべて、彼は言葉をついだ。

「ある事情が重なって、山部さまのお母さまの通帳を、藤田が預かることになり、そこで山部さまの口座の方に」

「藤田さんはこちらの社長さんですか」

「責任者はわたくしで、藤田はアジア統括責任者です」

「本社は」

「ロンドンです」

ぼくは小さくうなずいた。酒類流通業と旅行業のちがいがあるだけだ。香港に渡った順子さんがキャリアを重ねていったプロセスについて、又一郎さんは真実の一端を語ったのだと思った。

「タグ・ジャパンはいつから営業を」ぼくは訊いた。

「昨年の九月です」

「藤田さんは独身ですか?」

北原は眉間に人差し指をあて、ぼくの背後のエレベーターホールを見た。

「独身です」

「年齢は」

「四十代後半です」

「じっさいの年齢よりずっと若く見える方ですか？」

「若く見えます」

「四十そこそこには」

「そう見られることもあると思います」

「美人ですか？」

北原さんはハンカチを出して額の汗を拭った。

「美人というわけではありませんが」

「魅力的な女性ですか」

「ええ、魅力的な方です」

「海外にいるというお話ですが、どちらに」

「香港です。向こうにアジア統括本部がありますので」

「日本との時差は」

「一時間です」

「すると現地時間は」

北原さんは手首をひねって腕時計を見た。

「いま香港は夜の七時すぎです」

「藤田さんと、電話でお話しさせていただくわけにはいきませんか」

北原さんは視線を合わせなかった。口ごもる声で少々お待ちくださいと言い、席を離れると左手の衝立《ついたて》で仕切られたブースのなかへ消えた。彼は事情説明をうけている、あるいは薄々事情を知っている、とぼくは思った。ぼくはカウンターの上の陳列ケースをながめた。アリゾナの砂漠の自然保護区の旅、グリーンランドのカヤックとスキーの旅、ガーナの黄金王国への旅などのパンフレットがあった。すぐにもどってきた北原さんは、カウンターの上の受話器をとりあげた。

「藤田が電話に出ます。お話しください」

ぼくは受話器をうけとった。一つ深呼吸して、耳と口に近づけた。

「もしもし」ぼくは言った。

「山部リョウさん？」女性の声が言った。

「リョウです」

「雅彦さんが中学生のときに書いた、ポルノ小説のモデルの、あの小菊です」

その言い草にぼくは笑いかけた。北原さんがブースの方へ去っていく。ぼくは彼女の声を記憶のなかにたどりながら訊いた。

「小菊さんは、ちっちゃくて、棒みたいに痩せてて、真っ黒だったって聞いてますけど」

「いまも痩せてます。日焼けする機会がほとんどなくなったから、肌はどちらかと言えば白い方です」

ぼくは又一郎さんに訊くつもりで忘れていた質問を向けた。

「森の秘密基地は完成したんですか」

「完成しました。板切れと段ボール箱と荒縄でつくった、痛々しいほど粗末な代物だったけど、わたしにとっては記念碑的な建築物です」

その声に耳をすませた。ぼくはようやく確信を持つことができた。

「回答は完璧です。でも角田理恵さんの声はまだはっきりおぼえてます。あなたは小菊さんじゃない」

「意味がわかりません」

「べつの質問をします」

「なんでしょう」

「恋愛は罠だと思いますか？」

「おもしろい質問ですね」

「自分にそう問いかけたことがあるはずです。こたえてください」

彼女はふいに沈黙した。人のざわめきと食器がぶつかりあうような音がかすかに聞こえる。ぼくは彼女はきちんとこたえてくれると思った。タグ・ジャパンを通じてカネを振り込んだ時点で、どこまで明らかにするのかという決断がなされたはずだ。彼女はぼくをここへ誘い出したのだから。受話器の向こうから、彼女の落ち着いた声がとどいた。

「罠です」

端的な回答に、ぼくは満足してうなずいた。

「罠にはまって後悔したことがありますか?」

「あります」

「第二の人生はいかがですか」

「あいかわらず後悔の連続です。ひどく落ち込むと、馬を抱きしめて激しく泣きます」

ぼくは笑った。雅彦さんの手記について彼らから話を聞いたようだ。

「順子さん」その名前がなんのためらいもなく、すんなり出た。ぼくはずっと気になっていたことを訊いた。「順子さんが中野の家で使っていた、あの緑色のドレッサーは、どうなっちゃったんですか?」

「香港島のわたしの家にあります」

「すごい」ぼくはおどろいた。

「いまも大切に使ってます」

「雅彦さんは五月二十二日の夜にそれを矢来町のマンションで見たと言ってます。でも美由起さんが二十六日に部屋に入ったときにはもうなかったんですけど」

「日本を発つまぎわに、どうしても持っていきたくなって」と彼女は言った。「又一郎さんに無理を言って、五反田のアパートにいったん運んでもらったんです。彼はそのために翌日の便になってしまいましたけど。ドレッサーは後で船便でとどきました」

「見てみたいな」ぼくは言った。

「ドレッサーを？」

「見るだけです。順子さんがその場にいる必要はありません」

彼女の、かすれた、言葉にならない声が受話器からもれた。短い沈黙をおいて、彼女は明るい声で言った。

「明日の朝一番の便で、香港にくることはできますか？」

「できます」ぼくは言った。

「北原に電話を代わってください。チケットを手配させます」

その夜、彼女の声を聞いたのはそれが最後になった。ぼくは北原さんと電話を代わった。彼女から指示をうけた北原さんは、チケットの手配をすませると、空港の地図を広げて、職業上の、だが親切心の感じられる口調で説明した。それから予約番号、彼女の香港島の住所と海外用の携帯電話の番号をメモ用紙に書いてくれた。

ぼくはタグ・ジャパンの入っているビルから出た。すぐ右手にコーヒーショップの入口がある。初老の女性の二人連れが自動ドアから入っていく。窓際の席はすべて埋まっている。さきほど街をながめていた紺色のスーツの女性は見当たらない。ぼくは体を半回転させた。スズカケの街路樹の陰に白いセダンが駐車してあった。紺色のスーツを着た女性が、運転席のドアに手をかけて、頭をめぐらした。距離はおよそ三十メートル。女性は一瞬ぼくに眼をとめた。茶色に染めた短めのボブが風になびいた。彼女はセダンの運転席に乗り込んだ。排気音がひびいてセダンはすぐに視界から消えた。まぶたの裏に女性の白い顔の印象が残った。ぼくは彼女の残像を記憶にある写真の女性と比較した。似ているとも、似ていないとも言えなかった。

54

風俗の店は初体験だった。フロントカウンターのまえにウェイティングルームがある。壁に絶対禁止事項と料金表。基本プレイとオプションメニュー。オプションは放尿、顔射、口内発射、素股、3P、コスプレ、オナニー鑑賞、バイブなどなど。〈もんではさんでパックンチョ!〉というキャッチコピー。爆笑ものだが、ぼくに笑顔はない。二十四名の女の子の写真が貼ってある。最上段の中央から李花が微笑みかけている。名前と年齢とスリーサイズ。彼女はアナル責めとまごころで星三つだ。ぼくは酸欠状態でぶっ倒れそうだった。「いますぐ会いたい」と李花の携帯電話にメールを入れたのだが、ぼくは待ち切れなくなって新宿歌舞伎町の店にきていた。彼女は仕事中だった。ほかに電話予約の客が一人いて、ぼくの番はそのつぎだ。セブンスターをもみ消した。一発逆転だと自分に言い聞かせた。わかったふうな口をきいて、李花の言葉と選択に理解を示すような態度をとってきたのはおおまちがいだった。彼女に軽蔑されるのを恐れて肝心なことを回避してきたのだ。たぎる胸のうちを彼女に伝える必要がある。言葉が通じないなら直接行動で。プレイルームへ突進する。男性従業員の制止を振り払う。李花の名前を叫びながらプレイルームのドアを片っ端から蹴破っていく。発見する。パンティ一枚の彼女の手首をつかんで引っ張る。「逃げるんだ！」ぼくは熱く叫ぶ。だが、そんなことをしても李花はぼくを軽蔑するだろう。男に毎日殴られてるくせに、あの人はぶきっちょな愛し方しかできないのよ、などと言ってのけるかんちがい女ではない。あるいはそうした病理を抱える女とはぜんぜんちがう。彼女はぼくの読みどおりの態度を示すだろう。「おまえは傲慢な迷惑野郎よ！」彼女は怒りを込めてそう言うだろう。じゃあどうすればいいんだ。しかめっ面をして考え込む。李花の胸のうちを読んでしまって行動に出られない。だからぼくはだめなのだ。だからこそ単純で直接的な暴力行為に出るべきだ。ぼくの思考がぐるっと一回転して元にもどったとき、プレイルームの方から客と女の子が出てきた。

李花だった。純白の美しい下着だけを身につけた李花は、すぐぼくに気づいて、ちらと鋭い視線を流した。彼女は客を笑顔で送り出すと、あたしを指名したのかとぼくに訊いた。ぼくは返事の代わりに彼女の右手首をつかんだ。力を込めた。彼女の白い前腕に青い血管が盛りあがるのをぼくは見た。「離しなさい」と彼女は低くうなる声で言った。「もう我慢できない」とぼくは言った。フロントカウンターから男性従業員が飛び出してくるのが眼に入った。ウェイティングルームにいた二人の客が慌てて立ちあがった。若い金髪の客が円筒状の灰皿を蹴飛ばした。そのちょっとしたアクシデントがなければ、腕をねじあげられて店から追い出されるていどでおさまったかもしれない。フロアに転がった灰皿に従業員がつまずいて、そのまま前方へ倒れ込みながらぼくの脚にタックルをかました。正確に言うと、タックルをかましたような形になった。ぼくは反射的に脚をばたばたさせた。膝がたまたまそいつの顎にヒットした。李花が悲鳴をあげた。どたどた言う靴音がいくつか聞こえた。馬乗りになった従業員がぼくをぼこぼこに殴った。べつの誰かが脚を引っ張った。暴力はやめてと叫ぶ李花の声。数人がかりでぼくをエレベーターに押し込めた。5Fから地上階に降りるまで、なん発か蹴りを横腹に食らった。店の表の雑踏に放り出されたぼくは、痛みと呼吸困難でしばらくなにも考えられなかった。ぼくの右脚のふくらはぎを踏んづけてとおりすぎたやつがいた。腫れあがったまぶたをどうにかひらくと、李花がぼくをのぞき込んでいた。ぼくは折れた前歯を唾といっしょにぺっと吐き捨てた。

「愛してる」ぼくは言った。

恐ろしく冷ややかな声が返ってきた。

「気持ちを汲んであげてもいいけど、リョウがこんなうさん臭いことをするなんて思わなかったわ。リョウ、おまえは知るべきよ。おまえが関心があるのはおまえの辛さだけ」

想像していたのと寸分ちがわない言葉だった。

「だろうね」ぼくは言った。

「なに気どってるのよ」

「ちょっと話があるんだけど」

「だったら自分で起きたら」

ぼくはそうした。よろよろと立ちあがった。左脇腹に鈍痛が走った。顔の右半分が熱っぽくて腫れている感じがする。李花が乱暴な手つきでぼくの髪や背中をはたいた。彼女は下着の上に紺色のブレザーコートを着ているだけだった。人々がじろじろ見てとおりすぎていく。

ぼくたちはとなりのビルのパチンコ屋に入って、空いてる席にすわった。ぼくは煙草に火を点け、玉と音楽の大騒音のなかで、つい一時間ほどまえにタグ・ジャパンであったできごとを話した。李花はおどろいた。なんども「よかったじゃないの」と彼女は顔を輝かせて言った。ぼくは月曜日に小菊と又一郎の姉弟と会ったときのこともかいつまんで話した。

そして李花が腕時計を見た。

「仕事にもどらなくちゃいけないのか」ぼくは言った。

「あたりまえじゃないの」李花は叱り飛ばす声で言った。

ぼくは思い切って言った。

「明日、ぼくといっしょに香港へいこうよ」

「いってどうするの？」

「二人で世界を旅する」

「悪いけど、あたしのなかにその選択肢はないのよ」

「べつべつに行動してもいい」

「その選択肢もないわ」

「きみのその徹底ぶりの拠り所は、なんなのかな」

李花はちょっと考えた。

「罠にはまった悔しさよ」

ぼくはうなずいた。「李花はある物語をしつこくひっくり返そうとしてる。でも人類がその物語を捨てる日は永遠におとずれないと思う。だって、きみが目ざしてるものを具体的に言えば、世界中の女を娼婦にしちまうってことだろ」

「世界中の男にも売春する権利を与えるの」

ぼくたちはくすくす笑った。

「きみの勝利宣言より、ゴミ問題で人類が滅びちゃう方が先だよ」

「ぜったいそうだと思う」

「いいのか」

「いいのよ」

「敗北の道をえらぶのも人生」

李花は小さく微笑んだ。それで会話が途切れた。ぼくにはもう李花に語るべき言葉は残っていなかった。これが最後の一本、と口に出して言い、ぼくは煙草をくわえた。

「リョウがあたしのことを大切に思ってくれてるのは、すごくうれしいのよ」李花が言った。

「そりゃあよかった」ぼくはちょっと投げやりに言った。

「ねえ、好きだって言って」

「好きだよ」

「それだけであたしは生きていける」

「そうか」

ぼくは指が火傷《やけど》しそうになるまで煙草を短く喫った。それからパチンコ屋を出た。

「帰る」とぼくは言った。

「そうしなさい」李花は年長者のたしなめる口調で言った。

「好きだ」ぼくはもう一度言った。

「あたしもリョウが好き」李花が言った。

雑踏のなかでキスをした。短い親愛のキスだ。うーん、煙草臭い、と李花は現実的なことを言った。おたがいに手を振って、ばいばいと別れた。ぼくは歩き出した。振り返らなかった。若い男性デュオが歌う耳慣れた青春讃歌が夜の街に流れていた。若いカップルと肩がふれて罵声をあびた。路地の暗がりにカラスが舞い降りた。ぼくは黙りこくって歩きつづけた。

55

東京湾の上空は快晴だった。ファーストクラスの二人掛けの窓際の席で、ぼくは、小さくなるにつれて美しさを増していく下界をながめた。

チェックイン・カウンターで、出国審査の列で、サテライトシャトルの車内で、ぼくは女性の姿を捜した。昨夜、タグ・ジャパンのまえの道路で白いセダンに乗り込んだ女性と会えるかもしれない。そんな淡い期待を愉しんでいるうちに、ぼくの胸は甘酸っぱい匂いでみたされて、なんども深呼吸しなければならなかった。けっきょく会えずに、ぼくのとなりの通路側の席は空席のまま、飛行機は飛び立った。がっかりはしなかった。数時間後には順子さんに会えるのだ。

離陸まえに男性の客室乗務員があいさつにきたので、ぼくは名前も年齢も知られていることを知った。ファーストクラスにふるまわれたシャンペンがぼくにすすめられることはなかった。ぼくは朝食を断り、オレンジジュースで睡眠導入剤を飲み下した。黒いサングラスでまぶたの腫れを隠していた。昨夜ぼくは断念することをおぼえた。すこしは賢くなったということなのだろうか——肩の力が抜け、意識が混濁してきた。眠りに落ちるまえに、誰かが窓のシェードを下ろし、毛布をかけてくれた。

「山部さま」

女性のやさしい声が聞こえた。ひどく遠い声だ。ぼくの名前をくり返し呼んでいる。薄く眼をあけると、若い女性が厳しい表情でぼくの顔をのぞき込んでいた。客室乗務員だった。

「はい」ぼくはうつろな声で返事をした。

「石川さまからお電話が入りまして、いとこの方がお亡くなりになったので、香港に着きましたら電話がほしいとのことです」

すぐには理解できなかった。ぼくがまず思い出したのは、昨夜、李花と別れた後で美由起さんと連絡をとり、彼女の自宅近くのバーで一杯飲んだということだった。そのときぼくは香港行きを美由起さんに打ち明けた。

「もう一度言ってください」ぼくの声はまだぼんやりしていた。

女性の客室乗務員はくり返した。それから石川さまの携帯電話の番号だと言い、メモをくれた。ぼくはそれを見つめた。もちろんそこには十一桁の数字が書いてあるだけだ。考えがまとまらない。

「だいじょうぶですか」彼女が心配そうに言った。

「酒をくれませんか」ぼくは言った。

彼女は眉をひそめて困ったという顔をした。

「ジュースにまぜちゃえばわかりません」ぼくはできるだけ屈託のない声を出した。

彼女はなおためらってから、ほんのすこしだけですよ、と小さな声で言って去った。

ぼくはメモをパンツのポケットにねじ込み、美由起さんの伝言について考えようとした。いとこは一人しかいない。李花が死んだ。それが現実に起きたとは信じたくなかった。昨日の夜、会ったばかりなのだ。ちょっとした口論をして、その後はいつものようにすぐ仲直りをしたのに。別れのキスの感触がまだ残っている。李花の匂いも。なにが原因で死んだのか。事故か急性疾患か。自分にそう問いかけたが、ぼくにはわかっていた。死に至るほどの深い疲労が、ふいに李花に襲いかかったのだ。ぼくの言葉が引き金になったのかもしれない。女性の客室乗務員がオレンジジュースのグラスを手にもどってきた。ぼくは礼を言った。

「二十五分ほどで香港に着きます」彼女が言った。

「人生はつづきます」ぼくは言った。

「ええ、つづきます」

「ぼくはまだ舞台に残っている」

「その他大勢ですけど、わたしもまだ舞台にいます」彼女は励ます口調で言った。

「そしてつぎの幕があく」

「また泣いたり笑ったり」

「懲りずにまた恋をする」

「悪くないでしょ?」

「ということは、ぼくたちはコメディアンってことですか?」

　ぼくの問いに彼女の視線が泳ぎ、となりの空席に落ちた。ぼくはグラスに口をつけた。オレンジジュースというよりもカクテルだった。アルコールがたっぷり効いている。彼女の好意をじゅうぶんすぎるほど感じた。ぼくはもう一口飲んだ。彼女はまだそこにいて、ぼくの問いに対するこたえを捜しているように見えた。

「ウオッカですね」ぼくはグラスをかかげて話題を変えた。

「いいえ、それはオレンジジュースです」彼女は泣き出しそうな声で言った。


（了）

【特別収録】

ロビンソンの家　雑誌連載第一回

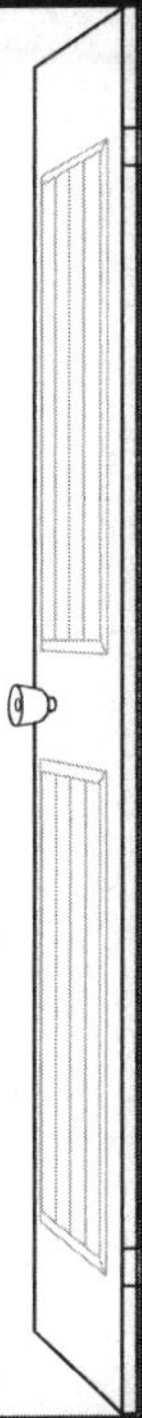

0

螺旋《らせん》階段がある。屋内の狭いスペースにそれは架けられている。吹き抜けの壁面の高さは十八メートル。階段は五つのフロアをめぐって天窓に達している。各フロアに小部屋がひとつという構造だ。

天窓からもれる光のなかを女性が降りてきた。水色のTシャツを着て、花模様を散らした暗色のスカートを腰の高い位置ではいている。螺旋階段のステップを叩く布製の靴の軽やかな音がつづいた。

いちばん下のフロアに達して、彼女は上方を振りあおいだ。天窓の強化ガラスを透過して拡散を重ねつつ降りてきた明かりが、二十九歳の女性のたたずまいに、淡い陰影をつくった。

吹き抜けの南側にドアがひとつある。彼女はそれをあけた。間口は二・七メートルの部屋だ。壁はコンクリートの地肌がむき出しになっている。家具はまだ搬入されていない。彼女はそこをとおりぬけた。下る階段があった。間口と同じ幅で、階段の先に、なだらかな勾配をつけた廊下がのびて、空中を渡っている。膝で軽く衝撃をうけとめながら、彼女は降りていった。

廊下《ろうか》は小さな展覧会を催せるほどのスペースがある。途中の左手のアルコーヴへ彼女は視線を流した。屋上へあがる階段と、ゲストルームへの連絡通路がつづいている。勾配がおわった。曲面を持つ壁にそって階段がある。それを降りて廊下に出た。すぐ右にドアがひとつ。さらに右へ数メートルいったところにもうひとつドア。廊下を左へ曲がった。玄関ホールを経て外に出た。

五月下旬の陽ざしが彼女の両肩に降りそそいだ。足もとから海のざわめきが吹きあがってくる。潮を含んだおだやかな風が吹いている。ロング丈のスカートの裾をなびかせて、彼女は赤いファミリーカーに乗り込んだ。

家は断崖の上に建っていた。門扉の代わりに砂岩がふたつ。大きい方の岩に金属板が埋め込まれ、『BEテキスタイル』と彫られている。

乗用車三台ほどの駐車スペースから、彼女はファミリーカーをアスファルトの道に出した。幌付きのトラックが喘ぎながら登ってくる。急坂の道は緑におおわれた斜面を曲がりくねって県道につづいている。高速道路のインターチェンジまでおよそ八分の距離だ。トラックが通過するのを待って、彼女は車を発進させた。

赤いファミリーカーは道を降った。サイドミラーに映るコンクリートの住居が遠ざかっていく。S字のカーヴをめぐった。黒松の林の樹冠の向こうに、青灰色の海と繋がれた漁船と町並みの一部が見えてきた。

漁師町のコンビニエンス・ストアのパーキングに公衆電話があった。彼女は電話をかけた。用件をすませて車へもどり、ドアに手をかけて、電話を振り返った。彼女は引き返した。小さなアドレス帳をひらき、番号を押した。呼び出し音が鳴るのをしばらくきいていた。送話口にひと言告げて、受話器をフックに降ろした。

味噌の醸造元の黒い板塀にそって走った。タクシー会社の先を左折した。二十メートルほどいくと道が狭まり、ファミリーカーの横幅とほぼ等しい幅になった。軒の低い小さな家が連なっていた。路地の四辻で停止した。どの道も細かった。左折して海の方角へ向かった。小さな橋を渡った。流れの上に渡した板の老婆が花の鉢をならべていた。もういちど左折すると、元の商店街に出た。

石造りの倉のある家と、『学生服』の看板をかかげる洋品店の間に、花屋があった。薄紫色に縁どられた白い花を買った。空の広がる方角へ向けて走り、埠頭《ふとう》の手まえの空地に出た。彼女は視線をめぐらした。右手の丘と海岸線の境に、アスファルトの道がのびている。空地でUターンした。

道はすぐに内陸部へ入った。水田の青い苗が風にそよいでいた。行く手の丘を左へ迂回すると、海辺のパーキングに出た。人影はなかった。キーをぬいて、助手席の花束を手にした。パーキングの端まで彼女は歩いていった。『左記の貝類等を無断採取した者は漁業法に依り罰せられます』と記された漁業協同組合の看板があった。彼女はその『告』を最後まで読んだ。

狭いコンクリートの階段を降りた。両側を崖に挟まれた三十メートルほどの砂浜があった。人が歩ける幅の砂地が右手の崖にそって露出していた。その細い通路を彼女は歩いた。打ち寄せる波の先端が布製の黒い靴を濡らした。

崖の下の窪みに出た。視界のなかは海と空と岩肌だけになった。鋭角的な石の重なりに花束を立てかけた。白い華奢な手首を返して腕時計を見た。午後一時四十四分。手首からゴールドの時計をはずした。時計を平たい石の上に置いた。靴を脱ぎ、そろえて、時計の近くに寄せた。彼女はまっすぐに立った。薄い胸をひらいた。両手を腰の後ろへまわして、スカートのファスナーを下ろした。骨盤のあたりの布地をまさぐりつつスカートを脱いだ。砂を払い、きちんと折り重ね、それを時計の傍らに置いた。

左足から水に入った。波が砕けて太股まで撥ねあがった。胸のまえで腕を交差させて彼女は自分の肩を抱いた。ほんの短い時間、そうしていた。腕をほどき、波を膝で押しのけて前方へすすんだ。足の裏が海中の岩をとらえた。立ちどまって、息をとめた。膝を軽く曲げた。彼女は身を躍らせた。

きれいなクロールで彼女は泳いだ。肩、腋の下、胸、下腹、膝の間、足の先端、それぞれの箇所でいくつもの水の流れができた。

波のうねりに乗って沖へ向かい、いっきに数百メートルすすんだ。そこでからだを反転させた。仰向けの姿勢で波間を漂った。息をととのえた彼女は、脚を海中に降ろし、陸地を振り返った。切り立った灰色の崖の上に、方形のコンクリートの住居の重なりと、背後にそびえる塔が見えた。

水色のTシャツは濡れて肌に張りついていた。彼女はそれを脱いだ。膝を曲げて、ショーツも脱いだ。形を失った小さな白い布切れが海の奥底へ降りていくのを、しばらく見ていた。

ふたたび沖へ向けて、彼女はクロールで泳いだ。波を叩いて鷗の群れが飛び立った。漁船の影はなかった。陸地はさらに遠ざかった。彼女は二度と振り返らなかった。

1

李花《りか》は上背を生かしたきれいな脚の運びで歩いていた。今日の彼女は、黒いスポーツサングラスを小さな鼻にかけ、綿のオーヴァーブラウスに、膝のぬけたブルージーンズ、という装いだった。

金曜日、東の空が明けそめる時刻、始発電車をめざす人びとが歓楽街の路地裏を流れている。空車のタクシーがきた。手をあげたとき、背後で誰かが呻くのを、李花はきいた。

飲食店の閉じられたシャッターに両手をついて、ビジネススーツの若い男がうなだれていた。彼は右脚に重心をかけ、前方に投げ出した左脚を遊ばせながら、両腕の間に落ちている頭をゆっくり持ちあげた。顔が空をあおいだ状態でいったん静止し、反動をつけて、頭を振り降ろした。鈍い衝突音に悲鳴が重なってひびいた。若い女の二人連れが歩道の端に避けてとおった。男はその行為をつづけた。

「お客さん」

低い声に李花は振り返った。タクシーのドアがひらいていた。

「太子堂《たいしどう》」

李花は行き先を告げて、後部座席にからだをすべり込ませた。タクシーが発進した。彼女の視線のなかで、男の頭突きは激しさを増しつつ、遠ざかった。

メインストリートに出て、タクシーはスピードをあげた。ルームミラーを李花は見た。運転手の耳にかかる髪へ視線を移した。頬骨の出た中年の女性だった。眉を細く描き、赤くルージュを引いている。李花は運転席に話しかけた。

「ああいう男の人、増えてるのかな」

「はい？」

「さっきの頭突き男」

李花の言葉に、運転手の険しい表情がゆるんだ。

「むかしからいましたよ」

運転手の白い手袋が動いた。ウィンカーが点滅する。リアが軽く振れ、タクシーはセンターライン寄りの車線に入った。

「悲しいのよね」

と李花がいった。

「はい？」

「頭突き」

「ああ」

「男の人は、男ってものが、悲しいのよ」

運転手の口もとがほころぶのを、李花は見た。マルボロをくわえて、朱色の漆塗のライターで点けた。

「なん年かまえにね」

と李花はまた話しかけた。

「ホストやってる男の人とレズビアンのカップルが、三角関係になるっていう映画、見たの」

「アメリカ映画ですか」

「そう」

「『スリー・オブ・ハーツ』かな」

「あ、それ」

「ウィリアム・ボールドウィン主演」

李花は破顔した。「詳しいのね」

「好きなんです、洋画」

「主演の彼が、レズの背の高い方の人と、仲良くなるでしょ」

「ケリー・リンチ」

「女の人のアパートで、ふたりがひとつのベッドで寝るシーンがあって、彼女は当然だけど、彼の方もその気にならないのよね。あそこがちょっと不自然だったな。レズの彼女、きれいでセクシィなんだもの」

「いわれてみると、そうですね」

「不自然だけど、彼がセックスをぜんぜん考えないところが、すごく印象に残ったの」

「ははあ」

「ふたりが、親戚の結婚式に出て、お年寄りや子どもたちの輪のなかで、楽しそうに踊るシーンがあったでしょ」

「はい」

「あれも感じよかった」

「よかったですね」

「ふたりともセックスに関心がないから、見てるあたしの気分も、なんていうか、リラックスできるんだと思うの」

「わかります」

きっぱりと運転手はおうじた。

「現実の男の人は、お年寄りから小学生まで、その気がないなんてことは、まずありえないでしょ。彼らはそれが悲しいのよ。世界中の女の人とやりたがってる自分の性欲が、男の人は悲しい」

「だから頭突きするんですか」

「そんな気がするんだけど」

運転手はルームミラーをちらと見た。短い沈黙を置き、生真面目な口調で彼女はいった。

「お客さん、男を甘やかしてませんか」

李花の赤い唇がひらきかけた。そこで話が途切れた。李花はサングラスを額の上にあげた。黒い髪のボブはちょうど耳を隠すながさに切られている。濃いアイメイクを施した眼差しは、いかにも幼げだ。彼女は十八歳だった。マルボロを灰皿でもみ消して、コンパクトを出した。対向車線をシルバーグレイのワゴンがすばらしいスピードで走り去った。両側のビルの壁面に朝の淡い紫色の光が射している。街を歩く人の姿は見えない。タクシーのなかを車の走行音がつぎつぎと駆けぬけていく。

「ねえ」

と李花は運転席にいった。

「行き先を変えてもいい？」

2

「ビワなの？」

と女がいった。スズカケの街路樹のなかに照り葉を茂らせた木が一本まじっている。

色づきはじめた実に眼をとめて、雅彦《まさひこ》はこたえた。

「ビワだろ」

「なんで一本だけビワがあるのかな」

雅彦は歩き出した。女が小さな歩幅で追いついて、肩をならべた。

「もう乗るの？」

「一杯引っかける時間はある」

「お金、いつ出るの？」

「一週間後。振込」

「振込なら、もうくる必要はないのね」

雅彦は出てきたばかりのビルを振り返った。見栄えのしない三階建てのビルの壁面に、消えかかった緑色の文字で『公共職安』とある。「四週間にいちど顔を出す」

「なんで」

「この男は、四週間、鋭意努力して仕事を捜したにもかかわらず、彼のキャリアを生かす職場は見つからなかった。よって保険金を給付する。という儀式がある」

「じゃあ月にいちどは、東京へもどるのね」

五月の下旬にしては肌寒い日だった。雅彦は無言で歩いた。ひと眼で吊しとわかるビジネススーツを彼は着ていた。ワイシャツの襟元をゆるめ、地味なネクタイを巻いている。そのくたびれた印象の装いは、四十六歳の男によくなじんでひとつの個性と化し、彼の魅力となっていた。スズカケの街路樹が切れた。歩道橋の階段をふたりは登った。橋は公園になっている。両側に花壇。中央に知恵の輪のような金属のモニュメント。その向こうに駅ビルが見える。

「もう逢う気がないのね」

女に手をにぎられて雅彦は足をとめた。彼より頭ひとつ分だけ背丈の低い、痩せた女だ。鎖骨の窪《くぼ》みのあたりで細いゴールドのチェーンがきらめいた。傷つけないよう、そっと女の手を払って、雅彦は歩き出した。

ふたりは駅の地下のカフェテラスに入った。がらんとしたスペースだ。日本酒の燗からショートケーキまでよろずそろえている。

四角いチープなテーブルについて、女はハーフ&ハーフのジョッキを、雅彦は水割りのグラスをかかげた。

「どこで、誰と、どんな暮らしをはじめるの？」

女がひと息で質問した。

「独り。酒を飲む。なにか考える。あるいはなにも考えない。そこにいつまでいるかわからない」

「なん時の特急」

「四時」

「切符見せて」

雅彦は女の背後の丸テーブルへ視線を逃した。補聴器をつけた中年の男が、立ち食い用の丸テーブルでカレーライスをかき込んでいる。

「腹へってないか」

女は薄く笑ってジョッキをあおった。

「やりまくって、ぽいと捨てるわけね」

雅彦は片方の眉をちらとあげた。彼の視線の先を初老の女がのろのろと歩いていく。彼女は空席を捜し、けっきょくふたりの隣のテーブルにトレイを置いた。タコ焼きとグラス一杯の水だ。雅彦は首をめぐらしていった。

「あそこの楕円形のテーブル」

「うん」

「奥の方に公衆電話がある。今年の春先、雨の降る日に、電話の近くで飲んでた。椅子をひとつ空けた隣の席に、ネイビーブルーのドレスの女がいた。きみのように痩せて、背中を丸めていた。髪はショートだったと思う。女は手の指をそらせて、指輪のあたりをじっと見ていた。皮膚の薄い、きれいな指だ。そのうち、女が泣いてることに、おれは気がついた」

「若い女？」

雅彦はグラスを口に運んだ。

「四十、すぎてたかな」

「ふーん」

「どっちかといえばブスだ。でも女らしさを感じさせる、優しい顔つきの」

「あなたの好みの女ね」

「賢そうな女にも見えなかった」

「それもあなたの好み」

　雅彦は声を出さずに笑った。

「きちんと化粧して、髪型が似あってた。ピアスもドレスも悪くなかった。センスがいいという印象だ。でも金持ちには見えなかった」

「貧乏人よ、こんな店にくるの」

「勤めてる女だと思う」

「ああ」

「彼女のトレイに、紙パックのコーヒー牛乳と菓子パン一個がのってた。メロンパン」

　女は笑った。「なんでそんなことおぼえてるの」

「彼女は席を立った。電話をかけにいく後ろ姿をおれは見た。背中が曲がってた」

「ひどい曲がり方？」

「目立ったな」

「それで」

「彼女は電話をかけた。相手は出なかった。留守電に吹き込むこともしなかった。もどってきて、紙パックのコーヒー牛乳をひと口すすって、涙をぬぐった。同じことが二度くり返された」

「あなたはなにをしてたの」

「弁当定食のおかずで、日本酒を引っかけてた」

「昼間?」

「三時か四時ごろ」

「外は雨」

「演歌の世界だ」

「声をかけたんでしょ」

「よせよ」

雅彦はグラスをながながと飲みほした。ひとつ息を吐き出し、グラスをテーブルにもどして、いった。

「あのとき、ケニー・ロジャースの歌を思い出した」

「カントリー・ソングね」

「駅前のバーで女が酔っている。大男の農夫が入ってきて、女に悲しげに訴える。畑が草ぼうぼうだ。ガキどもは腹を空かせてぴいぴい泣いてる。頼むから帰ってきてくれ。女は亭主を追い返してしまう。一部始終を見ていた男が女に声をかける。連れ立って安ホテルへいく。男はからっきしダメで女を抱けなかった。そんな歌だ」

3

九州北部に吹き荒れた強風がおさまり切らぬ夜九時すぎ、あき子は、ネックがゆるんだグレイのTシャツに魚のプリントのトランクスという装いで、リヴィングルームを出てきた。

ベッドルームの床で書籍の山が崩れている。それを爪先で払いのけ、彼女はティーテーブルの電話をとった。番号を押しながらベッドの上にながながと手足をのばした。陸上部のハイジャンパーだったむかしの彼女そのままの、スレンダーであるが均整のとれたからだを維持している、四十八歳の美しい女性だ。

「あき子です」

礼儀正しさのなかに甘いひびきのこもる声で、彼女は告げた。東京の電話に出た伯父の、七十五歳とは思えぬ若々しい声が返ってきた。

「久しぶりだね」

「おからだの具合は?」

「とてもいい」

「よかった」

「あなたの方は」

「いらいら、かりかり、ばたばた、更年期の真っ只中です」

「誰かのアフォリズムにある。更年期は女性が美しく陰っていく人生の秋だ」

彼の言葉にあき子は短く笑った。それから声にせつなさを込めた。

「伯父さんに会いたい」

「ぼくもあなたに会いたい」

「あと四週間後に、国内留学という名目の、ながい休暇に入ります。そうすれば会う機会はいくらでもつくれます。入試問題制作委員を三年間やった見返りだから、論文を提出する必要もないし、一年間を寝てすごしてもいいんですよ」

「うらやましい話だ」

「休暇を利用して小説を書くつもりです」

「それはいい。経済政策の研究者が、どんな小説をものにするのか、愉しみに待とう」

「でも、論文以外には、ラヴレターひとつ書いたことないんです」

「ひどいな」

「思春期のわたしは、極度の恋愛恐怖症だったんですよ」

「信じられない」

「ほんとです」

「するとラヴストーリーを書くの？」

「のような」

「ミステリィのような」

あき子はくすんと笑った。「そうです。自分でもよくわかりません。ある若い女性の物語です」

「タイトルは決まった？」

「決まりました」

「教えてよ」

「『Rの家』」

高層住宅の十八階の広い窓から、博多港周辺の明かりと上空で瞬く星がきれいに見える。上空を渡る風の音がきこえる。八畳の洋間にセミダブルのベッドとティーテーブルがひとつずつある。窓、ドア以外の壁、床のほとんどすべてが、本で埋まっている。低くとどいた伯父の声に追憶するひびきがあった。

「順子さんのこと?」

「はい」

「五月だったね」

「ちょうど十一年まえの、今日です」

「執筆のモチヴェーションは?」

あき子は、そっと息を吸い込み、吐いた。

「悔やんでます。もうすこし深いつきあいがあったら、順子さんは死なずにすんだかもしれないって」

「ぼくたち全員が彼女のことを知らなさすぎた」

「ええ」

「ひどい話だけど、順子さんのことを誰も知らない、そう断定してかまわない」

「彼女のことを、もっと知りたいのよ」

「だから小説を書く」

「書いてみたくなったの」

「気持ちはよくわかる。彼女の短い人生を胸におさめたいということだ」

「自信ないけれど」

「あなたなら書ける」

「そういってくださると、うれしいわ」

「あき子さん」

「はい」

「事実関係について質問がある」

「なんです」

「哲士《てつし》くんは事故死だと主張していたね」

「あの冷たい海へ泳ぎ出すには、強い意志を必要としたはずです」

とあき子はきっぱりいった。短い沈黙が落ちて、伯父の静かな声がきこえた。

「自殺だ」

「そうです」

「でも、厳密にいうと、順子さんの生死は不明だ」

「ええ」

「彼女はどこかの浜に流れ着いて、記憶を喪失したまま生きている、という可能性もゼロではない。小説を構想するうえで、その解釈はどうするの？」

「順子さんは周到に計画を練り、完璧に為し遂げて、この世から姿を消した。というふうに、あの幕切れを彼女の到達点として認めてあげたいの。だから彼女の死を前提にして、彼女をそこまで追いつめたものはなにかということを考えつつ、書いていきます」

「やはりミステリィ小説の趣向もあるね」

「事件の謎を解くという意味ではそうです」

「バブル崩壊の影響もあったけれど、彼女の自殺を直接的な契機として、Rの家は半ば放棄されてしまった。そのRの家をタイトルに用いた理由は？」

「Rの家は順子さんの家でしょ」

「うん」

「人は新しい家に夢を託すけれど、夢であると同時に、Rの家は順子さんを追いつめた張本人でもある、という仮説が成り立つと思います」

「そのとおりだ」

「探偵役は登場しません。順子さんの視点で、『私』という一人称を使って書きます。

誰も知らない順子さんの内側へと、わたしは降りていきます。短いエピソードの積み重ねのうちに、彼女を殺した犯人はおのずと炙り出されてくる。そんな出来映えになるといいんですけど」

あき子は眼を閉じた。受話器が自然と耳から離れ、左の乳房に送話口がふれた。胸郭を広げて空気を肺に送り込んでいき、束の間、沖へ向けて五月の海を泳いでいく弟の妻の姿を、瞼にうかべた。

4

古い型式の青いクーペが東へ向かった。日曜日の午後八時に出発して高速道路を走りつづけ、七月最初の月曜日の明け方、大阪へ到着した。

大阪を通過し、京都の先で、ドライヴァーは仮眠をとった。ふたたび東をめざしたクーペは、首都高速道路の渋滞に巻き込まれた後、午後二時すぎに東京を抜け出した。なだらかな山が連なる地帯にインターチェンジがあった。料金所を通過していくクーペのなかで、あき子はダッシュボードの時計を見た。午後三時五十二分。

田園のなかの、ほぼ直線にのびる平坦な道路を、クーペは走った。麦の収穫はおわって、跡地に大豆の葉が広がりはじめていた。

国道に出て、左折した。GS、車のディーラー、各種の郊外型店舗があった。この国の精神状態をあからさまに示す、構想力を欠いた風景が、つぎつぎと視界にあらわれては消えた。

宅配便の配送センターの手まえで速度を落とした。信号の標識に『流崎』とあった。右折した。古い集落を抜けると青い海が見えた。隆起した台地の上を、北へ向けて、クーペは走った。道端で亜熱帯の植物が鋭い葉を茂らせていた。

路肩にクーペをとめて、あき子は降り立った。ブルーグレイのタンクトップ。ボトムは淡いグレイのだぶだぶのパンツ。平底の夏のサンダルを鳴らして道路を横切った。

弧を描いてのびる海岸線の先を、あき子は見た。小さな湾をはさんで岬がある。岬は灰色の崖だ。崖の上に、灰色の方形の建物が折り重なり、城塞を思わせるシルエットをつくっている。中央やや左寄りの奥まった位置に塔に似た建物がある。海上をただよう空気の効果だろうか、塔が燐光を発しているように彼女の眼に映った。

クーペは崖の上の家に到着した。駐車スペースにピック・アップ・トラックがとまっていた。アイボリーホワイトできれいに塗装されている。傷や錆びは見あたらないが中古の商用車の装いだ。地元のナンバーだった。

ドアはロックされていた。大きなスーツケースをひとつ、ボストンバッグをひとつ、段ボール箱を三つ、玄関ホールに運び込んだ。荷物をそのままにして、あき子は廊下をすすんだ。

左手の部屋をのぞいた。がらんとしたスペースに、陽光が差し込んでいる。家具らしきものはなにもない。

つぎの部屋に入った。ダイニングルームとリヴィングルームがひとつながりになっている。六人掛けのダイニングテーブルがある。オレンジ色のシェードのコードペンダントが灯っている。あき子はそれを消した。システムキッチンの水切りとシンクのなかは整頓されている。スプーンとフォークが数本。ほかに食器はない。調理台の電子レンジのなかに食べかけのピザ。スリー・ドアの冷蔵庫をあけた。アイスクリーム、ビール、ミネラルウォーター、フルーツ。冷蔵庫の側面に粘着テープでとめた青いゴミ袋。なかは弁当の容器で一杯だった。

廊下をもどり、曲面を持つ壁にそって階段をあがった。なだらかなスロープがつづいた。正面奥の螺旋階段に達した。各フロアの小部屋を調べながら階段をあがった。二階の部屋にキングサイズのベッドがひとつ。使用されている形跡はない。三階のサニタリールームのタイルが濡れていた。四階は空き部屋だった。最上階の五階に達した。ドアはひらいていた。

　六畳ほどのスペースだ。ベッドはない。窓に寄せたマットレスに若い女性が寝ていた。タオルケットは足もとの方へ蹴り落とされている。黒い髪のボブが乱れて顔は見えない。ほぼ全裸だった。白い無地のTシャツの裾から、幅のある腰があらわになっている。ながい脚の付け根で淡くもやっているヘアに、あき子は眼をとめた。枕から顔をあげて、李花がうつろな声でいった。

「寝てていい？」

「ごめんなさい、起こして」

　あき子は螺旋階段を降りた。階下に達して、空中を渡る廊下に出た。前方で人影が彼女の方を見ていた。男性だった。薄い布地のフィールドシャツを着て、黄土色のトランクスから、よく引き締まった脚を出している。

「雅彦？」

　あき子は近づいた。

「姉さんのクーペか」

　雅彦は独り言のようにいった。

「こんなところで会えるなんて」

「なん年ぶりかな」

「あなたが出張で博多へきたとき飲んだじゃない。あれ以来よ。九年ぶり」

「そんなに経つか」

「酒臭いね」

「うん」

「たまには、ここへ遊びにきてたの？」

「まさか」

「いつきたの」

「一ヵ月まえ」

「なぜくる気になったの」

「暇で。会社つぶれた」

「あら」

「荷物運ぶの手伝おうか」

ふたりは玄関ホールへ向けて歩き出した。

「三人で交代で食事をつくらない？」

「遠慮する。李花もそんな意欲はないと思うが、本人にきいてくれ」

あき子は眉をしかめて苦笑した。

「李花と会ったの、はじめてでしょ」

「はじめてだ」

「弟の娘はどう？」

「哲士と似てないな」

「眼と鼻は順子さんそっくりなの」

「ふーん」

「表のピック・アップ・トラックは雅彦の？」

「李花の車だ。こっちで買った」

ふたつのゲストルームの手まえの部屋を雅彦が使っていた。奥の部屋には、数年まえ彼女がはじめて使用したときに、自分の手で簡易ベッドとフロアスタンドを搬入してある。そこへふたりは荷物を運び込んだ。

「李花はいつきたのかしら」

部屋を出ていく雅彦の背中へ、あき子はきいた。彼は戸口で振り返った。

「おれがきたときには、彼女はもういた」

あき子は雅彦の背後を見た。アルコーヴから廊下へ至る壁面の凹凸に、微妙な陰影が生じて奥行のある空間をつくっている。視線をそのままに、あき子はいった。

「ふたりきりで一ヵ月も」

「なにを仄めかしてるんだ」

ぶっきらぼうな声で雅彦は返した。あき子は微笑みを向けた。

「哲士は知ってるの？」

「おれがきてることを父親に伝えた方がいいんじゃないのか、と李花にはいってある。彼女が電話したかどうか知らないが」

「毎日なにしてたの」

「なにも」

「李花は」

「四、五日まえからはたらき出した。夕方出て、帰るのは深夜だ。水商売だろ」

「いいのかな」

「彼女はもう十八歳だ」

陽に焼けた形跡のない、女性的ともいえる優しい横顔にやや厳しい表情をうかべて、雅彦はいった。

5

『Rの家』

山部あき子

R1

染色家を訪ねた帰りだった。

彼は硝酸カルシウムで絹を収縮させる特殊な技術を持っていたのだが、既に著名なデザイナーと独占契約を結んでおり、私達の交渉は不首尾に終わった。

陽が傾きかけた午後、信州上田市の郊外を夫の運転する車で走っていた。恐らく熟し過ぎたのと風雨のためと両方の理由から、アスファルトの農道の両側の水田で稲が渦巻《うずま》くように倒れていた。私は左手の丘陵の中腹に真新しい家があるのに気づいた。白い壁に色づいた陽の光が射しているのをぼんやり見ていると視界に畦道を行く人影が入ってきた。黒いドレスを着た女性だった。畦道は前方でアスファルトの道路と接していた。女性の姿が大きくなった。ドレスは胸の部分にレースを多用した半袖のワンピースだった。

女性が道路に出た直後に、私達の車は彼女のドレスを靡《なび》かせて走り去った。裾から覗いた黒いハイヒールの足首は引き締まっていた。腕は細く、顎がしゃくれて、縮れた髪に半ば隠れた横顔は上気して薄桃色に染まっていた。娘さんと言える年齢の人ではなかったと思う。

夫は彼女に気付かなかった。或《あ》るいは気付いたとして印象に残らなかったようだ。私は夫に何も話さなかった。

彼女に遭遇して以来、私は夜眠れなくなった。

R2

昨年の夏の或る夜、寝ている娘を家に残して、私は湾岸までドライヴをした。首都高速F線を利用して埋立地に降りると、灰色の広い道路がまっすぐ延びて冥い空に繋がっていた。路肩に点在する車の影を掠めて私は走った。埠頭に面した廣場、緑地公園の地下を潜る連絡通路、浅いヴォールト屋根を持つ巨大な建造物の前、何処でも暗黙の了解に基づく微妙な距離を空けて、それぞれの車は息づいていた。私は埋立地から抜け出せなくなった。道に迷った振りをして他人の性行為を覗き続けた。正確に言えば行為を示唆する身体の、それも気配に近い動きを垣間見た程度であるが。一度だけ乳房をあらわにした白い肌が狭い車の中の闇を過るのを見た。

6

スカイライトはない。壁の低い位置に埋め込まれたコンセントから部分照明の電源をとる。そのように設計された居室だ。内壁は打ち放しのコンクリートで、床にフローリングを敷いてある。純白の陶器にのせた純白のシェイドから透過光がもれ、十平方メートルほどのスペースで明暗が淡くたわむれている。

「興味深く読んだ。どこへたどり着くのかわからない不安と期待をぼくは抱いたよ。早くつづきを読ませてほしい」

受話器の向こうから伯父の声がとどいた。あき子は簡易ベッドに寝そべって、ロマン・マランツ・ヘニッグという北米の医学ジャーナリストが書いた『ウイルスの反乱』という本を読んでいた。ひらいたページにシオリをはさんで、彼女はこたえた。

「書きためて、また電子メールで送ります」

「短い章になっているね」

「頭にうかんだ場面を、そのまま文字に置き換えているだけです。とりあえずナンバーを振っていますけど、相互の関連を考えないでください。後で差し替えたり、適当に切り貼りするつもりですから」

「イメージが湧いた瞬間の、相反するものを内に孕《はら》んだ混沌を、言葉に定着させていくうえで、ひとつの有効な方法だと思う」

「うれしい。なんでもいい。もっとほめてください」

「冒頭のシーンだけど、畦道を歩く黒いドレスの女性に遭遇して、順子さんは衝撃をうける。読んだ後で、ぼくにも似たような経験があることを思い出した」

「あれは、順子さん自身の経験にもとづいています。李花の四歳か五歳の誕生日に、小児病棟へプレゼントを持っていったときに、彼女からきいた話なんですよ」

「それはおもしろい」

「伯父さんはどんな経験をしたんですか」

「記憶があいまいでね、やっと思い出したら、ドキュメンタリー・フィルムのワンシーンだった」

　あき子は笑った。「そういうことって、ありますよね」

「まさに記憶とはそういう質のものだ」

「どんなフィルムなんですか」

「タイトルは忘れた。都会の子どもたちが、工場跡地にできた原っぱへ、日曜日ごとに遊びにいく。原っぱには、コンクリートの床や基礎が残っていて、窪みに雨水がたまっている。ボウフラが湧く。ボウフラを餌にする肉食の虫が集まってくる。その虫を餌にするより強大な肉食の虫があらわれる。食物連鎖が拡大していって、都会の荒れ地は小さな宇宙になる。子どもたちは昆虫を捕まえて遊ぶ。ホタルやカブトムシやクワガタやオニヤンマを相手にしていたぼくらの世代からすれば、採集に値しないありふれた虫と、彼らは夢中になってたわむれる。彼らは彼らの黄金時代を、いま、そこで、満喫している、という感動がぼくの胸に伝わってくる。そんなフィルムだ。子どもたちの日曜日の描写を積み重ねていくなかに、さりげないワンシーンが挿入されていた。工場跡地に牧草に似た草が生い茂っている。風にたなびいて草が波打つ。その向こうに白いスカートをはいた女性があらわれる。モノクロームのフィルムだから、布地が純白だったかどうかは定かではないけど。体格のよい若い女性だ。頑丈そうな首。豊かな胸のふくらみ。ウエストは引き締まっている。彼女は波をかき分けるように草のなかを歩いてくる。スカートが風を孕んでひるがえる。ぼくはどきどきした。

胸がしめつけられた。ぼくの中心で、軸となってぼくを支えている一本の柱がゆらぎはじめるのを、ぼくは感じた」

解説——逆さまのこの建物の幻影の中に

宮内悠介

「影があるでしょう。建物の影が。太陽のじゃない建物の真下の影。地中にスッポリと埋まる、かつて抱いた夢の幻想がね。増築したり、穴を開けたり、壁を取り除いたり、叩けば叩くほど、その影は建てられた当時の姿を鮮明にしますよ。そうすると建物の影のその奥が、憧れが、見えてくる。私はそれが見たいんです。あなたという日々朽ちていく肉体を前に、この建物の本性を見るんです。変われば変わるほど、地中に建つ逆さまのこの建物の幻影の中に、あの晴れやかな日の、施主や建築家の浮き立つ姿さえも蠢きだすんです」

（『老いと建築』阿佐ヶ谷スパイダーズ、傍点筆者）

二〇二一年の演劇『老いと建築』の舞台は、湖畔に建てられた女性の家。おそらくあっただろう、家族で幸福に過ごしたいという施工当時の憧れや夢は失われ、一人住まいの老女となってから、現実と幻想を交え、さまざまな出来事が振り返られるものだ。その通奏低音となる台詞《せりふ》が、この長い建築家の独白となる。すでに本書をお読みのかたは、ここにある皮肉な好対照を読み取ってもらえるだろう。

では、『ロビンソンの家』に登場する「Rの家」なるものの影は何か？

地中に建つ逆さまの家の幻影は、どういう姿形をしているのか？

青春小説、ハードボイルド、ポストモダン文学、あるいはホワットダニットのミステリ、はたまた性愛をめぐる物語と、さまざまに読めるこの小説を貫く精神はなんなのか。それを知るために、ここで、地中に眠る「Rの家」の幻影を掘り起こしてみたい。発表から二十年を経たいま、それはおそらくだいぶ見えやすくなっているはずだろうからだ。


ざっと本書の導入部分を紹介しておこう。

主人公は十七歳となる少年リョウ。話は彼が高校を休学し、「Rの家」で暮らしはじめるところから。これは、親族らが集まって住むはずだった家が、母・順子の失踪（自殺だとされる）によって頓挫《とんざ》したもの。家には先客が二人。昼間から酒を飲み、口を開けば猥談ばかりの伯父・雅彦、それから理知的でニーチェを愛し、風俗で働いているという従姉・李花。

　こうして三人の生活がはじまる。母の謎はときおり顔を出すものの、積極的に追及されはしない。それはたとえば父の愛人だという女性から聞かされた話であったり、どことなく亡霊めいた登場人物たちの口から語られる。そこにあるのは、いわばあいまいな宙吊りの状態だ。

　でもそこに冗長さはない。常に途切れない音楽、途切れないヴォイスのようなものが鳴り響くのだ。言いかたがとても難しいところだけれど、「小説って本来こういうもんだよな」と感じたことを告白しておく。そして洒脱《しゃだつ》な会話があったと思ったら、突如、抜き身のナイフが引き抜かれたりもする。

　たとえば序盤、李花のこんな台詞。

「心の闇っていうのは、物語がそれを隠してきたから、闇として存在するわけでしょ。もともとそれは闇でもなんでもないのに、作家と精神分析医がそれについて語りつづけてる」

　ね。面白いでしょう。事実、この小説は本当に魅力的なのだ。

　とはいえ、である。現代の読者であれば、この紹介だけで、鋭くこう感じ取るかもしれない。

「その小説の魅力は、女性の犠牲《ぎせい》の上に成り立っているのではないか?」

そうなのだ。

たとえば、知的な風俗嬢という李花の造形には、類型的な願望が感じられなくもない。または、母が「失踪」してなおも向けられる性的な眼差し。ほか、知的障害で、夜な夜な男を求めて徘徊《はいかい》する華という人物もいる。ルッキズムやエイジズムもないとは言えない。それも、地の文にだ。一見すると、彼女らは昭和の小説みたいな扱いを受けているとすら言える。

しかし内容を追っていけば、これらが強い意図によるものだとわかるはずだ。

まず本書の女性たちは、徹底して、いっさい妥協することなく、既存の価値や構造に抗《あらが》いつづける。もっと言うならば著者によって「消費」されることにまで抗い、血みどろの争いを繰り広げる。そして表面的に女性が搾取《さくしゅ》され、深層において女性の闘争が描かれる。倒錯しているようだが、彼女らの敵に著者自身もが含まれるとすれば、これは必然的な帰結でもある。

「その小説の魅力は、女性の犠牲の上に成り立っているのではないか?」

まさにそれこそが、本書の中核をなす問いかもしれない。

たとえば、男性が女性をフェアに描くことはそもそも可能なのか。無難な線は、一つには、女性を主人公に据えることだろう。現に、本書の連載版はそのような話になっていた。幸い——著者本人にとっては不本意だろうが——今回の復刊では、連載版の第一話が特別に収められている。これをご覧いただければ、おおよその雰囲気は摑《つか》めることと思う。

が、著者は連載版をよしとせず、そればかりかほとんど別の小説を作り直した。視点人物を少年に変え、著者自身もが敵となるかのような形に再構成し、そして見かけ上はジェンダーバイアス満載のハードボイルドとする。ここまでの改変は、よほどの強い動機がなければなされないはずだ。あるいは、女性視点という手法になんらかの不誠実を感じ取ったのではないだろうか。

なんだフェミニズム関係か、ちょっと難しそうかも、と感じたかたはちょっと待ってほしい。まず、この本をそういうふうに位置づけるのはやはりどこか無理がある。どちらかと言えば、全方位に喧嘩を売っている。それと同時に、すべての立場に立ってもいる。かつまた両論併記的な微温性に陥ることなく、尖《とが》りに尖っている。めちゃくちゃ周到かつ八方破れな代物なのだ。だからこそ、読みようによっては、本書は万人への処方箋にすらなりえる力を秘めてもいる。

ともあれ、さまざまに読めるこの小説を貫く精神はなんなのか。

地中に建つ逆さまの家の幻影は、どういう姿形をしているのか。

——言ってしまおう。

本書は青春小説ではない。ハードボイルドではない。ポストモダン文学ではない。ホワットダニットではない。性愛の話ではない。そうした要素もあるが、たぶん本質は別にある。『ロビンソンの家』とは、つまるところ母によって家父長制を破壊された少年が、器のみを残した家を経て、漂流者＝ロビンソンとしてあてどなくさまよう、その流浪の物語なのである。

本書を読了したかたならば、筆者の言わんとするところがわかると思う。そして、それをもたらす装置こそが、「Rの家」の地中に建つ幻《まぼろし》だということも。さらには、そうした企《たくら》みのいっさいが、一種異様なまでに先見的だったという点も。このようにして、『ロビンソンの家』はジェンダーロールのありようを問うと同時に、それを敷《ふ》衍《えん》し、ほとんど小説のありようそのものまでもを問いかけてくる。

二十年前に読者を戸惑わせたかもしれない本書は、いまとなってはだいぶ見晴らしが変わっているはずだ。つまり、情報環境が変化し、ジェンダーロールや家父長制といったものへのさまざまな立場や議論——ときには地獄めいた争い——その一切合切が可視化された、二〇二二年という現時点においては。

それにしても嘆息するのは、著者が二十年前の段階で、いま見えているような光景を丸ごと内面化していた節が窺《うかが》えることだ。それはたぶん相当に孤独《こどく》な立場だし、通常の神経であれば、小説のありようを見失い、何も言えなくなりそうなところだ。けれども、著者は圧し殺されることなく牙を剝き、声を残す。皮相的な正しさを拒み、露悪にも転じず、ありとあらゆる倒錯や反転を駆使し、みずからのコレクトネスをひたすらに追求する。この本はほとんどそうした闘争の一部始終でもある。であればこそ、ここに説教や教訓はない。そういう台詞もないわけではないが、それよりも何よりも、徹頭徹尾《てっとうてつび》、血が噴出している。端正で落ち着いた、ときには洒脱ですらあるトーンで。

あるのはいわば、著者の精神そのものだ。

さらに特筆すべきは、この本に妙な「ゆるさ」のようなものもあるところだ。たとえば雅彦が語る猥談には、真実を衝いていそうな箇所があると同時に、一見すると適当きわまりない、でも妙に印象に残る細部があったりする。

野心的で、緻密で、清潔で、かつ適度にちゃらんぽらんなところもある、いい小説――。それが、筆者の率直な感想だ。

ほかにも、光をあてる角度を変えるだけで、本書からはさまざまな要素が読み取れる。たとえばケア労働をめぐる問題。あるいは、主人公リョウの一種意固地なまでに飄々《ひょうひょう》とした態度やものわかりのよさは、背後に隠された傷を匂わせもし、男性学といった観点からも興味深い。これらは、それぞれ単独で解説が書けそうなくらいだ。

なお、「Rの家」の建築家がヒントにしたのは、煉瓦《れんが》を積み重ねたイエメンの高層建築だという。これは筆者も現地で目にした。数百年、古い建物で千年という歴史を持つと聞く。生まれた背景は、土地の有効活用のほかに、防衛、それから女性の姿を外から隠すことなど。ここまで言えば、なぜイエメンなどという耳慣れない国名が出てきたのかは明らかだろう。

ほか、本書が内包する先見性の数々をもっと拾いたくもあったが、さすがに長くなってしまった。それに、世のなかにはどのみち無数の先見的な作品が埋もれている。そのうち、ごくまれに再発見されるものがあるというだけだ。ただし、もし、それがよい小説であったならば。この最後の条件は、明らかに先見性以上に重要なことだろう。

また、先見的という評は現代を生きる我々の傲《おご》りを映し出しもする。いまからさらに二十年が過ぎれば、こうした筆者の言がまるで的外れで、作品がさらに先を見据えていたことが判明するかもしれない。この油断ならない著者であれば、なおのことだ。
いずれにせよ、建物はそこにありつづける。イエメンの建築も、「Rの家」も。
したがって、その二十年後の解説者へのつなぎとして、ここに筆をおく。

二〇二二年三月

本書に収録されている「ロビンソンの家」は、２００５年10月中公文庫として刊行された作品を底本としています。同じく「ロビンソンの家」（雑誌連載版第一回）は、「鳩よ！」１９９８年10月号に掲載された作品を収録いたしました。本作品はフィクションであり実在の個人・団体などとは一切関係がありません。

なお、本作品中に今日では好ましくない表現がありますが、著者が故人であること、および作品の時代背景を考慮し、そのままといたしました。なにとぞご理解のほど、お願い申し上げます。

（編集部）

徳間文庫

Memories of the never happened 1

ロビンソンの家《いえ》

2022年4月15日 初刷

著者 打《うち》海《うみ》文《ぶん》三《ぞう》

発行者 小宮英行

発行所 株式会社徳間書店

東京都品川区上大崎三―一―一 〒141―8202
目黒セントラルスクエア

電話 編集〇三(五四〇三)四三四九
販売〇四九(二九三)五五二一

振替 〇〇一四〇―〇―四四三九二

印刷
製本 大日本印刷株式会社

ISBN978-4-19-894732-3 (乱丁、落丁本はお取りかえいたします)